集英社オレンジ文庫

アルマジロと銃弾

風戸野小路

アルマジロと銃弾
CONTENTS

本書は書き下ろしです。

アルマジロと銃弾

プロローグ

朝、仏壇の前に座り手を合わせてから外出する。

洋祐（ようすけ）が小学三年生の頃から続けている習慣だ。この日、洋祐は強めに締めたネクタイと真新しいスーツに身を包んでいた。

今日から社会人になります。ここまで育ててくれた父さんと母さんのためにも頑張ってくる。どこまでいけるか分からないけど、父さんがよく言っていたように自分にだけは負けないようにする。

漁師（りょうし）だった父のよく日焼けした遺影に心のうちでそう報告した。すると、後ろで母親が畳の上で足を引きずる音がした。

「洋祐、入社式はどこで何時からなの？」

振り返ると心配そうな面持（おもも）ちで母が立っていた。

「東京駅の近くにあるホテルで、十時からだよ」

「そう」

母はそれだけ言うと黙って二度ほど頷（うなず）く。その目は心なしか潤んでいるように見えた。

「それじゃあ、行ってくるよ」

洋祐は傍らに置いた鞄を持ち立ち上がると、歩いて数歩しか離れていない玄関の上がり框に腰を下ろし、よく磨かれた革靴を履いた。

「気をつけてね」

母が玄関まで見送ってくれた。

「うん、行ってきます」

母にそう告げて、玄関ドアを開けた。波の音が聞こえるほどに海が近い。東京湾だ。天気の良い今日のような日は房総半島もしっかりと見える。今までに何度も見た景色だが、今日はどこか違う。初めて見るように新鮮で輝いている。

よし、やるぞ！

洋祐は鞄を持つ手を強く握るとそう呟いた。

バスで最寄り駅まで行くと京浜急行に乗車し東京へと向かった。周りを見まわすと、先輩サラリーマンに交じって、自分のように真新しい紺のスーツと白地のワイシャツ姿の新入社員らしき若者がいた。

四月三日のこの日、多くの企業で入社式が行われる。洋祐が入社した九輝ハウジングもその一社であった。

九輝ハウジングは住宅販売戸数で全国一位。社員数も一万人以上であり、全国に拠点がある住宅業界のリーディングカンパニーだ。洋祐は横浜支店営業一課への配属が既に決まっていた。

洋祐が経験した就職活動は学生優位の売り手市場であったが、洋祐は住宅業界のみ三社を受けた。その中で本命であった九輝ハウジングから内定をいただいたので、早々に就職活動を終えることができたのだった。

住宅業界に絞ったのは洋祐が所属していたゼミの先輩の影響が強い。ＯＢ訪問をした時にその先輩に憧(あこが)れてしまった。俺もこうなりたい。自分を磨いて磨いて、大人の男になりたい。そして、父親が亡くなってから女手一つで大学まで出してくれた母親に恩返しがしたい。そう思ったからだった。

洋祐は鞄から宅地建物取引士の参考書を取り出す。不動産を扱う業界では必須の資格だ。秋の試験で合格するのも洋祐の今年の目標の一つになっている。洋祐は都心に近づくにつれて混みあっていく車内で参考書に目を落としていた。

入社式は都内のホテルで行われた。普段は結婚式の披露宴などに使われているであろう大きな会場だ。今年入社した百二十一人の新入社員が二人で一つの長机に着いていた。誰もが緊張した面持ちで背筋を伸ばしている。傍(はた)から見たらおそらく自分もそうなのだろう。

鞄からノートとペンを取り出すと机に置いた。時計を見るとあと五分で始まる。どの席も長机に二人ずつ座っているが洋祐の隣だけぽつんと空いていた。入社式から遅刻だろうか。そう訝(いぶか)っていると、汗だくの顔で隣の椅子(いす)に手を掛ける男性が現れた。

「こんちは」

彼は笑顔で洋祐にそう挨拶（あいさつ）すると席に着いた。洋祐も挨拶をする。

「危なかったです、初日から遅刻するところでした」

彼は手で汗を拭（ぬぐ）いながら息を切らせて言うと、鞄からペットボトルの水を取り出して口に含んだ。鞄を開けた際に週刊少年ジャンプが入っているのが見えてしまった。洋祐は彼の全身を見る。スーツも就職活動で使ったままなのかよれよれで、ネクタイも既に緩んでいる。心なしか酒臭い。学生気分が残っているというのは、こいつのことを言うのだろうと思ったが、どこか憎めない感じがした。浅黒く焼けた顔と自然な笑顔がそう感じさせるのだろうか。

「新入社員の皆さん、おはようございます」

洋祐が隣の彼に気を取られていると、いつの間にか正面の壇上脇に女性社員が立っていた。

「それでは、定刻となりましたので、平成二十九年度九輝ハウジング入社式を執り行います。全員起立！」

女性司会者の号令とともに訓練されたかのように全員が一斉に立ち上がる。ただ一人、隣の彼だけ慌（あわ）てたように立ち上がった。

次に社訓の唱和が行われた。初めての唱和であったが乱れることなく全員の声が見事に合っていた。

「続きまして、九輝ハウジング代表取締役社長毛利輝義（もうりてるよし）よりお言葉をいただきます」

洋祐は目を輝かせる。憧れの存在だ。

自分と同じように新卒で九輝ハウジングに入社し、長いこと営業畑で実績を積み上げて社長にまで登り詰めた叩き上げの人物だ。それまで九輝ハウジングは創業者一族が社長の任に当たっていたが、その前例を初めて覆した。

その経営手腕はとても堅実なことで有名であった。時代の流れとともに増えつつある企業買収や投資事業に手を出さず、本業である建築とそれに付随する事業に注力した。その結果、それまで業界一位であったライバル企業を追い抜き、住宅販売戸数では三年連続で一位となっていた。毛利社長は著書も幾つか出していて、それは経営に関わることだけでなく、人生についても書かれていた。洋祐は入社が決まってからすべてを読んだ。

着席を許されると洋祐は一言も聞き漏らすまいとノートを開く。見ると多くの新入社員が洋祐と同じように持参したノートを開いている。ノートを忘れた者も何かの裏紙を慌てて用意していた。ただ、隣の彼だけはテーブルの上で手を組んで前を向いている。

毛利社長の話は現状の住宅業界の状況から始まり、その中で九輝ハウジングが置かれている立場、そして今後の展望についてが語られた。その話しぶりはゆったりとしていて、温厚な印象を与えたが、内容は決して明るいものではなかった。

住宅の着工戸数は二年後に控える消費税増税による駆け込み需要で、一時的に増加しているものの、それまでは顕著な減少傾向にあり、この三十年間でほぼ半分になってしまっている。十パーセントへの増税後は荒波を泳ぐ覚悟と、今までにない柔軟さがなければならないというものであった。

　ふと、洋祐が視線を横にずらすと、隣の彼はあろうことか腕を組み、うつらうつらとしている。すると社長も隣の彼に気づいたようで、話しながら幾度か視線をこちらの方にやっていた。洋祐はしょうがないなあと思いながら彼の太腿（ふともも）を指で突（つつ）いた。

　彼は目を開けると、寝ていませんと言わんばかりに目を見開いて社長を注視する。社長は何か言いたげに一瞬、彼と視線を合わせていたが、すぐに話を続けた。少しして彼は小さなお辞儀を洋祐に向けた。

「最後になりますが、新入社員である皆さんにお願いしたいことがあります」

　毛利社長の声が突然に大きくなったので洋祐は耳をそばだてる。

「お願いしたいことは二点あります。一点目はどうぞ同期入社の仲間を大事にしてください。とても簡単なことです。ここにいる新入社員全員はライバルであると同時に、掛け替えのない同期という名の仲間です。私も入社三十五年になりますが、同期の助けと支えがなければ、今、私はこの会社にいなかったでしょう。彼らが私を助けてくれたのは、私もまた同期を大切に思っていたからだと信じています。同期を大切に思っていれば、皆さんも必ず私と同じ感慨（かんがい）に到る日が訪れます。これは必ずです」

　洋祐は社長の話に聞き入りすぎて、ペンを持つ手が止まっていた。社長の話しぶりは、どこか未来を断言するかのような不思議な響きがあった。

　ふと、隣を見ると、さっきまでうたた寝をしていた彼もまた真剣な表情で社長の方を見ている。社長は続けた。

「そして、二点目ですが、変化と不変をしっかり使い分けてください。一点目に比べると、これはかなり難しいです。社会は目まぐるしく変化していきます。その変化に対応できない者は生き残れません。同時に皆さんも変化していきます。この中で、数年以内に家庭を持つ人もいるでしょう。子供ができる人もいるでしょう。不幸にも別れが生じることもあるでしょう。病気になるかもしれませんし、大きな怪我を負うかもしれません。小さなことも含めれば、日々、何かしらが変わっていきます。その環境の変化に対応していくには皆さん自身も柔軟に変化していかなければなりません。一方で変えてはいけないものがあります。それは、いま、皆さんの中にある熱い意思であり、尊い思想です。社会に揉まれるうちに、富を手にするごとに、残念ながら道を踏み外してしまう人がいます。私も長い会社員人生でそうした仲間を何人か見てきました。不変であるべきことに関しては妥協を許さず堅固に守ってください。もし誰かに脅かされて守るべきものが守れそうにないのなら、その相手と闘っても構いません。少し話が長くなってしまいましたが、以上二点が社長である私から新入社員である皆さんへのお願いです」

　毛利社長の話はそこで終わった。洋祐は二点目の内容をノートに書き留めたものの、一点目に比べると曖昧としていて分かりづらかった。でも、きっと仕事をしていくうちにこの話の意味が分かるに違いない。洋祐はそう考えることにした。再び目線を横に向けると、隣の彼は書き留めてこそいなかったが、社長の話が終わった後も、咀嚼するように何度も頷いていた。

　そのあと、先輩社員の言葉が続いた。話してくれたのは洋祐が配属になる横浜支店の営業二課の三年目の先輩だった。三年目にして営業成績が全国トップクラスだというだけあり、とにかく話が上手い。映画好きのようで、ところどころで映画の話を引き合いに出してくるのも面白かった。そして自信が漲っているのが節々から感じられる。この先輩の言葉も洋祐は多く書き留めた。この入社式が終わると、そのまま配属先である支店に向かう。課は違うが近くにこんなすごい人がいるのはいい刺激になるに違いない。でも、少し自己陶酔が強いのが鼻につく気がした。

「続きまして、新入社員の代表から入社にあたっての決意の言葉をいただきたいと思います。本日、お話ししてくれるのは横浜支店営業一課、青沼洋祐さんです。青沼さん、よろしくお願いします」

　洋祐は大きな返事とともに立ち上がった。隣の彼は突然のことに驚いた顔を洋祐に向ける。洋祐は彼に小さく笑顔を向けると壇上へと進んだ。

　目の前には百二十人の新入社員が緊張と気概に満ちた表情で座っていた。彼ら、彼女らの代表として自分が話さなければならないと思うと緊張で手が震えてくる。洋祐は大きく息を吸い込むとマイクを握った。

「横浜支店営業一課、青沼洋祐と申します。新入社員を代表致しましてご挨拶させていただきます。まず、本日は私達新入社員のためにこのような立派な会場での入社式を執り行っていただき、誠にありがとうございます。新入社員を代表してお礼申し上げます。本日このような大役をいただき身に余る光栄ではありますが、正直な胸の内を申し上げますと、何を話せばよいのか分かりませんでした。その旨を人事課の方にご相談したところ、『差し支えなければ、君が最終面接で語ってくれたことをそのまま話してくれたら嬉しい』と仰っていただいたので、私が役員の方へ最終面接の際にお話ししたことを申し上げたいと思います」

そこまで話すと、洋祐は自分がさっきまで座っていた席だけ一つ空いているのが目に留まった。自分がここにいるのだから当たり前のことなのだが、それがなぜか不思議なことのように感じられた。視線を少しずらすと隣の彼が自分を見ていた。もう眠くはないようで、洋祐を直視している。洋祐は言葉を続けた。

「私の育った環境は所謂、母子家庭です。父は漁師をしておりましたが、私が小学校三年生の時に海の事故で亡くなってしまいました。それから母が私を育ててくれました。母は朝早くから釣り船屋の仕事に行くと、昼過ぎからは定食屋、そして夜にはパチンコ屋で働いていました。それから、家事をこなしていましたので、どれ程の時間を家で睡眠に充てられたのかと思います。母は現在、小さな釣具店を営んでいますが、以前の苦労が祟ってヘルニアを患い、右足が少し不自由なままです。私はここまで育ててくれた恩から、実家の釣具店を手伝おうと一度は決意し、それを母に打ち明けました。ところが母は首を横に振り、『駄目だ』と言うのです。そして、『海に出なさい。お父さんがそうだったように海に出て戦ってきなさい。お父さんの生き様を忘れないでほしい。お父さんはこの横須賀の海にすべてを捧げたけれど、お前にはお前の海があるはずだ』と私に言いました。私の就職活動はそこから始まり、そして今日この九輝ハウジングに入社致しました。先程、社長も仰っていたように住宅業界の未来は決して明るいものではありません。でも、荒波であれば荒波であるほど自分が磨かれると信じ、私は新入社員として頑張りたいと思います。ここにいる新入社員の多くはそんな気概でこの会場にいるはずです。誠に簡単ではありますが、新入社員代表の言葉に代えさせていただければと思います」洋祐は深々とお辞儀をした。

満場の拍手とともに洋祐は自分の席に戻ると、緊張が解けたせいか大きな溜め息が漏れる。

「今のお話、ガツンときました」

涙声で洋祐にそう言ったのは隣に座る彼だった。驚いたことに目頭を押さえながら鼻を啜っている。

「あ、ありがとうございます」

洋祐は思わず謙遜の体で頭を下げる。学生気分が抜けきってないと思っていたが、彼もまた熱いものを持っているに違いない。洋祐がそう思っていると、彼は頭を下げた。

「さっきはありがとうございます。社長の話の時、起こしてくれて。危なく社長の話を聞き漏らすところでした。昨日、高校時代の友達が就職祝いしてくれたのはいいんですが、結局、明け方近くまで飲んでて……。あのー、それとー、たぶん同じ支店みたいなんで、今後ともよろしくお願いします。横浜支店の営業二課に配属になった緒田(おだ)です」

彼はそう言うと洋祐に手を差し出した。洋祐は一瞬、驚いたが、彼と固く握手を交わした。社長の言う掛け替えのない同期だ。

「青沼です。こちらこそ、よろしくお願いします」

洋祐は笑顔でそう返事をした。

座右の書は、転職情報誌？

高台に造成された新興住宅地。蝉の鳴き声に交じり、釘を打ちつける音が周囲にこだましていた。完成した建物も幾つかあり、その屋根を容赦のない太陽の光が照りつけている。

この日は、九カ月前に契約したお客様の竣工の日であった。初受注のお客様だが、最後のお引き渡しになるかもしれない。腕時計を見ると時刻は午前十時になろうとしていた。施主夫婦も到着している。

「それでは、少し早いですが、中へどうぞ」

緒田謙伸は真新しい門扉を開いて、施主夫婦をご案内する。

「工事用」と刻印されたコンスキーを鍵穴に入れ、青いビニールで保護されている玄関のドアノブを引いた。新築特有の香りが外まで溢れる。まだ、玄関タイルにも養生シートが敷かれていた。

施主夫婦は玄関前で立ち止まると、室内を見渡すだけで、なかなか中へ入ろうとしない。ゆうに二分はそうしていたであろうか。ようやくのこと、「失礼します」と言って夫婦は自分達の家に足を踏み入れた。

施主は二十代の若いご夫婦。名前は言えないがご主人がそこそこ有名な競輪選手。年齢は謙伸と同じ歳（とし）だ。奥さんは妊娠六カ月目ということで少しお腹（なか）が目立ち始めていた。夫婦は一階から二階へと部屋を確認していく。家具も置かれていなければ、カーテンもつけられていない。窓からは柱と屋根だけの上棟を終えたばかりの隣の家が見える。

「ここが、子供部屋ね」

奥さんはお腹を摩（さす）りながら二階の一室を見渡す。女の子の部屋になるのか、男の子の部屋になるのか、それは数カ月後のお楽しみだ。

すべての部屋を確認し終えると一階に戻り、何もないリビングで謙伸と施主夫婦、それから工事担当が車座になった。

「こちらが鍵になります。全部で三本ございますのでご確認ください。ちなみに、こちらの鍵を一度鍵穴に入れますと、今まで工事関係者が使っていたコンスキーは使えなくなる仕組みになっていますので、ご安心ください」工事担当者が鍵の受け渡し書を床に滑らせながら説明した。

さらにキッチン、トイレ、バスなどの住設機器の説明書をまとめた分厚いファイルを渡し、諸々（もろもろ）の書類を取り交わす。時間にして小一時間ほどかかったが、滞（とどこお）りなく終わった。謙伸は初めての引き渡しだけに、書類に漏（も）れがないかをチェックしていた。

「これまでいろいろありがとうございました。営業担当が緒田さんで本当によかったです」

奥さんが小さく頭を下げた。

「うん。最初、同じ歳と聞いてちょっと不安だったけど、ベテランの営業さんにない正直さがあって結果的によかった」ご主人も同意する。

住宅メーカーの営業マンである謙伸にとってこれ以上ない誉め言葉だ。謙伸の心に明るいものが差す。

謙伸は一カ月後の点検の日取りを確認すると、施主夫婦に挨拶し新居を後にした。

車へ戻り、ＦＭラジオをつけ、新興住宅地を抜けていく。しばらく車を走らせてから、公園脇の木陰に車を停めた。車から降りると、鞄を持ち公園のベンチに腰を下ろす。公園には誰もいない。

謙伸は大きな溜め息をつく。

いろいろ企業研究をして就職活動をやったにもかかわらず、一年しかもたないとは悲しい。

結局、仕事なんてやってみないと分からないし、会社なんて入ってみないと分からない。一年前、人事担当の「社員を大事にする会社です」という言葉に惹かれて入社を決めた。たしかに、会社全体をみればそうなのかもしれない。しかし、どんなに良い会社であっても、ブラックすぎる上司にあたってしまえばお先は真っ暗だ。そう、この自分のように。

謙伸は鞄を開き、昨日の夜、コンビニで買った雑誌を手に取る。

悩めるサラリーマンのバイブル、転職情報誌だ。ここ数カ月間の愛読書。最近では掲載されている常連企業の名前も覚えてしまった。毎号、必ず掲載されている会社もある。前号と比べて募集人員が増えていたりする。「受注拡大、支店新設のため」などと書かれているが迂闊に信じてよいものなのだろうか。

今週号の特別記事は面接対策だった。「人事担当五十人が明かす！　面接でこんな質問をします！」謙仲はそう題されたページを開く。

面接官が投げかけるであろう質問例が並んでいた。謙仲はその一つに目が留まる。

Q　あなたの長所はなんですか。その長所を武器にして弊社でどのように活かしていきますか。

うーん、長所か……。

身の程を弁え、過分なものを望まないところだろう。あと、他人に比べて少し打たれ強いところ。

ただ、これは武器になるのであろうか？　矛と盾で言えば盾でしかない。謙仲は左手に盾を持ち右手が空いている自分を想像する。武器……、ないぞ！

気を取り直して次の問いに移る。

Q　座右の書はなんですか？

これはよくある質問だろう。謙仲は上目遣いになり自分の部屋に置かれている本を思い出す。

週刊少年ジャンプ？

いやいやいや、ここは、自己啓発本のタイトルを言わなければならないところだ。しかし、自己啓発本など読んだことがないぞ。「ドラゴンボール」や「ワンピース」は読後にやる気は出るが自己啓発本とは言わない。

目を落とすと転職情報誌を持っている自分に気づく。実際に本の形をしたものは、ここ最近、転職情報誌しか見ていない。悲しいけどこれが現実か。

だんだん嫌になってきたが、次の質問例に移る。

Q　高額な契約が期待できるお客様から、もし不正な行為を要求されたら、あなたはどうしますか？

いきなり具体的にきたぞ。

答えは「お断りする」であろう。だが実際に、そういう場面に遭遇したら自分はどうするだろう。断ることができるだろうか。それとも、自分の成績のために目を瞑るだろうか。謙伸は首を傾げる。次の質問に移る。

Q　あなたは動物に例えると何ですか？

なんだ、この質問は！　そんなこと本当に訊かれるのか？　一応は考えてみるか――。ライオンやトラのような強い動物でないことはたしかだ。ゾウやキリンのようにそこにいるだけで存在感があるわけでもない。かといって、スカンクのように特殊な能力もない。

アルマジロ。

幼い頃、動物園で見て釘付けになった記憶がある。スペイン語で「武装したもの」という意味らしい。身を守るために丸くなることもできて、その背中にある鱗甲板は銃弾をも弾き返すと飼育員が言っていたのを思い出す。

謙仲は現実の自分を顧みる。全然、硬くないぞ。むしろ、ふにゃふにゃだ。

謙仲は目を逸らすように雑誌の折られているページを開いた。そこに掲載されているのは文房具メーカーの営業職。「ノルマなし、残業なし、土日休み」魅力的な言葉が並んでいる。異業種だが、住宅業界にいたのも一年ちょっと。どちらかというと、素人に近い。それならば、いっそのこと楽そうな他業種に移ろう。折り曲げたページの片隅にある「まずはお電話ください」の文字が大きく見える。

謙仲はスマホを手にした。やはり、迷う。どうしようか逡巡すること数秒。

――これは裏切りではないのか？　そんな言葉が頭に浮かんだ。

すると次の瞬間、逆にスマホが着信を告げた。謙仲は驚いて画面を見ると先輩の柳川からであった。

「おーい、どこでさぼってんだあ」

「いや、さぼってはないですけど、ちょっと途方にくれていて」

「そうか……、ところで今日の会議のことなんだけど聞いてる？」

「会議があるのは知ってますけど」

「うん、今日の営業会議に、常務が来るらしいから、身なりとかきちんとしとけよって、いちおう伝えとこうと思って」

「常務！　マジですか。ということは、支店長、いつも以上にはりきっちゃいますよね」

謙伸は顔を強張らせる。

「ああ、大暴れだろうなあ！」

金曜日の夜は定例の営業会議が行われる。参加者は支店内の全営業社員と支店長、課長などの管理職。さらにこの日に限っては、あろうことか常務取締役である徳谷までも上席で睨みを利かせていた。支店長である皆藤恭介にとっては腕の見せ所だ。総勢三十名ほどが大会議室内で開始の時間になるのを待っていた。

皆藤は定刻になるのを確認すると、いきなり営業一課長、鮫島を睨みつける。

「鮫島！　お前、数字を達成するつもりはあんのか！　先月も未達なんだから今月でそれを挽回するのが常識だろ？」

開始早々、いきなり吊るし上げられた鮫島営業一課長は、目の前にある資料を意味もなく捲りだす。どこを捲っても現状以外に報告すべきものはないはずなのだが、とにかく捲る。おそらく、この間に言い訳を考えているのだろう。考えが纏まったのか鮫島は立ち上がった。

「はい。今月は目標の三億を達成するばかりでなく、先月分の負けも取り返します。見積もり提出物件が既に七件ございますので必ずや達成致します」鮫島は自信満々の表情で背筋を伸ばして答えると、席に座ってしまった。

皆藤は逆に席を立つと鮫島の前までゆっくりと歩み寄り、自身の顔をこれ以上ないほどに鮫島に近づけた。

「聞き飽きた」

「はい？」鮫島は目を丸くする。

「き・き・あ・き・た！　と言ってんだよ！」

突然に皆藤の怒鳴り声が会議室内に響き渡った。

「お前、先月も、先々月も達成しますとか言ってたよな！　このお調子野郎！」

「も、申し訳ございません」

鮫島は再び立ち上がると震えながら謝る。そんな鮫島の両肩に皆藤は自身の両掌を力なく置いた。

「なあ頼むよ、鮫島。これ以上、俺を裏切らないでくれよ。そんなに俺を虐めて楽しいのかよ」皆藤は泣きそうな声を演じる。

「いえ、そんなことは決してございません」

「嘘つけ……。嘘つけ！　嘘つけ！　嘘つけ！　嘘つけ！　嘘つけ！　嘘つけ――！」

皆藤は気が触れたように叫ぶと、鮫島の両肩を前後に大きく揺さぶりだした。

「本当です。信じてください。今月こそ本当に達成します。達成します、信じてください」鮫島は揺さぶられながら既に半泣きだ。そこで皆藤の手が止まった。

「達成できなかったらどうするの？」

今度は小さい子供が親に尋ねるように皆藤は首を傾けながら訊く。

「いかなる処分も甘んじて受けます！」鮫島は目を瞑って叫ぶ。

「本当に？」皆藤はまだ子供のままだ。

「はい、本当です！」

「そうか、分かった！　信用するからな、鮫島！　絶対に、絶対に、裏切るなよ！」いきなり大人に戻る。

「はい、大丈夫です」そこで席に着くことを許された鮫島は、脱力しながら腰を下ろした。

「次、二課。大城さん今月はどうですか？」

皆藤は何事もなかったかのように大城営業二課長に尋ねる。

指名された大城はゆっくりと腰を上げると、老眼鏡を白髪交じりの頭の上にずらした。

「ええ、月初に柳川が一件契約を決めたのを皮切りに、他の営業も契約を決めてきてくれましたので、目標数字は大丈夫でしょう。さらに今週末に契約が二件入っていますのでご心配なく」そう言うと大城は座ってしまった。

「了解しました。大城さんなら大丈夫だと思っていますので安心しています。続いて三課」

営業三課長の矢橋が起立する。

「今月の目標三億に対して現在二億一千万ですので、月末までには見込み客からランクアップさせます」

「順調だな、三課は。先月も、先々月も目標達成だ。何か秘訣はあるのか矢橋課長」

皆藤は先ほどまでとは別人のように微笑む。

「はい。住宅展示場ではお客様は必ず他社も観てますので、課員には飛び込み営業を一日数十件課しております。そのせいか、建て替えの顧客を掘り出せる上に、課員のメンタルもかなり強くなり良い結果が出ているようです」矢橋は自信満々の表情で発言する。

「そうだな、飛び込み営業は基本中の基本だな」

常務の徳谷が感心したように突然声を発した。皆藤は慌てて何度も頷くと割って入る。

「三課は前に俺が言ったことをしっかり実践している。だから結果が出ている。そういうことだな。聞いたか一課の連中、お前らも三課にならって俺が言ったことをまずやってみろよ。モデルハウスで座って待ってるだけじゃ駄目なんだよ！　何度も言ってるだろ」

皆藤は鮫島や営業一課の面々を怒鳴りつけると、徳谷の方をチラッと見た。

矢橋は呆れた顔で皆藤を見ていたが何も言わない。そんな矢橋の視線に気づいたのか皆藤が矢橋を睨む。

「三課もまだ目標は未達だ。最後まで死に物ぐるいでやれよ！　とにかく、増税前の今が稼ぎ時だ。慢心して手抜くなよ。前にも言ったけど、使えない課長はすぐに降ろすからな」

「大丈夫です。必ずや達成致します」矢橋は皆藤の圧力にも微動だにしない。

「信用するからな。鮫島も聞いておけよ。前にも言ったけど！　数字を作れれば言うことはないが、作れなければ次長の椅子どころか課長の椅子すらないと思え！」

矢橋は鼻で笑ったが、鮫島は既に斬首台に立たされたような顔になっていた。

続いて、支店長の皆藤は営業成績不振な社員を、個別に、順番に、執拗に、怒鳴りつけていく。なかなか謙伸の名が呼ばれない。もしかすると二年目ということで今回はスルーされるかもしれない。そんな期待を持ち始めた時だった。

「最後に、緒田謙伸！　お前、どうなってんだ！」

謙伸は不幸にも大取りでその名を呼ばれた。皆藤は唇を舐めると続ける。

「おーい。緒田殿！　お前、三カ月もゼロじゃねえか！　今月もゼロなど絶対に許さねえからな。ぶら下がり社員がいつまでもぶら下がっていられると思うなよ、糞野郎！　お前、名前だけは戦国武将みたいで強そうだけど、まるで雑魚だな！」

会議室内にどっと笑いが起こる。

「申し訳ございません」そう答えるしかない謙伸は赤面のまま俯く。

「今月はどうなんだ。契約してくれそうなお客さんはもちろんいるんだろうな。三カ月も遊んでたんだから、謙伸殿！」

謙伸は慌てて起立する。

「はい。加賀様というお客様で見積もり提出済みです。金額面でご同意いただければ、娘さんの小学校入学も控えているので、ご契約いただけるかと思います」

「馬鹿かお前は！」

再び皆藤の罵声が会議室内に響きわたる。

「申し訳ございません」何で怒られているのか分からないが、この場でこれ以上の言葉を持ち合わせていない謙伸だった。

「『ご契約いただけると思います』だと？　契約させます、の間違いだろうが！　テメーの立場も分からねえのか。本当にお前の代は不作揃いだよ。ろくなのが入ってこなかった。一人はおかしくなっちまうしなあ！」皆藤はそう吐き捨てる。

あまりの言葉に謙伸は鋭い目つきになる。救いを求めるように、常務の徳谷の方に視線を動かすと徳谷もまた薄ら笑みを浮かべていた。

「今月こそ必ず受注を取ってきますよ！」謙伸は怒気を含んでそう言い返した。

「……。お前、いい度胸だな。十八年ぐらい管理職やってるけど、俺にそんな態度取った奴はお前が初めてだよ。おもしれえじゃねえか。今月、契約取ってこれなかったら九輝測量に出向させるからな、覚悟しとけよ！」

皆藤はそう吐き捨てると、謙伸のことなど目もくれず次の内容を話しだした。

柳川は到着したばかりのビールを一気に飲み干すとジョッキを置いた。

「美味い。肝臓に染み込むようだ」

謙伸と柳川は会社近くにある居酒屋にいた。時刻が遅いせいか客はそれほど多くない。

豪快な飲みっぷりの柳川に比べて、対面に座る謙伸はジョッキの泡に唇をつけただけでテーブルに置いてしまった。

「しかし、今日の支店長はアカデミー賞ものの役者だったな。主演男優賞だ」

柳川は笑いながら言う。

「はい、僕はいい的にされましたけど」

「そうだな、今日の生け贄はお前と鮫島課長だったな。でも、最後に支店長を睨みつけたのはよくなかったぞ」

「そうですか？　なんかあのまま言わせておくのもどうかと思ったので」

　それを聞くと柳川は首を振った。

「違う。あの場合は、鮫島課長みたいに心底怯えた演技をしなきゃ駄目だ」

「え？　今日の鮫島課長のあれ、演技だったんですか？」

「演技も演技、あのオッサンの十八番だよ、やられ役。映画の殺陣の場面でも斬る方より斬られる方の演技力がものを言うだろう。それと一緒だよ。鮫島課長が本日の助演男優賞だ」

「そ、そうだったんですか」謙仲は呆気に取られる。

「そうだよー、今頃、三人で飲んでるんじゃない」

「三人って誰ですか」

「常務と支店長とコバン鮫」

「コバン鮫ってもしかして、鮫島課長ですか？」

「あれ知らなかったの、あのオッサンの渾名。小一時間前に三人で支店を出ていったよ」

「そ、そうなんですか……」謙仲は俄には信じられない。大人の世界って奥が深い。

「それより、お前、元気だせよ！　大丈夫か？」柳川の声が大きくなる。

「いや、まあ、大丈夫です」謙伸は力なく答える。

「そうか——。大丈夫といえば、今日の会議で言っていた加賀様というお客さんは本当に今月いけそうなのか？　たしか青沼(あおぬま)のお客さんだったやつだよな」柳川はそう言いながらメニュー表を開く。

「実のところ、相当に厳しいです。旦那(だんな)さんが冷めてて、奥さんがかわいそうになるほどなんです。僕もかわいそうなんですけど」謙伸は泣きそうな顔になる。

「ふうん。奥さんがかわいそうになるほどとは夫婦間でずいぶんと温度差があるんだな」

「ええ、どうやら旦那さんは賃貸派みたいで、余計なリスクは負いたくないようなんです。でも家賃十二万も払ってるんですよ。家建てて住宅ローンを払ってる方が負担も少なくてすむはずなんですけど、加賀さんの場合」そこで謙伸はようやくビールを口に含んだ。いつもと違って美味(おい)しいとは思えない。

「ちなみに競合は？」

「今のところないようですけど」

「そうか……。ならいいけど、突然に帝国(ていこく)ホームが入ってきたりするから気をつけろよ」

「突然にですか？」

「うん、突然にだ。月初に契約したお客さんなんて、契約すんでのところで入ってきた。飛び込みで訪れて、次の日には頼んでもないのに図面と見積もりを作ってきたそうだ。お客さんはその時既に俺と人間関係ができていたから、帝国ホームを断ってくれたがな。お客さん曰く、『帝国ホームの人はまるで、うちが建て替えを九輝ハウジングと話しているのを知っていたようだ』と」

「ええー、たまたまじゃないんですか」

「そうだといいがな。うちはそれほどでもないが、鮫島課長の一課など帝国ホームに負け続けのようだ。一課の中には『産業スパイでもいるんじゃないのか』と冗談を言う奴までいるくらいだ」

「そうなんですか、怖いですね」

「まあ、どちらにしても競合になってもいいように、他社との差別化は入念に行っておいた方がいい」柳川は力を込めて言う。

　二年先輩の柳川は、同じ課のすぐ上の先輩であった。謙伸が新入社員として営業二課に配属されてからずっと、謙伸の教育係を任されている。面倒見はかなりいい。職場だけでなく、こうして終業後も飲みに誘ってくれ、諸々の相談を受けてくれる。今や営業二課のエースとなった柳川の意見は傾聴に値する場合が多い。

「そのご主人の属性と人柄は」柳川はメニューを物色しながら尋ねた。

「刑務官です」

「刑務官って刑務所に勤めてる人？」

「はい、その通りです。『オットメご苦労様です』の方じゃないですよ」

「分かってるよ！　お前、競輪選手、漫画家、天文学者ときて、今度は刑務官か！」

「はい、刑務官はまだ契約に到っていませんが」

「そうだな、これからだな。ところで、やっぱりお堅いのか？　俺の中で刑務官って堅いイメージがあるけど」

「はい、最強硬度ですね。それと、加賀さんの場合、なんかすごく冷徹な印象を受けるんです。支店長が言うように無理な契約なんてさせたら、僕が刑務所に入れられて、加賀さんに鞭でぶっ叩かれそうです」

「緒田服役囚か……。なんか、しっくりくるなあ」

「きません！」

柳川は大きな声で笑う。

「それはそうと、土地はどうしたんだよ。見積もり提出済みということは土地があるんだろ、宙に建てるわけでもあるまいし。どこから調達してきたんだよ、旦那がそんなに冷めてるのに」柳川はもうメニューのことなど忘れきったように謙伸の話を肴にしだした。

「加賀さんのご両親が少し土地を持っていて、そのご両親の母屋がある地続きに建てる予定です」

「へえ、羨ましいね。で、その土地は何坪あるんだ」

「んー？　坪数で言われると困るんですけど、百五十平米です」

柳川はしょうがないなあという顔をするとスマホの電卓機能を出す。

「まだ計算できないの？　一坪約３・３平米、畳二枚分だから、ざっと四十五坪か！　広いなあ！　建ぺい、容積は？」

「四十パーセントと八十パーセントです。一種低層地域です」

「容積率八十パーかあ、ご主人は三階建て希望とかはないんだよね？」

「いや、それはないです。アンケートにも二階建てに○がしてありましたから。でも、一種低層でも三階建ていけますよね？」

「建てられなくはないが、高さ十メートルまでだし、斜線制限があるから現実的には厳しいよ」

「そうなんですかあ。でも三階建ては特に話に上がってこないので、ご希望はないと思います。加賀さんの場合、土地もあるので家を建てた方が経済的だと思うんですけど」

「たしかに、そうみたいだな」柳川は大きく首を縦に振って同意する。

　しばらくして、柳川は思い出したようにメニューを見ると、店員を呼び一つ二つ注文した。それからビールを喉に通すと、思い当たったとばかりに目を見開いて謙伸を直視した。

「当てようか？　加賀さんのその土地って奥さんの実家の土地なんだろ？　奥さんの実家の近くに旦那が住みたくないだけなんだろ。奥さんの実家の土地なら奥さんは乗り気だろうしな」

「さすがですね、と言いたいところですが、残念ながら旦那の実家の土地なんです」

「はああ？　旦那の実家の土地なのに旦那は乗り気じゃなくて奥さんが乗り気なのか？　普通は逆だよな。奥さんが姑の目が気になって近くに住みたくないものだけど」柳川はますます分からないとばかりに眉根を寄せる。

「そうですよね、奥さんが乗り気じゃないのなら理解できるんですけど……」

謙仲は抱えている物件の困難さが証明できたようで少し嬉しい。

そこで店員が現れて、焼き鳥の盛り合わせとシーザーサラダをテーブルに置いた。

一通り摘まむと謙仲は思わず溜め息が出る。物件の問題点を柳川に理解してもらえたのはよかったが、自身で説明すればするほど加賀邸の今月契約が困難なことを再確認するようだった。自然と「出向」という言葉が脳裏を埋める。そんな憂鬱な謙仲をよそに再び柳川が口を開いた。

「分かった。すべて分かりましたぞ。奥さんはそこに家を建てさせて、他の男と住みたいようだね」柳川はカリスマ占い師並みに言い切ってきた。

「はあ？　何を言ってるんですか。じゃあ奥さんが浮気をしているっていうんですか」

謙仲はあまりのことに耳を疑う。

「だってそう考えれば辻褄があうだろ。奥さんの浮気に薄々気づいている旦那が嫌がるのも頷けるし、奥さんの方は家を建てさせて、それをそのまま養育費代わりに頂戴してしまおうという算段ですな」柳川は自身の推理に酔うように二度三度頷く。

また、始まった！

謙仲は苦い顔をする。柳川は面倒見はよいのだが、時折、推測が空想となる。今日も、それが始まったようだった。その空想の原因は分かっているのだが……。

「あほくさい。柳川さんの推察通りなら、奥さんが旦那と別れた後、旦那が実家に帰ったらどうするんですか。隣同士に元夫婦が住んでいるんですよ。奥さんの新しい亭主の欠伸を見ただけで、加賀さんが居たたまれない気持ちになりますよ」

「そうか、そうだな。じゃあ浮気しているのは奥さんじゃなくて旦那の方だ」

「だからー、何で加賀さん夫婦が破局の方向に向かわなくちゃいけないんですか」

謙伸は少し切れ気味になる。

「そうかなあ、旦那の浮気なら今度こそすべて合点がいくぞ。旦那には既に女がいる。ゆくゆくはその女と再婚して、その土地に新居を構える算段なんだ。ところが、それを察知している奥さんは加賀のことをまだ愛している。だから今のうちに家を建て、共同名義として加賀との離婚を阻止したい。万一離婚となっても慰謝料代わりに家をいただける。だが、加賀は新しい女のためにそれだけは何としても避けたい。さらに浮気相手の女も『契約書にサインしないでね』などと加賀の耳元で囁いている。資産も含めて女の総取りだ。そう考えると、つくづく人間のエゴって恐ろしい……」

柳川は深い溜め息をつくと疲れ果てたように目を瞑った。どうも、自分の空想で厭世的になっているようだ。謙伸はなかば放心する。この妄想癖と自信過剰はどういう育て方をされたら形成されるのだろうか？

「柳川さん、最近なんか映画観ました？」

「ああ昨日、『マディソン郡の橋』を観た」

やはりか……。どうりで加賀夫妻を不倫に結びつけたがると思った。でも、『マディソン郡の橋』は美しい恋愛が描かれていた気がするが、柳川が思い描いているのはドロドロだ。

謙伸は目の前で項垂れる柳川を放っておいて加賀夫妻のことを考えてみた。

傍から見た加賀夫妻からは柳川の言うような不倫劇など微塵も想像できなかった。

奥さんは快活で行動的な印象を与えるが見た目の派手さはなく、どこか真面目で素朴な印象だ。以前は警察官をされていたということだから、刑務官であるご主人とは何かの事件で知り合ったのだろうか。その夫である加賀さんは刑務官らしく規律を重んじ、情にほだされるようなことはけっしてないような顔つきをしていた。物静かで取っつきにくい空気を常に纏っている。そんな対照的な印象の二人だったが、どこかお互いが補完し合っているような一対のカップルだった。その二人から不倫という言葉を連想するのは少し無理があるような気がした。

「総取りと言えば、皆藤も手柄を横取りしてたしな」柳川が思い出したように言う。

「飛び込み営業のことですか。矢橋課長呆れてましたね」

「飛び込みしろなんて、今まで一言も言ってねえじゃねえか。それをさも自分が教えたように言ってやがったな」

「常務の前ではいつもああなんですか?」

「いつもだよ。前回、常務が来た時も今日みたいに、『なんか秘訣はあるのか?』って大城課長に振って、大城課長の言葉に常務が感心したのをいいことに、それを自分が教えたように吹聴してやがったからな。皆藤のお家芸だ。残念だけど、そういうずるいことが平気でできる人間が出世していくらしい」

「僕には無理そうです」謙伸は項垂れる。

社会人になって一年ちょっと。謙伸はつくづく社会が不条理であり、狡い人間が多いことに驚かされるのだった。しかも残念なことに何々長と役のついている人間にそうしたきらいがあるような気がした。逆に言うと、そうした人間でないと役がつかないのかとさえ思う謙伸だった。

「目が合いましたね」突然の柳川の声だった。

謙伸が我に返り柳川を見ると、隣の席に座る女性二人組に体ごと向けて話しかけていた。女性達も柳川が可笑しいのか頰を崩している。まんざらでもなさそうだ。

この人は確実に将来、役がつきそうだ。謙伸はサラリーマンという職業が自分に向いていないのではないかと感じる。社会って、生きていくって、学生時代に想像していた以上に大変らしい。

翌日、謙伸は二日酔いの体を引き摺りながらどうにか出社していた。

横浜支店の営業課は三課まであるが、すべてが同じ部屋に入っている。課長達三人が窓を背にし、その前に課員がデスクで島を作っている。

この日の朝、謙伸の真向かいの席に柳川の姿はなかった。壁に掛けられた行動予定表を見ると、「直行　鈴木様邸現地調査」と、丸みのある字で書かれていた。きっと朝一番で電話して女性社員に書いてもらったに違いない。謙伸は寮で爆睡している柳川を想像した。

受注さえ取れば誰も何も言わないのが、この会社の良いところであった。半年間、連続受注している柳川は公然とさぼることが許される。それでも柳川の受注が途切れる気配は、まったくなかった。

一方、受注のない謙伸は刑の執行を待つ死刑囚のように落ち着かない日々であった。今日も受注が上がっていないくせに酒臭くはないだろうかと案じること度々であった。

昨晩は結局、柳川がナンパした女性二人組と違う店で飲み直すことになってしまい、気の進まない謙伸もなかば強制的に連行された。謙伸がどうにか帰宅した頃には午前二時を少しまわっていた。柳川は二軒目を出た際に女性の一人とどこかに消えていった。

謙伸が二日酔いの残る頭でどうにか事務処理をしていると、

「緒田、ちょっといいか」

低いがよく通る声が鼓膜を震わせた。課長の大城だ。

謙伸は二日酔いなどなかったかのように、脊髄反射の速度で自身のデスクから大城のもとへ駆け寄る。

「は、はい、な、何かございましたか」

直属の上司である大城の前に立つと謙伸は無条件で平伏してしまう。大城は営業畑一筋。

若い頃から成績優秀で何度も表彰されている上に、一年間に四十一件の契約という驚異的な記録の持ち主であった。課長となり管理職となってからは直接顧客を担当することこそないが、課員が行き詰まった物件も大城が同行することにより契約に到ってしまうということも度々であった。そんな大城を「営業の神様」と崇める者も少なくない。

「そんなに、しゃっちょこばんなくてもいいよ」

今年で還暦を迎える大城は謙仲を孫でも愛でるような目で見る。

「今月契約予定だという加賀さんのことなんだけど、実際のところ、今月は難しいんだろ？」

「え！」

謙仲はあまりのことに茫然自失となる。まさか尊敬する大城にまでも見放されてしまうのだろうか。解雇通告。そんな言葉が謙仲の脳裏に浮かぶ。

「どうなんだ、緒田」

大城の声音はどこまでも柔らかいが、謙仲は引導を渡されているような感覚に陥る。

「今月は……、無理です」

謙仲は小さな声でそう答えると力なく項垂れた。

「そうかあ、無理かあ——。青沼から引き継いだ物件だったが、あいつが半年近く追っていたお客さんだ。お前が担当になって、そう易々と心変わりするとも思えないし、やはり問題はご主人か？」

大城は青沼が担当していた顧客のすべてを把握しているようだった。その上で見込みのある客、ない客も含めて課員に振り分けたのだろう。

「はい、ご推察の通りです。奥さんは乗り気ですが、ご主人が……」

「そうかあ……。でも、他に見込み客もないいんだろ」

大城は腕を組むと深く溜め息をつく。

「すみません」

謙伸の脳裏で出向の二文字がくっきりと浮かび上がる。

「よし！　次の打ち合わせは俺が同席する。そこで契約を打診してみよう。見積もりも既に提出済みだし、娘さんの小学校入学は家族にとって大きなイベントだ。押してみれば違う展開も見えてくるかもしれないしな。上手くすれば道が開けるかもしれない」

「は、はい。お願いします」

謙伸の表情に明るいものが兆す。

「加賀邸は青沼が担当していた顧客の中では、もっともあいつが長期で追っていた物件だ、青沼のためにも頑張ろう」

謙伸は言葉を失い、どうしたことか目頭が熱くなる。

「加賀さんの打開策を探してみたいから、あとで資料を貸してくれ」大城は付け加えた。

「よ、よろしくお願いします」謙伸は思わず大城に尊敬の眼差しを向ける。

長く会社勤めをしながらも、若い自分なんかよりも遥かに澄んだ心根を持っている。何か異世界の存在のようだ。皆藤のような人間が上に立つこの会社にいては、自分がおかしくなるのではないか？　そうも考えたが、それも単なる言い訳でしかないのかもしれない。

「それと……」

大城は思い出したかのように手を叩いた。

「建設予定地に大きな切り株があったはずだが、あれはどうするんだ？」

「えーと、現状のままですと建物にかかってしまうので撤去する方向で考えています」

「それもそうだな、ちょうど敷地の真ん中にあるしな」

謙伸は首を傾げる。

「課長、現地を見に行かれたことあるんですか？」

「ああ、青沼と一度な。有望な物件は現地も見ているよ」

「そ、そうでしたか……」

謙伸は納得すると同時に、有望な物件をどうして自分などに回したのかと不思議に思う。二年目で成績不振な自分などよりも、経験も実績もある諸先輩方に回した方が成約に至る確率は高いはずだ。特に二つ上の先輩である柳川の実力は自他ともに認めるもので、競合すればほぼ負けなし。受注も連続七カ月目になる営業二課のエースだ。それに比べて自分などに回せば、下手（へた）を打てば決まるものも決まらなくなるかもしれない。謙伸は目の前で何かを考えている大城に申し訳なさを感じずにはいられなかった。

この加賀邸だけは何とかしたい！

謙伸にしては珍しく、そんな熱い想いが湧き上がってくる。

謙伸は大城の前を辞すると自席に戻ろうと踵（きびす）を返した。すると謙伸の席の前で仁王（におう）立ちして待ち構えている者がいる。薄いグリーンの作業着を身に纏い、謙伸を睨みつけている。工事課の一年先輩である桐野勇気（きりのゆうき）だ。謙伸が話しかけるより先に桐野が口火を切ってきた。

「緒田くん、池井邸（いけい）のことなんだけどさあ、奥さんからまたクレームなんだけど」

「え！　今度はなんですか？」

謙伸は苦い顔を作る。池井邸は謙伸が半年前に受注し、建物もだいぶ完成に近づいているはずだ。その施主である池井夫人は少女漫画の雑誌で連載をもつ漫画家であった。マイホームに強いこだわりを持っていて、少しでも自分のイメージと実際に仕上がったものが違うと容赦ないクレームを入れてくる。先日もシステムキッチンに『カントリー感がない』という本人にしか分からない表現で、謙伸と桐野を責め立てたばかりだった。

「昨日、足場ばらして建物全体が露（あらわ）になったんだけど、それを見て池井さん、外壁のイメージが違うとか言いだしてるんだよね。ちゃんと外壁サンプル見せる時に面積効果の話とかしてるんだよね？」

桐野はよっぽど池井夫人に文句を言われたのか口を尖らせる。

「はい、しています。外壁サンプルは実際の建物よりはるかに小さいので明るい色はより明るく、暗い色はより暗く見えるので、その上でワントーン上げたり下げたりしてくださいって」謙伸は記憶を辿（たど）る。

「じゃあ、池井さんの目論見違いだね」

「ウーン。池井邸はたしか奥さんの意向でビビッドピンクでしたよね。さすがにあれはやりすぎだと思ったけど、やっぱりもっと落ち着いた色がよかったんですかねえ？」

「逆！　もっと明るいピンクだと思ったとか言って、『これじゃメルヘン感がない』とかぬかしだしてるんだよね。意味分からん。なにメルヘン感って？　自分の歳を考えてほしいよね、ホント！」桐野の毒舌がヒートアップしてくる。

「わ、分かりました。あとで電話しときます」謙伸はまあまあと手で制する。

「うん、頼んだね。池井さん宥められるの緒田くんしかいないから。あたしゃ業者さんがいくら素敵ですとか言っても、『あなた達に言われても』とか言って上から下まで見回した挙げ句に鼻で笑いやがったからね。あームカつく！　あたしだって作業着じゃなきゃそれなりだっちゅうの！」桐野は後ろでチョンと結った髪を握り締める。頭にきた時の桐野の癖だ。

「うん、そうでしょうね」

　謙伸は深く頷き、桐野の私服姿はどんなんだろうと想像する。性格どおりボーイッシュなのだろうか。謙伸の頰が自然と緩む。

「なに笑ってんの？　気持ち悪！」

「あ、いや何でもないです」

「あ！　緒田くんが引き継いだの？」

　桐野は池井夫人のことなど忘れたように、謙伸のデスクの上にある加賀邸のファイルを指さした。

「あ、加賀さんのことですか？　そうなんです。桐野さん知ってるんですか？　この物件」

「うん。青沼くんが元気だった頃、この物件のことで相談を受けたから」

桐野は急にしんみりとした調子になる。

「え？　どんな相談ですか？」

「加賀邸の建設予定地に切り株があるでしょ。あれを掘り起こして、移設することはできるのかって」

「そんな相談があったんですか！」

謙伸は意外の念に打たれる。たった今その切り株のことで課長と話したばかりだ。それは加賀さんからの話なのだろうか？　謙伸は何だか落ち着かなくなってくる。そんな謙伸の様子に応えるように桐野は説明しだした。

「いちおう、あたしも現地調査を兼ねて現場見ているから言うけど、あれ以上、切り株は放置しない方がいいと思う、って答えたけど」

「放置するとまずいんですか？」

「切り株ってシロアリの巣になりやすいんだよ」

「そ、そうなんですか！」

「そりゃそうよ。死んじゃった木でしょ。しかも何の薬剤も施されていないから、シロアリにとっては巨大なご馳走みたいなものよ。たぶん、何年か前に木を切って、切り株を腐らせてから撤去しようと考えたんだろうけど、それっきりになったんじゃない。でも、新居を建てるなら撤去しなきゃだめね」

　謙仲は、なるほどと頷く。

「ちなみに、切り株を移すというのは、加賀さんの意向なんですかね」

「さあ、どうだろう。その時、青沼くんはその際はまた改めてお願いすると思うって言って、それっきりになっちゃったから、もしそこが重要なら訊いておけばよかったね」桐野はそこで言葉を切る。

「そうなんですね」謙仲は残念そうに声を落とす。

「あの時はまさか、青沼くんが病気になるとは思わなかったから……。まあ、あの支店長じゃしょうがないけどね」

「たしかに。でも逆に言うと、あの青沼ですらなるんだから、誰でもなり得るものなのかもしれませんけど……」

「そうね。あたしも気をつけよっと。ところで、何か協力できることがあったら言ってね」桐野はそう言うと再び加賀邸のファイルを指さす。

「……」謙仲は目を丸くする。

「青沼くん、この加賀邸にはずいぶん力を入れていたみたいだったから。これを緒田くんが決めれば、青沼くんも喜ぶんじゃない？」

「そ、そうですね」謙仲は頷く。

「じゃあ、池井夫人はよろしくね」桐野はそう言うと営業課の部屋から出ていった。

謙伸の中でさらに沸々とやる気が湧いてくる。桐野は男っぽい性格だけど優しい。姉御肌というんだろうか。課長もそうだがみんな応援してくれている。せめて、この物件だけは何とか決めよう。転職はそれからでも遅くない。それに、桐野が言うようにこの物件を決めれば青沼も喜んでくれるに違いない。そうすれば青沼の病気も快方に向かうかもしれない。

謙伸は途中までやっていた事務処理を放り出し、加賀邸の資料を再度広げる。何か打開策がないかと、打ち合わせ記録などに隅々まで目を通すことにした。次回の加賀邸の打ち合わせまでちょうど一週間、できることはすべてやろう。図面もくまなく目を通そう。謙伸は加賀邸のＡ２サイズの青印刷された現況図を広げた。現況図には敷地面積、方位、現状ある物が記載されている。謙伸は目をパチクリとさせた。

——この図面、初めて見るかもしれない。

目を皿にして見ていると、問題の切り株の所に小さく「ガラス瓶」と書かれているのを発見した。青沼の字だ。謙伸は首を傾げ、しばらくの間その文字を見ていた。

切り株の呪い？

翌日、住宅展示場にあるモデルハウスに謙伸はいた。モデルハウスには、予定のない営業マンが交代制で詰める。受注の低迷している謙伸は打ち合わせなどもほとんどないので、ここ最近はモデルハウスで新規の来客を待ち受ける日々だった。

といっても、来客はそれほどはない。平日は一日を通して二、三組。土日でも十組いけば大入りという具合だ。しかも、その半分以上は契約済みで「インテリアの参考に」とか、「リフォームをしたい」（リフォームに関しては工事課で対応することになっている）とか。新築の契約が欲しい謙伸のお客様ではなかった。

だが、お客様はお客様なので、そのいちいちを接客しなければならない。先日などは柳川の契約済みの顧客を謙伸が対応中に、「建て替えを考えてまして」などという千載一遇の来客を他の先輩にゲットされるという悔しい思いもしたばかりだった。

しかも、新築希望の来客のほとんどは、強い警戒心のため自身の情報はほとんど語らずに、訊きたいことだけ訊いて帰ってしまう。特に営業成績が低迷し、受注の欲しい謙伸は無意識に「欲しい欲しいオーラ」が出ているのか、それを来客の高感度なセンサーですぐに察知されて、逃げるように帰られてしまうのだった。

「今月中に契約したいんですけど!」そんなお客様を夢見る謙仲であった。

来客のない間、謙仲はモデルハウスの控え室で時間の許す限り加賀邸のことに時間をかけた。ご主人が煮えきらないとはいえ、謙仲の数少ない顧客の中では加賀邸が最も契約に近いからだ。次の打ち合わせで何とかしたい。

図面を広げ、ちょうど切り株がある辺りに書かれた「ガラス瓶」という文字を再び見る。

謙仲は、何かヒントがないかと過去の打ち合わせ記録を読む。最初にモデルハウスに来場して以降の青沼が担当していた頃のものだ。仕事熱心な青沼らしく細かい字で打ち合わせ内容が記されている。ご家族の要望はもちろんのこと、子供達の好きな遊びまでも書かれていた。これを書いている青沼の顔が浮かぶようだった。謙仲は青沼が元気だった頃を思い出す。

九輝ハウジングに入社した当初、青沼は営業一課、謙仲は二課だった。課こそ違えどフロアーは同じで島が違うだけ。同期ということもあり、青沼とは公私ともに多くの時間を過ごした。休みの日には共通の趣味であるキャンプにも二人でよく出かけた。

「俺の車で行こう」

キャンプに行く時、青沼は決まってそう言って自身の車を出した。キャンプに必要な道具などはお互いに持ち寄り、食材はキャンプ場近くのスーパーで調達した。主に行くのは県内のキャンプ場。移動や設営の時間をなるべく少なくして、ゆっくりできる時間を多く取りたかったからだ。

あれは八月のお盆休みを利用して行った丹沢（たんざわ）のキャンプ場でのことだった。二人はうだるような暑さから上半身裸、短パン姿であった。

「謙伸、今回はお前のためにすごいアイテムを購入したんだ！」

青沼は一通りの設営を終えるとそんなことを突然に言いだした。不敵な笑みを浮かべて、車から布袋と人の背丈ほどの長さの角材を二本持ってきた。

「なんだそれ？」

謙伸はまた始まったとばかりに微笑（ほほえ）む。青沼はキャンプギアで面白いものが出るとすぐに飛びつくのだった。先日も原始人が使うような火起こし器を持ち込んだが、結局、火がつかず最後はガスバーナーで着火した。

「まあ、見てろ」

青沼は得意げにそう言うと、角材を地面に突き立てて、二本のロープでテンションをかけて自立させた。二メートルほど間隔をあけ同様のものをもう一つ作ると、布袋から透明のビニール状のものを取り出す。それを広げて、向かい合った二本の角材の先端それぞれに固定する。

「ハンモックか？」

「ああ、謙伸に休んでもらおうと思って買ったんだ。しかも透明のビニール製のものは珍しいだろ」青沼はそう言いながら謙仲を掌で誘う。

「ふうん、そりゃどうも。だけど、これ大丈夫か？　俺が体を預けた瞬間に角材がポキッとかビニールが破けたりしないよな」

「もちろん大丈夫だよ」青沼は笑う。

謙仲は恐る恐るハンモックに身を委ねてみた。ぎしっと角材とロープ、そしてハンモックが唸り声を上げる。ゆっくりと仰向けになってみた。

意外に大丈夫だ。謙仲は体重が六十五キロあるが、しっかり支えてくれている。布でなくビニール生地なので肌触りはあまり良くないが。

「おー大丈夫だな！　ちょっと代わってくれよ」青沼は驚いた顔をする。

「お前、俺で実験しただろ！」謙仲はそう言いながらハンモックから下りる。

青沼は図星の笑みを浮かべながら嬉しそうに、そして慎重にハンモックに身を委ねた。青沼は謙仲とそれほど背丈は変わらないがやや体格がいい。謙仲の時よりもさらにテンションがかかる音がした。

「おー、けっこう安定感あるな。息苦しさはあるけど」

重みで透明のハンモックの生地が上半身裸の青沼を包み込んでいた。

「なんか大きなハムみたいだぞ、あまり食欲はそそらないが。下に焚き火台を持ってきてみよう」謙仲はそう言うと、着火前の焚き火台を青沼の下に設える。

「人で遊ぶな。それより、オイ！　出れねえぞ。出してくれ」

青沼がもがくと焼かれているハムが躍っているようだった。

「やべえ、マジで出れねえ。笑ってないで助けてくれ」

「しょうがねえなあ」

謙伸は焚き火台を外すと、ビニール製のハンモックをめくり青沼を地面に転がす。

「いってー、ひでえなあ。もう少し優しく救出してくれよ」青沼は笑いながら訴えた。

その晩、食事を済ませ、キャンプ場内の風呂に入ると焚き火を見ながら缶ビールを開けた。

この日は平日ということもあり、他のキャンパーはそれほどいない。既に就寝して真っ暗のサイトもある。辺りは虫の音と川の音で満たされていた。

「思ってたのと違うなあと思うんだ、この会社」

酒が入っているのも手伝ってか、謙伸はそんなことを言いだしていた。

「どの辺が?」青沼も酒のせいか頬を赤らめている。

「なんて言うんだろ、もっと綺麗だと思ってたんだ」

「綺麗?」

「うん。ノルマ達成のためになりふり構わなくなっている人が多い気がする」

「それはたしかに。でも二課はまだいいだろう。大城課長は優しそうだし、先輩達も面倒見よさそうだから」

「たしかに、二課でよかった。たぶん、他の課だったらとっくに嫌気がさして辞めてたかもしれない、この会社」

　そこで、青沼はくすくすと笑う。

「たぶん皆藤支店長だよな。あのオヤジが成績残したいからって、無理なノルマを課してくるのが良くないんだよ。他支店の同期とかの話だともっと緩いっていうもん、ノルマ」

「それは、ある。結局、どんなに良い会社でも上司がブラックなら、職場はその色に染められちまうよな」

「たしかに」

「俺、早いうちに見切りつけた方がいいんじゃないかと思う時があるんだ――」

　謙仲は饒舌になっている自分に気づく。前向きに仕事をしている青沼にこんなことを言えば軽蔑か反論されるのが分かっていながらわざと口にしていた。それは案の定だった。

「でも、会社を変わっても、転職先で皆藤みたいな上司がいない保証、なくない？」

　青沼はそれだけ言うと、新たな薪をくべた。

　少しずつ火が薪に移っていくのを謙仲は黙って眺めていた。すると青沼が続けた。

「俺達が変わるか、俺達で会社を変えるしかないだろ」

　青沼は寝てしまった薪を立てた。火が俄に強くなる。

「たしかに、その通りだな。それって、入社式で社長が言ってたことかなあ。でも俺には無理そうだ。青沼みたいに強くないから」

「そんなことはない。全然ない。課長や支店長に言われるとかなり凹むし、こんなはずじゃなかったって、俺だって思う時あるよ。でも、だからといって転職しても、皆藤みたいな支店長の下にならないという保証はないと思うんだ」

「そうだな、俺達が変わるか、俺達が職場を変えなければ逃げ続けるだけかもしれないな」

口だけでなく、たしかにそうだと、謙仲は思った。

「うん。謙仲は、そもそもどうしてこの会社を選んだんだ？」

「小さい頃、大工さんになりたかったんだ。漠然とだけどな。就職活動をするにあたって何かしたい仕事も見つからなかった。そんな中で、住宅メーカーなら、なんとなく自分にあってるような気がしたんだ。青沼は、どうしてこの仕事を？」謙仲はそう訊くと缶ビールを両掌で握る。

青沼は一瞬困ったように口をつぐんだが、しばらくして謙仲の問いに答えた。

「決め手は三つ上の先輩をＯＢ訪問した時だな。同じサークルの先輩だった。学生の頃は頼りない感じの先輩だったけど、久しぶりに会ったその人はまるで別人だったんだ」青沼はさらに薪をくべながら続けた。

「一言で言うと大人になっていた。スーツの着こなしも洗練されていて、言葉遣いまで昔とまるで違うんだ」青沼は当時を思い出してか嬉しそうに話す。

「初めて聞く話だな」謙仲にもなぜか笑みがこぼれる。焚き火の炎がそう見せるのか青沼が輝いて見えた。

「昔は『なんとかダベ』とか語尾につけてたけど、久しぶりに会ったその先輩は年下の俺にもデス・マス調なんだよ。それでいてよそよそしさもなく、俺の訊きたいことにも的確に答えてくれるんだ。そして何よりも自信が漲っていた。それで俺、思わず言っちゃったんだ」

「なんて」

「先輩変わりましたねって」

「ハハ、いいんじゃない」

焚き火台の炎が大きくなる。

「そしたらその先輩言うんだ。『そりゃあ変わるさ。住宅は一生の買い物だよ。そこにはいろんな物語がある。一軒一軒を全力でお手伝いする仕事だ。中途半端な知識や覚悟でできる仕事じゃない。お客さんのことを思えばいやが応でも自分が磨かれていく。この仕事はそういう仕事。苦労はもちろんあるが、そのぶん人間として成長できる仕事だよ』って」

「それで、この仕事に?」

「ああ、だから沢山、経験を積んで、磨かれた自分になって、またあの先輩と再会したいなあと思うんだ」

「お前ならなれるよ」

それはお世辞ではなく、本心からだった。青沼ならなれると……。

それから半年後、青沼はうつ病と診断され休職した。

その時だった、謙仲の携帯が鳴る。画面を見ると『工事課・桐野』と表示されている。謙仲の頬が緩む。

「緒田くん、桐野です。今ちょっと大丈夫？」

桐野の甲高い声がスマホから漏れ、狭い控え室内で響く。

「大丈夫ですよ。どうしたんですか」

大丈夫でない理由がない。どんな顧客よりも桐野の声は謙仲にとっては嬉しい。それがたとえ顧客のクレームを報告するものであってもだ。それゆえ、いちいち細かい池井夫人も桐野との接点を増やしてくれるという意味で、そんなに嫌いではない。この電話も池井夫人の新たなクレームだろうと高を括っていると、桐野は予想外のことを語りだした。

「加賀さんのご主人のことで、ちょっと思い出したことがあって……」

「ご主人のことで、ですか？」

「うん。現地調査の時のことなんだけど、青沼くんが加賀さんの奥さんと配置についてお話ししている間、あたしはいつも通り測量業者と現況の確認をしていたの。その中で例の切り株も当然のこと図面に落としておかなければならないから、幹の太さを測っていたら――」桐野は一旦そこで一呼吸を置いた。

「うん。測っていたら？」謙仲は桐野の話に吸い込まれる。

「それまで、俺は関係ないみたいな感じで敷地の外で腕組みしていたご主人が突然に歩み寄ってきて、『ここで何をしてるんですか！』みたいなことを言ってきたの。その時のご主人の形相があきらかに怒っているみたいだったの」

「珍しいね、あのご主人が感情を露にするなんて」

謙伸は小首を傾げる。加賀は謙伸が歯がゆくなるほどに常に落ち着いていて、何を考えているのか分からない時も度々だったからだ。

「そうでしょ。あたしもいきなりでムカッときちゃったから、『図面を設計士が描くにあたって現況を正確かつ漏らさずに把握するためです！』って説明したら、一応納得してくれたんだけど……。なんかあるのかなあと思って、あの切り株に。それで緒田くんにも教えておこうと思って電話したわけ」桐野はそう説明すると黙ってしまった。

謙伸は桐野に「どう思う？」と問われているようだった。

謙伸は先ほど見た「ガラス瓶」と書かれた場所を確認する。

「桐野さん――、青沼が書きつけたものだと思うんですけど、現況図の切り株のところに『ガラス瓶』って書かれているんですが何か知ってます？」

「ガラス瓶？　うーん、ごめん、分からないなあ」

謙伸は図面を注視する。この物件に関して自分は知らないことだらけなのかもしれない。青沼の方が遥かに核心に踏みこんでいたに違いない……。

「見てきますよ、もう一度。現地とあの切り株を。教えてくれてありがとうございます」

「うん。また何か思い出したら電話するね」

謙伸は桐野に再び謝意を述べると電話を切った。

謙伸は居ても立ってもいられなくなっていた。桐野からの電話を自分の方から切るなど、謙伸にとっては信じ難い行動だった。

住宅展示場から車を飛ばし加賀邸の建設予定地に謙伸は来ていた。敷地横の公道に車を停(と)めると改めて遠目から全体を見渡してみた。

左手に加賀の両親が住む母屋(おもや)があり、右手に地続きの芝地が広がる。この夏で伸びたであろう芝生(しばふ)は青々としていて、時折吹く風がその足跡を残した。そして、問題の切り株がその中央にある。

こうして見るとデカい。

伐採される以前は相当な大木だったに違いない。

謙伸は意を決して建設予定地である草むらに足を踏み入れ、そのまま歩みを進めると切り株の前で足を止めた。この切り株に何かがあるはずだと、一周してみたが目につくようなものはない。

「ただの切り株だろ、やっぱり」

謙伸はそう独り言を言うと、辺りを見渡す。少し陽(ひ)が傾いてきたようだ。腕時計を見ると午後四時になろうとしている。謙伸は車に戻ろうとしたが、それでも後ろ髪を引かれて今一度、敷地を見渡す。

そうだ。母屋にいらっしゃる加賀さんのご両親なら何か知っているかもしれない。青沼から引き継いだものの、建設予定地の所有者であるご両親とは面識がなかった。謙伸は挨拶も兼ねて母屋を伺ってみることにした。

母屋のインターホンを押すと、加賀の母親が玄関先に現れた。父親は不在のようだった。

「突然に申し訳ありません。九輝ハウジングの緒田と申します。近くまで来ましたものでご挨拶をと思いまして」

謙伸は深々と頭を下げる。加賀の母親は農家の人らしく作業着姿のままであった。

「あら、担当さんが代わったのね。こちらこそよろしくお願いします。いま麦茶でも出しますから」そう言うと加賀の母親は座布団を持ってきて謙伸に勧める。

「いえ、すぐに退散致しますので、どうぞお構いなく」

加賀の母親はこうした突然の来客にも慣れているようで、淀みない所作で謙伸をもてなしてくれる。すぐに、グラスに入った麦茶が謙伸の前に出された。

「どうぞ、こんなものしかなくて」

加賀の母親は自身も玄関先に座り込んでしまった。

「遠慮なく頂戴致します」

謙伸は恭しく麦茶の入ったグラスに口をつけると、時候の挨拶のようなものをして、現在の建設計画の状況を説明した。母親は謙伸の話を聞き終わると、

「子供達が近くに住んでくれれば何かと安心ですけどね」それだけ言うと微笑んだ。

少しの間をおいて、謙伸は意を決して切り株の話を振ってみた。ちょうど開け放たれた玄関からその切り株も見える。

「それにしても、あちらの切り株は大きいですね、以前は相当な大木だったんでしょうね」

謙伸は目線を切り株に移す。

「そうねえ、樹齢三百年なんて言われてたかしらねえ。なんていう名の木か分からない木で、この辺では『なんじゃもんじゃの木』なんて言われてましたけどね。春には赤い花を咲かせてたんですよ」

「この辺りのシンボルツリーだったんですね。子供達の格好の遊び場にもなりそうですね。ご子息の加賀さんも小さい頃はその木で遊ばれたんでしょうね」

多少強引かと思われたが加賀と大木を繋げて話を振ってみた。

「ええ、それはもちろん。近所の子とよく一緒に遊んでいたものですよ。あの子が小さい頃はまだ木は植わってましたからねえ。木登りするのはいいけど、落っこちやしないかと、こっちはハラハラさせられてねえ、特に……」そこで母親は言い淀んだ。

「特に？」

謙伸は興味ありげな顔をする。母親は躊躇う素振りを見せたが話を続けた。

「そこの青い家があるでしょう。そこの子が特に活発でねえ。女の子なのに上の方まで登っていっちゃうのよ」

「けっこう高いですよね？」

「高いですよ！　お転婆な子でねえ。その子とは結局、高校まで一緒でしたけどね」

「所謂幼馴染みというやつですね」

「そうねえ、お付き合いしてたと思うのよ。よくあの木の下で待ち合わせては暗くなるまで話しこんでたから」

「今もあちらに住まわれてるんですか？」

加賀の母親は突然に神妙な表情をすると、首を振った。

「いいえ。それが、亡くなってしまったの――」

「亡くなった⁉」

「いろいろあってねえ……。だから、今はまったく別の方があそこには住まわれてますけどね」加賀の母親は寂しい表情をしながら切り株に目を向ける。

「すみません、なんか立ち入ったことを伺ってしまって」

「いいえ、いいのよ。昔のことだから。でも、そういえば先日も、背広を着た人がこの敷地に入ってあの切り株を見てたけど……」

「背広を着た人？」

「ええ、緒田さんみたいに車をそこに停めて写真を撮ってたと思ったら、メジャーでいろいろ計っていましたよ。てっきり息子がお世話になっている会社の方だと思いましたんで声もかけませんでしたけど」

住宅メーカー？　加賀邸は競合が入っていないはずだった。加賀の奥さんが九輝ハウジングのデザインが好きで、うち一社にしか声を掛けていないはずだった。

産業スパイ。なぜか、その言葉が脳裏に浮かぶ。

「どんな車だったか覚えてますか？」謙伸は思わず母親に尋ねた。

「車の後ろに帝国ホームとか書いてあったような気がしましたよ」

既に帝国ホームが入っている！　謙伸は下唇を噛みしめる。どのタイミングで入ってきたのか。

その後、謙伸は大まかな建物の配置や工期のことなどを母親に話し、加賀の実家を後にした。謙伸は車に戻る前に、加賀の母親が言っていた青い外壁の家の前を何気なしに素通りしてみた。

新しい買い手が住んでもう何年も経っているようで、玄関に掛けられた木製の表札がいい色に風化していた。謙伸が腕時計を見ると、午後五時になろうとしていた。そろそろ営業所に戻らなければならない時刻だった。

謙伸は営業所が入るビルの地下駐車場に車を停め、エレベーターを待っていた。頭の中は帝国ホームと加賀のことでいっぱいになっていた。エレベーターが到着すると中から小柄な女性が出てきた。それは作業着姿の桐野であった。謙伸はそれまでの陰鬱な空気が一掃されたように嬉しくなる。

「お疲れ様です。さっきは電話ありがとうございました。早速、見てきました、切り株！」

「おお、どうだった？　収穫あった？」桐野はエレベーターから降りると足を止めた。

「いろいろありました。まずあの切り株ですけど、伐採する以前はなかなかの大木で、『なんじゃもんじゃの木』って呼ばれてたそうです」

「なんじゃもんじゃの木？　ふうーん」桐野は不得要領の顔になる。

「それと、やはりあの切り株には何かありますね」謙伸は自分で言って頷く。

「何かって？」

「なにかこう、呪いのようなものがです」

「はあ？　呪い？　また話が飛ぶねえ」

桐野は例の切り株に藁人形が釘で刺されている様を想像する。

「加賀さんのお母さんのお話では加賀さんの幼馴染みが昔亡くなっているんです。で、その幼馴染みが以前住んでいた家が、建設予定地の前にある青い家なんですよ」

「ああ、あの斜向かいの。ちょっと古めだけど白い破風板と外壁の青がノスタルジックでセンスいいよね。池井さんにも参考にしてほしいぐらいだわ。でも、どうして幼馴染みの死とそのなんじゃもんじゃの木が関係あるの？」

「お母さんの話では、加賀さんとその幼馴染みが会う時は、あの切り株が待ち合わせ場所だったようなんです」

「ふうーん」

「それに、桐野さんが言っていたように加賀さんはあの切り株に人を近づけたがらない」

「うん。なるほど、その幼馴染みと切り株が関係あるとして、でも、問題はそれがどういう関係なのかだよね」

「……、仰る通りなんですけど、それはまったく分かりません」

謙仲が一本取られた体で頭を掻いていると、黒塗りの高級車が地下駐車場に入ってきて、通路を塞ぐように止まった。

運転席から支店長の皆藤が小走りに出てきたと思うと、後部座席のドアをゆっくりと開けた。開けられたドアから出てきたのは常務の徳谷であった。

徳谷は酔っているのか顔を赤らめ、ふらついていて皆藤に抱えられながら自身の待機していた社用車に移動した。社用車から慌てて運転手が降りてきて後部座席のドアを開け、皆藤と二人で徳谷を車へ移す。徳谷が後部座席に収まったのを確認した皆藤は自身の車に戻ると、トランクからゴルフバッグを取りだし社用車に移した。二言三言何かを徳谷に話しかけていた皆藤は深々とお辞儀をし、徳谷の車が地下駐車場から出ていくのを見送った。

「何あれ？」

一部始終を黙って見ていた二人だったが先に口を開いたのは桐野だった。

「接待ゴルフですかね、社内ですけど」謙仲が答える。

「ていうか、休みじゃないよね、今日。なんでゴルフなんて行ってるの？　しかも酔っぱらってなかった？」

「常務、フラフラでしたね。でもあんなにご機嫌そうな常務見たの初めてです」

「皆藤マジックだね。奴の社内営業の技術はハウツー本を出せるレベルらしいよ。今まで、皆藤のパワハラを何人かが訴えたらしいけど、すべて常務が握りつぶしたんだって」

「そ、そうなんですか！」謙伸は徳谷の車が出ていった駐車場の出口を睨みつける。

「あ、噂をすれば来た」

支店長専用の駐車スペースに車を停め終えた皆藤は、こちらに向かってくる。

「おお、お前ら悪いな。エレベーター止めといてくれたのか」皆藤はさっきまでの米つきバッタから、トノサマバッタになる。

「はい。支店長のお姿が見えたのでお待ちしておりました」

桐野は今までの悪態が別人のものだったかのように振る舞う。

「うん。ご苦労」

皆藤は当たり前のようにエレベーターに乗り込むと一人上がっていった。謙伸は終始黙っていた。二人は頭上の表示灯がＢ１から一階を表示したのを確認すると目を合わせた。

「あの糞オヤジなんか酒臭くなかった？」

桐野は鼻を摘まみながら謙伸に訴える。

「たしかに。あきらかに飲んでましたね」

「飲酒運転じゃん。この間、朝礼で『飲酒運転なぞする者は即クビだ』ぐらい言ってたよね」桐野は自分の首を手刀で切る真似をする。

「言ってましたね。名前は忘れましたけど、実際に飲酒運転した人懲戒処分にしてましたもんね」

「自分がやってるじゃねえか！　ひどい人だな、虫唾が走るね」桐野は口を尖らせた。

「本当に許せない奴です……」

謙伸は支店長室のある八階で止まっている表示灯を睨み続けた。

「それじゃあ、あたしこれからお客さんの所に行かないといけないから」

「え？　これからですか？」桐野の声で我に帰った謙伸が腕時計を見ると既に午後七時だ。

「うん、先月引き渡したお客さんなんだけど、インターホンの調子が悪いらしくて、ちょっと見てくる」

「そうですか……。お気をつけて」

「緒田くんもほどほどにして帰りなよ。明日は休みでしょ、ごゆっくり！」

桐野は謙伸に軽く手を挙げると、自身の車へと向かっていった。

男前だなあ桐野先輩、あんなに可愛いのに。もしかして自分は、グイグイ引っ張ってくれる女性が好みなのだろうか。なんだか、やる気が湧いてきたぞ。

ようし、加賀邸を決めるぞ！　皆藤を見返してやる。

謙伸は意味もなくエレベーターのボタンを連打するのであった。

八階でエレベーターを降りて廊下を歩いていると、営業三課のメンバーが揃って歩いてきた。先頭には三課の課長である矢橋が部下となにやら雑談に興じている。

「お疲れ、こんな時間まで外回りか？　頑張るなあ」矢橋は足を止めて謙伸に声を掛けた。

「はい、今月契約予定のお客さんの敷地を見てきました」

「おお、青沼から引き継いだお客さんだったっけ」

「そうなんですけど、いろいろ問題がありまして——」謙伸は弱々しい声になる。

「そうかあ、まあ、どんな物件にも問題は付き物だ。大城さんには相談したのか？」

「はい、課長も気にしてくれていて」

「うん。それならよかった。為せば成る。諦(あきら)めるな！」矢橋は謙伸に活(かつ)を入れる。

「はい」謙伸は素直に頷いた。

「もしよかったら緒田も来いよ、うちの内藤(ないとう)が契約決めてきたからお祝いなんだ。駅前の『のんべえ衛座衛門(えざえもん)』にいるから」

「あ、ありがとうございます。でも、ちょっとやることがあって……」

「ああもちろん、仕事優先でいいよ。もし来れたら来な」

矢橋は白い歯を覗(のぞ)かせてそう言うと、部下が待つエレベーターの方へ向かっていった。

相変わらず熱い人だな。それでいて、気配りがすごい。隣の課の自分にまで優しい。根つからの営業マンっていうのはああいう人をいうのだろうか。矢橋は待たせていた部下に詫(わ)びながらエレベーターに乗り込んでいった。

産業スパイを捕まえろ！

柳川は汗だくの顔で目を見開くと、パイプ椅子を少し謙仲の方に向けて座り直した。

「え？　加賀さんにも帝国ホームが！」

この日、謙仲は現場見学会にいた。外壁や断熱材、壁紙もまだ施工されていない上棟を終えたばかりの建物である。来場者は九輝ハウジングの構造躯体だけを見ることができるのであった。

九輝ハウジングの家は木造だが、震度9の地震にもビクともせず、最大瞬間風速七〇メートルの暴風にもどこ吹く風で超然としている、とても頑強な構造が自慢だ。それを見て触ることができる貴重な機会なのだが、朝から来客がない。見学会は二日間で行われるが、一日目のこの日、当番である謙仲と柳川は駐車場に設営したタープの下で茹だるような暑さの中にいた。

「そうなんですよ。この間言っていた産業スパイは、やはり実在するのかもしれません。加賀さんに前回の打ち合わせの時、『他社さんにはお声を掛けられてますか』とザックリ伺ってみたんですよ」

「うん、それで」

「そしたら、ここまでいろいろやっていただいてるので、他社には声を掛けていませんって、奥さんは仰ったんです。あれが嘘だとも思えないし、あの後、帝国ホームに声を掛けるとも思えなくて」

「うーん」

柳川は唸ると、テーブルに置いた麦茶を手にした。しばらく二人の間に沈黙が落ちる。

「次の打ち合わせで契約を打診するんだったよな？」

「はい、そのつもりです」

「そうかあ……。実は帝国ホームが割って入ってくるタイミングに共通点があるような気がするんだ」柳川は神妙な顔になる。

「共通点ですか？」

「一課の帝国ホームに負けた物件もそうだし、俺のお客さんもそうなんだが、帝国ホームが競合に入ってくるのはだいたい契約前後なんだ」

「契約前後？」

柳川は頷く。同時に汗が数滴落ちた。

「契約後にお客さんから帝国ホームが来たことを告げられたことが数度あった。その時点では契約しているからお客さんも相手にしない。それに、俺ともしっかり人間関係ができているから浮気するようなこともない。しかし、問題なのが契約直前に入ってくるパターンだ。契約書をお客さんの前に出した時に言われたことが、これまでに二度あった」

　柳川は思い出しながら話しているのか、いつもより話す速度が遅い。

「なんて言われるんですか？」

「帝国ホームが突然にやってきて、九輝ハウジングより安くやるから検討してもらえないか、と言われたそうだ」

「それで柳川さんはなんて切り返すんですか？」

「安くやろうと思えばいくらでも安くできます。でも、それなりの建物ですよ、って言う」

「そ、そんなんで、お客さんは納得して契約してくれるんですか？」

　謙伸は不思議議で堪らない。同じことを同じ場面で謙伸が言ってもお客さんは納得してくれなさそうだ。

「もちろん！　契約直前ならお客さんはもう俺のことが大好きになっているから、時既に遅しでしょ！　そうじゃない？」

「そ、そうですね」

　この人のこの自信はどこから来るのか。まったく揺るぎがない。この調子で言われてはたしかに顧客も納得してしまうのかもしれない。

「そしてもう一点共通点がある。これは俺の思い過ごしかもしれないが、帝国ホームの話がお客さんの口から出てくるのは必ず『リビングカフェ』でなんだ」

「リビングカフェで、ですか？」

「そう。まあ、これは俺の思い過ごしかもしれないけどな——。どちらにしても、うちの顧客情報を漏らしている奴がいる可能性は高いと思う。まあ、俺にとっては帝国ホームにしても産業スパイにしても敵じゃないけどな」柳川はそう言うと一人不敵に笑う。

——リビングカフェ。

九輝ハウジング横浜支店が入るビルの最上階にあたる九階は、フロアーすべてがお客様との打ち合わせスペースになっている。大小二十からなる打ち合わせブースが用意され、契約前の商談から契約行為、さらには契約後のインテリアや外構工事に関することもここで打ち合わせが行われる。

一週間ほど前に、謙仲も加賀邸の打ち合わせのために席を予約したばかりだった。顧客の簡単な情報と打ち合わせ内容を、リビングカフェを管理している総務課に伝えた。打ち合わせ内容は「契約」だったり、「契約前打ち合わせ」だったり、「契約後打ち合わせ」といった具合だ。

謙仲は加賀邸の打ち合わせのために、「契約」として予約したのだった。その直後に帝国ホームが現れた。柳川の言っていることと符号する。もし産業スパイが存在するなら、リビングカフェを管轄する総務課の中に潜んでいるということであろうか？

すると、柳川が突然に勢いよく立ち上がった。

「俺達で捕まえよう！」

「え？　何をですか？」謙仲は驚いて身を反らす。

「何をって、産業スパイに決まってるだろ！」

「本当にいるんですか、産業スパイ。しかも、僕達で捕まえるんですか？」謙仲は口をあんぐりさせる。

「いる！　俺の勘は当たるんだ」

え？　柳川さんの場合、また暴走した空想じゃないの？　そう疑念を抱く謙仲などよそに柳川は続けた。

「俺は産業スパイなどそもそも敵ではないが、お前ら力のない後輩達がすごくかわいそうだからな」

「ち、力ないって……」あながち否定もできない謙仲であった。

「まず、手始めに、この作戦名を発表しよう！」

「作戦名？　なんすかそれ」

「分からん奴だなあ。そもそも、『九輝ハウジング内に潜入している産業スパイの発見と排除に関する作戦』ではいちいち長すぎるし、敵である産業スパイに聞かれてもまずいだろ。そこで、本件に関する作戦名が必要となるわけだ。そしてその作戦名を『サンダーライト作戦』とする」

「サンダーライト作戦ですか……。また最近、なんか映画観たでしょ？」

「ああ昨日、『００７』の『サンダーボール作戦』を観たけど、それがどうかしたか？」

謙仲は柳川に圧倒される。映画に影響されている自分にまったく気づいていない。そこが、また恐ろしい。そんな謙仲など気にも留めず、柳川は続けた。

「そして、このサンダーライト作戦に関するリーダーが俺、本件に関しては俺のことをコードネーム『ファルコン』と呼ぶように」

「ファルコン？　聞いたことある言葉ですけど、どういう意味ですか」

「ハヤブサという意味だ。俺の名前が隼人だからそこからとった」

「なるほど、かっこいいコードネームですね。僕のもあるんですか？」

「お前にもあるぞ。お前のコードネームは『ナマケモノ』だ」

「ナマケモノ！」

「そうだ、ナマケモノ！」

「ナマケモノって僕の性格のこと言ってるんじゃなくてですか？　コードネームなんだから、もっとましなのにしてくださいよ」謙仲は口を尖らせる。

「何言ってるんだ、ナマケモノで十分だろ。お前の場合、本名だけでなくコードネームでも名前負けしたらそれこそ救いようがないぞ！」

「それはたしかにそうですけど、ナマケモノって名前負けはしないかもしれませんけど、名前が既に負けそうじゃないですか！」

「いや、そんなことはない」柳川は首を振る。

謙仲は柳川を白い目で見てから、しばらく考える。

「ナマケモノじゃなくて、アルマジロでもいいですか？」

「アルマジロ？　なんだそりゃ、外国のサッカー選手か？」

「誰と勘違いしてるんですか！　背中が硬い皮膚で覆われていて丸くなれる動物ですよ」

「ああ、思い出した！　ダンゴムシのお化けみたいな奴だな。まあ、あれならいいか」

柳川はどうでもよさそうに言う。

後輩のために産業スパイを捕まえるだとか言いながら、スパイ映画を観て影響されたことは明白だ。そう謙仲が呆れていると、柳川は謙仲の想定外のことを言いだした。

「考えてみれば青沼も、この産業スパイにやられた側面が大きいはずだ。今は療養中だが、あいつが帰ってきた時のためにも産業スパイを排除しておく必要はあるだろ？」

「……、そうですね」

謙仲は驚いたように瞬きをすると頷いた。たしかに、そうだ。もし産業スパイがいるとするなら、そいつは絶対に排除しなければならない！　青沼のためにも……。


九階にあるリビングカフェ内は、森の中にいるような環境音が流されていた。その下の八階にある営業課が入るフロアーの喧騒と比べるとまるで別世界のようである。謙仲はこの日、そのリビングカフェのブースにいた。

『加賀様邸新築工事お打ち合わせ』。二枚複写の打ち合わせ記録の一番上に、そう書きつけた。

結局、切り株と加賀の幼馴染みとの関係は繋がらないままであった。そして、青沼が切り株のところに書きつけた『ガラス瓶（びん）』という字も謎のままであった。謙伸は仕方なく、前回の打ち合わせにより訂正した箇所を新しい図面や見積もりでチェックし、今日話すことを想定していた。

打ち合わせの時間が近づくにつれ、謙伸の鼓動は妙な具合になる。緊張しているのか？　謙伸は自問する。とにもかくにも、これを決めなければ子会社へ出向させられてしまう。それに、ここまでフォローしてくれた桐野（きりの）や大城（おおしろ）、様々なアドバイス？　をくれた柳川のためにも頑張らなくてはならない。そして、この加賀邸の共同受注者となる青沼のためにも――。

謙伸は今一度、打ち合わせ記録を読んでみることにした。

最初は入社して間もない去年の四月になっている。青沼の書いたものだ。そう考えると一年以上フォローしていることになる。異常な長さだ。顧客の選別も重要な仕事であり、毎月課されるノルマを達成するためには購入意欲のない顧客は切り捨てなければならない。しかし、青沼はすべての顧客に真摯（しんし）に向き合っていた。それ故（ゆえ）に加賀邸は、謙伸にもこうして引き継がれていた。

『十二月十五日』、去年の日付が青沼の綺麗（きれい）な字で書かれていた。これが、青沼の残した加賀邸最後の打ち合わせ記録であった。この頃は、まだ元気だったはずだ。もっとも皆藤（かいとう）の執拗（しつよう）なパワハラはこの時から既に始まっていたが……。

謙伸は去年の暮れのことを思い出す。

その日、謙伸と青沼は営業課の若手だけの忘年会に参加していた。場所は支店近くの居酒屋。午後七時ぐらいから飲み始め、一時間も経つといい具合に酔いがまわり、皆が思い思いに席を変えては、雑談に花を咲かせていた。すると、斜め前に座っていた青沼が携帯の画面を注視しているのに気づいた。どうやら着信のようだ。青沼は携帯を持ち、店の外に出ていった。お客さんからであろうか？　謙伸はその場では深く考えずにいた。

「そろそろ二次会に――」

誰かがそう言った時にも、青沼は離席したままであった。謙伸が青沼を呼びに行こうと店の外に出ると、青沼はまだ携帯電話を持ったまま誰かと話している最中であった。

青沼は電話口でひたすらに謝り続けている。もし電話の相手が同じだとすると既に一時間近くになる。何か重大なクレームでも起こったのだろうか？　謙伸がそう心配していると、青沼はようやく解放されたのか通話を終えたようだった。青沼は大きな溜め息をつくと、頭を掻き毟る。後ろに立つ謙伸の存在にも気づいていないようだった。

「客からのクレームか？」

謙伸はそこで初めて青沼に声を掛けた。

「ああ、謙伸か」青沼は疲れきった表情でそう声に出す。それから、スマホを操作すると「支店長からだよ」と言って謙伸に画面を見せた。そこには皆藤支店長の文字が出ていた。

「支店長から？」

「ああ。鮫島課長を飛び越して直接俺に言ってくるんだ」

青沼はほとほと疲れているようだった。

「何を？　お前は今月こそ契約は厳しそうだが先月も受注を上げているのにか？」

「電話営業の件数が先月より少ないって。モデルハウスで棚ぼたばかり拾うな、だそうだ」

そうこぼすと青沼は再び大きな溜め息をつく。

「しかし、契約後の打ち合わせもけっこう入ってるんだろ？　先月契約したのは二世帯住宅だ。手間も二倍かかるだろ。それを考慮せずにか」

「うん。でも支店長が言うのももっともだ。やはり基本は自らの足で稼がなければいけないと思う。忙しいのを理由にしていたのも事実だ。俺が悪い」

青沼は自分にそう言い聞かせると唇を固く結ぶ。

「期待されている奴はやはり違うのかなあ。俺の方が成績良くないけど、電話は掛かってこないもんな」謙伸は苦笑いを浮かべる。

「ところで、もうお開きか？」青沼は店の中を覗く。

「ああ、二次会に行こうぜ」

謙伸は青沼と店の中に戻った。

そんな青沼の様子がおかしくなったのは、年が明けた頃からだった。運悪く受注の低迷していた青沼に、直属の上司である営業一課長の鮫島から、さらにはその上の皆藤支店長から、朝に夕に容赦のない攻撃が、衆目のもと繰り返された。それは、隣の課にいる謙仲も聞くに堪えないもので、明らかに「見せしめ」でしかなかった。

最初、青沼は仕事熱心なところから、むしろ皆藤に可愛がられていた。だが、そんな青沼ですら受注を上げてこなければ散々に叱責される。そう喧伝するかのようであった。

そんな皆藤による執拗なパワハラは休日にも及び、謙仲が青沼と一緒にいる時にも電話が鳴り、一時間余り説教をされる。謙仲もそれを傍らで聞いていた。

青沼がうつ病と診断されるまで、時間はそれほどかからなかった。

診断結果を一部の人間のみに伝えた青沼は、その後も薬を飲みながら出勤していた。しかし、そんな青沼を皆藤は「根性なし」と笑いながら揶揄し続けるのだった。それを見るに見かねて、営業二課長の大城が自身の課に引き取り、ようやく青沼は休職した。そして今も青沼は休職中だ。

謙仲のいるブースに受付の女性が顔を出した。

「加賀様がいらっしゃいました」

時計を見ると約束の時間よりも十五分ほど早い。

「ありがとうございます。お迎えに上がりますので、大城課長に内線で知らせてもらってもいいですか」謙仲は受付の女性にそう告げるとブースを後にした。

受付に行くと加賀一家が待合スペースで待機していた。

「お忙しいところお越しいただき、ありがとうございます」

謙伸は満面の笑みで出迎える。ご主人は相変わらずの仏頂面だが、奥様は明かりが点いたように笑顔だ。そして来年小学生になる女の子と幼稚園年少の男の子。絵に描いたような幸せそうな一家であった。

「ちょっと早く着いてしまって――」奥さんは申し訳なさそうに謝る。

「緒田さんもいらっしゃっているから、その分早めに始めさせてもらおう」

旦那が後を引きとった。早く始めて、早く帰りたいんだ。そう言っているように謙伸には聞こえてしまう。

「では、こちらへどうぞ」

謙伸は加賀一家を奥のブースへ誘おうとすると、子供達が受付カウンターの上に置かれたぬいぐるみ、「家ーる君」に興味を示しているのに気づいた。

家ーる君は九輝ハウジングのマスコットキャラクターだ。九輝ハウジングのテレビCMにも登場している。何の変哲もない切妻屋根の家を模ったゆるキャラなのだが、CMで見せた歯に衣を着せぬ物言いで、不思議な人気を獲得したのだった。世間的には既に社長よりも知名度が高い。今年入った新入社員によると、入社試験で家ーる君を描く問題が出たそうだ。今や九輝ハウジングでは役員の名前を覚えるよりも、家ーる君を描けるか否かの方が遥かに重要であることは間違いない。

「家ーる君だ！」上の女の子が指をさすと、下の男の子も釣られてはしゃぎだす。

「ちょっと待っててね」

謙仲は受付カウンター横の棚に並べられた小箱を二つほど取ると子供達に渡した。

「あ！　くれるの、ありがとう」

子供達は小躍りして喜ぶと母親のもとに駆け寄っていった。

「あら、よかったわねえ。ちゃんと緒田さんに『ありがとう』言えた？」

「うん。優奈は言えたけど正宗は言えてない！」

姉弟間に小規模な争いが勃発してしまいそうになったが、下の子の正宗くんは我関せずで今与えられた家ーる君に夢中になっている。家ーる君恐るべしだ。謙仲は今更ながら家ーる君に平伏してしまいそうになる。すると、少し先で待つご主人が冷たい視線を向けているのに気づいた。

「申し訳ありませんでした。こちらになります」

謙仲は慌てて一家を案内するため先を歩きだす。すると、加賀邸の打ち合わせのために用意したブースから女性の声がした。

「BCさん、後はヨロです」その後に飛行機が飛び去ったような効果音が聞こえた。

見ると後ろで髪を結った作業着姿の女性が背を向けていた。

「あれ、桐野さん何やってるんですか？」謙仲は嬉しさ半分、驚き半分で尋ねる。

桐野は謙仲と目が合うと慌ててスマホをポケットにしまい、極めてバツの悪そうな顔になった。こんな表情をする桐野を見るのは初めてのことだ。

「あ、ごめん、ここ今使うんだよね。失礼しましたー」桐野はそう言うとそそくさとブースを後にした。謙伸は首を傾げる。

桐野さん、ここで何をしていたのだろうか？

謙伸がそんなことを考えていると奥さんに連れられた子供達が、賑やかにブース内に入ってきた。

いかん、仕事に集中しなければ。謙伸は慌てて子供達に笑顔を向ける。

「お子様用の椅子もご用意してありますので、優奈ちゃんと正宗くんはこちらへどうぞ。それと今日は私の上司にあたります大城も同席させていただきたく存じますので、よろしくお願い致します」謙伸がそう加賀一家に話していると、その大城が現れた。

「いらっしゃいませ。本日はお忙しいなかご来店ありがとうございます。大城と申します」大城は加賀一家に会えたことが本当に嬉しいのか、普段から下がっている目尻をさらに下げながら名刺を差し出す。

大城が自己紹介のような、雑談のような話をしていると先刻の受付嬢が飲み物を持ってきた。皆が席に着いたのを確認すると謙伸が最後に席に着いた。

「それでは……」

と、謙伸は前回の打ち合わせで変更になった箇所を図面で丁寧に説明し、それに伴った金額の変更を告げていく。そして、総工事費用を最新のものにした資金計画書を夫婦の前に提示した。そこには現在の銀行金利をもとに計算された月々の返済額も示されている。

「金利は今月のものです。実際には融資実行時の金利が適用されますが、今のところ大きな変動はないと思われます。現在、お家賃として十二万円をお支払いしているということでしたが、加賀様の場合、土地はご用意いただき建物のみに費用が掛かりますので、だいぶ月々のご負担は軽減されるかと思います」謙伸はそう説明すると『工程表』を一家の前に広げた。

「上のお子様の小学校入学が来年の春ということですので、今月ご契約いただければぎりぎり来年の春には間に合うかと存じます。増税前に家具などの新調も十分可能です」

謙伸は工程表に書かれた『ご契約』という文字を蛍光ペンで囲い、一家の反応を見た。

奥さんは顔に手をやり一つ二つ頷いている。良い反応だ。子供達は相変わらず家ーる君と遊んでいる。そして、問題のご主人だが、腕を組んだまま無表情にテーブルに広げられた書類に目を落としていた。

自然と場にいる全員が沈黙してしまう。空気を察してか謙伸の後を大城が引き取った。

「加賀様とお会いするのは今日が初めてですが、本来であればもっと早くにご挨拶しなければなりませんでした。その点は誠に申し訳ありません。加賀様の営業担当を前任の青沼から緒田に任せようと判断したのは私なのですが、それは緒田が青沼と同期ということもあり、ともに支え合っていたからです。青沼は現在体調を崩し休職しておりますが、彼は営業担当として真摯にお客様に向き合っていたと思います。そんな彼の志を引き継げるのも緒田しかいないと私は判断しました。とはいっても、緒田はまだ二年目ですので、至らない点も多々あろうかと存じます。ですがそこは、私はもとより会社一丸となってフォローさせていただきますので、どうぞご安心ください」

大城はそこまで話すと口を噤んだ。その場にいる全員が今度はご主人の反応を待つ。

「アパートもちょうど来年の春で更新だしね。優奈も転校させなくて済みそうね」

奥さんが神アシストを入れる。後はご主人が、がら空きのゴールにぶち込むだけだ。

ご主人は目を細め、口元に手を持っていく。このご主人が考えごとをしている時に見せる仕草だ。数秒の間、そうしていたかと思うとその手をテーブルの上に置き両手を組み合わせ刮目する。どうやら考えが纏まったようだ。

「やはり、あそこに建てるべきではない気がする」

はっきりした口調だった。その場にいる全員がしばらく沈黙してしまう。子供達も空気を感じてか緊張した面持ちであった。謙伸は加賀の母親の話を思い出す。あの切り株に、やはり何かあるのか……。

「もう、いい加減にしてよ！」

突然の奥さんの声だった。奥さんは視線を落とし、肩を震わせている。

「一年よ。もう一年もあそこに建てる建てないってやってるのよ。あそこなら子供達の幼稚園も変えずに済むし、優奈も一緒に小学校に上がるお友達が沢山いる。それに家計の負担だって減るし、今よりも広いところに移れるのよ。あたしだってお父さんやお母さんと上手くやっていく自信もある。なんなのよ、何をそんなに迷う必要があるのよ！」

謙伸がずっと疑問を抱いていたことのすべてを奥さんが代弁してくれたようだった。いや、謙伸だけでなく青沼をはじめ、この物件に携わってきた者の心のうちを代弁しているようだった。

「申し訳ない。ここに来るまでは俺も決心がついたつもりだった。ただ、こうして現実味を帯びると、やはり……」

ご主人の弱りきった声。こんな弱々しい姿を見せたのは初めてだった。それほどまでにあの土地に建てたくないのか。

すると、奥さんは傍らに置いてあったハンドバッグを手に取り、憤然と立ち上がる。

「実家に帰るわ。アパートには帰らないから」そう言うと、奥さんは謙伸に頭を下げる。

「緒田さん、そして課長さん、本来なら家庭内で十分に意思を固めてからここに来なければいけなかったにもかかわらず、本当に申し訳ありません。この人のよく分からないこだわりのせいで、長いこと無駄な時間を使わせてしまいました」

奥さんは再び頭を下げる。

「いえ、そんな……」謙伸は頭を振る。

「優奈、正宗、帰りましょ。美味しい物でも食べようね。新しいお家買うのにお金貯める必要もなくなったから」

そう言うと、奥さんは吹っ切れたように打ち合わせブースから出ていってしまった。あまりのことに謙伸も、大城も、そして加賀本人も呆然とする。子供達はどうしたものかと躊躇(ためら)いながらも奥さんの後を追っていった。

謙伸は席を立ち、奥さん達の方に向かおうとした。その刹那、強い力が謙伸の手を引き戻した。

「座りなさい」大城の声だった。

「しかし、課長、このままでは……」

「しかしもヘッタクレもない。とにかく、座るんだ！」

謙伸は歯を食いしばって座った。大城は腕組みをしてウーンと唸る。加賀は首をカクンと下げてしまっている。しばらくの間、残された三人は沈黙を持て余していた。

「加賀さん、まあ頭を上げてください。そう固まられるとなんだか、こちらも恐縮してしまいます」大城は加賀へ話しかけた。加賀は力なく頭を上げる。

「課長さん、私も今日はこれで失礼させていただこうかと思います」

「まあいいではないですか。もしかすると、これでお会いするのが最後になるかもしれませんし、もう少しだけお付き合いください」

大城は立ち上がろうとする加賀を手で制した。加賀はゆっくり腰を戻すと、目の前に出されていたコーヒーカップを手にして口をつけた。加賀がカップをソーサーに置くと大城は悪戯(いたずら)っぽく笑みを作る。

「それにしても奥様はかなりご立腹でしたね」

いきなり、大城は言いにくいことをさらりと言いだした。謙伸は加賀が何と言うか、やきもきしだす。加賀は深い溜め息をつくと口を開いた。

「あんな妻を見たのは初めてです。私が優柔不断だからいけないのでしょう。今まで我慢してきたものがいっぺんに爆発したに違いありません。妻はマイホームを夢見ていましたから。それにことごとくブレーキをかけていたのが夫である私です。怒るのも当然です」

加賀は目の前のコーヒーカップに話しかけるようにして呟いた。

「マイホームはご主人ではなく、奥様の夢だったのですか……。なぜ奥様はそんなにマイホームが欲しかったのですかねえ？」

「さあ、分かりません」加賀は首を振る。

「見栄っ張りのようには見えませんでしたが、まあ人間なら誰でもそういう部分がありますからね。それとも加賀さんのご実家の土地が欲しかったのですかね。あれはかなりの資産価値がありますからね」大城は自分で言って頷くと、湯飲みを手にした。

　謙伸は耳を疑わざるを得なかった。大城は言いにくいことどころか、言ってはいけないだろうというようなことを、それこそ茶話でもするように言い放った。これには加賀も黙ってはいなかった。

「そ、そんなことはありません！　妻はそういう人間ではありません。やはり、今日は失礼させていただきます」加賀は不快感を露にして席を立とうとする。大城の言葉に立腹するのも当然のことだった。

「ええ、もちろん、そんなことはありませんよね。ないに決まっている！」

大城は自分で言っておいて、断じてないというように首を横に振ってから続けた。

「じゃあなんで、マイホームが欲しかったのですかね？　奥様は」

「だから、それは分かりません」加賀はそっぽを向いて答える。

「ご主人はその辺りのことをお考えになられたことがありますか？　ご自分の中ではいろいろと渦巻いているようですが、奥様は新しい家に住みたいだけなのでしょうか？　単に経済的負担を軽くしたいだけなのでしょうか？　わざわざ住宅ローンというリスクを選んだのはなぜなのでしょうか？　別にマイホームなんて持たなくとも、いくらでも他に方法がある。マイホームを持つことによって何か築きたかったのではないのですかねえ」

　大城はそこまで話すと口を噤んだ。顧客に対する口の利き方ではなかったが、一年以上もの長い時間ぐじぐじと逡巡していた加賀に対しては、多少大胆に出てもいいのかもしれない。謙伸はそう思った。

「妻にはすまないとは思っています。これは私自身の問題です。私の我が儘だと言われればそうなのでしょう。しかし、先程、課長さんが仰ったように、大きな負債を抱えずとも一家がそこにあれば幸せなのではないでしょうか」

「それは、もちろんそうです。家族がそこにあれば、器など関係ない。それは否定しません。しかし、人間は欲張りな生き物です。家族は家族としてあるが、奥様はそれを形として残したかったのでは？」

「形として残す？」

「ええ、そうです」

「……」加賀は大城の言っていることが呑(の)み込めずにいるようだった。それは謙仲もまた同じであった。

「私のお客様で住むためでなく、残すためだけに家を建てた人もいるくらいです」

「そんなことができるのは一部の金持ちだけでしょ」加賀は一笑する。

「たしかに、その方はなかなかのご資産家ではありました。そうだ！　せっかくですから、その方のお話をさせてもらってもいいですか」大城は温和な目で尋ねた。

「どうぞ」加賀はもう好きにしてくれと言わんばかりだ。

大城の話は二十数年ほど前の出来事だった。まだ大城が一営業担当としてモデルハウスで接客をしていた頃の話である。

平日の午後四時半。モデルハウスの奥にあるスタッフの控え室には大城とパートスタッフの女性だけだった。大城は顧客に電話営業をかけていたが、パートの女性は五時までの契約なので、帰り支度などを始めていた。すると来客を知らせるベルが鳴る。平日のこの時間の来客とは珍しい。

「葛西(かさい)さん、今ベルが鳴ったけど誰もいないよね？」

大城は控え室の天井からぶら下がっているモニターを見ながら呟いた。

「そうね。また誤作動かしら。それか怪奇現象ね。この住宅展示場、病院跡地に造られたらしいからね」葛西は声を低くして嘯(うそぶ)く。

「あ！　なんかいる。こっちに背を向けて隅(すみ)の方に座ってる」大城は身をのけぞらしてモニターを指さす。

「あら、本当だ、なにかしら。玄関に座ったまま、全然動かないわね」

「ちょっと葛西さん見てきてよ」

「なんであたしが行くのよ。大城くん行ってきてよ、男でしょ」

「じゃあ、ついてきてください」

二人はエントランスに通じる廊下まで来ると、少しだけ頭を出して、恐る恐る覗いてみた。すると、玄関の上がり框(かまち)に腰を掛けた小さな老人が見える。

「お婆(ばあ)さんみたいですね。それも、小柄な」大城は後ろにいる葛西に小声で告げる。

「そうね、白髪だけど、でも綺麗に纏まってるわね」

その時だった。上がり框に座っていた老婆は勢いよく立ち上がると、大城達の方に向かって歩みよってきた。

「ギャー」

大城はドアを閉め、元いた控え室に逃げ込むと、隅の方で震えながら小さくなった。しばらくして葛西も控え室に戻ってきた。

「ちょっと、大城くん！　お客さんだよ。接客しなきゃ」

葛西は震えている大城に声を掛ける。

「え？　お客さん？　こんな時間にですか？　んなわけないでしょう」

大城は幾つかあるモニターの一つで確認すると、なるほど先程の老婆が熱心に柱を摩ったり、床をコツコツ叩いたりしているのが分かった。たしかにお客さんのようだ。大城は意を決して控え室を出ると、老婆のいる部屋に向かった。

「いらっしゃいませ。本日は九輝ハウジングへお越しいただきありがとうございます」大城はまだ恐怖心が残っているせいか、距離をとって声を掛けた。

「は？　そんな遠くから言われても聞こえんわ！　もっと近くに来い」

老婆は手招きをする。

「はい。すみません」

老婆の二倍近い身長の大城が小さくなる。

「本日は……」大城がありったけの大声で話そうとすると、

「それはもうええ！」と老婆が遮った。

「失礼しました」大城はたじろぎながらも、聞こえてたんじゃねえかよ、と思う。

「それより、あんたのとこの会社は昔風の家は作れるかい？」

老婆は疲れてしまったのか近くにあった椅子に腰を掛けると質問した。

「九輝ハウジングは注文住宅ですので、どんなご要望にもお応えできます。昔風ということですが、書院造から竪穴式住居までなんでも大丈夫です！」

「……。その竪穴式なんちゃらはよく分からんが、何でも可能なんだな」

「はい、お任せください」

「それじゃあ、こういう感じのも作れるな」

老婆はそう言うと携えていたバッグから一枚の写真を取り出した。大城は両手で写真を拝借するとそれに見入った。

セピア色のそれは、何年も前に撮られた家族写真のようであった。若い夫婦と幼い子供達が三人、大きな家をバックに撮られていた。

「ご家族の後ろにあるような家を、ということですか」大城が尋ねる。

「そうじゃ」老婆は深く頷いた。

老婆が持参した写真に写る邸宅は、一目で一家の生活水準の高さを物語るほど立派なものであった。規模もさることながら、どこか洗練された印象を与える。和洋折衷(せっちゅう)、大正ロマン、そんな言葉が大城の脳裏に浮かぶ。

「お話を詳しくお伺いしてもよろしいでしょうか」

大城の中で何かに火がついた。老婆を丁重に打ち合わせ用のテーブルへ案内した。

その日、老婆との初めての打ち合わせは、目の前にある一枚の写真と老婆の記憶のみで行われた。大城は時間も忘れ熱心に老婆の話に耳を傾けた。

「そろそろ疲れたから帰ろうかのう」

老婆がそうこぼした時には既に午後七時をまわっていた。初来場にもかかわらず二時間以上も話し込んでいたことになる。

「お送りしましょうか？」

大城はそう申し出たが老婆は手を振る。

「それよりも、一週間後の打ち合わせまでに図面を起こしといてくれ。さっさと建てなければならないからのう」

老婆はそう大城に注文すると一人帰っていった。

一週間後の平日、その日は午後から打ち合わせが行われた。老婆は午前中病院に行くとその足でやってきた。

この日、大城は建築士を同席させた。さらに、建物の外観が分かる立面図と間取りの分かる平面図の他に、老婆でも一目で分かるように３Ｄパースも何枚か用意した。大城は自信満々で老婆の前に図面を広げた。ところが――、

「お前、ワシの話をちゃんと聞いとったのか？　全然違う」

老婆は図面を見るなりそうこぼした。

「え！　違わないでしょ！」

大城も思わず喰ってかかる。

「やはり……、駄目かのう。どだい無理な注文だったようだ」老婆は落胆を滲ませながら大きな溜め息をつく。

「まだ、最初の打ち合わせです。三郷さんのご要望にあうまで何度でも打ち合わせさせてください」大城は背筋を伸ばすとそう言った。

「何度でもか……」

「何度でもです！」

この日のために何日も日を跨いでの帰社になったのだった。参考になるような邸宅の写真を図書館で調べたりもした。その何冊かを借りて今手元に置いてもある。

「そうだ！　この本の中にご実家に似たようなものはありませんか？」

大城はテーブルの上に積み上がった本を老婆の前に差し出した。老婆は不承不承ながらそれを受け取ると、その写真集の一枚一枚を丁寧に捲っていった。するとある一枚の写真のところでその手が止まる。

「これだ！」

大城と建築士は身を乗り出していた。

それは緑青色の銅屋根、白を基調にした石造りの外壁、そして建物の一部が日本古来の書院造でできていた。まさに和洋の見事な融合であった。日本の建築様式の時代変遷そのものを物語っているかのような邸宅であり、芸術作品と言ってもよい。

「これですか……」大城は思わず息を飲む。

これは、たしかに無理かもしれない。

大城がそう心の中で呟いた時だった。目の前に座る老婆の瞳が潤んでいるのに気づいた。

「これだ――」

老婆は同じ言葉をその後何度も繰り返した。

「分かりました。お時間を少しいただけませんか。もう一度作り直してきます」

大城は弱気になりつつある自分を叱咤（しった）するようにそう申し出ていた。

大城が行動に移したのは翌日からであった。建築士を伴い、老婆が「これだ」と言った邸宅を実際に見に行くことにした。

その邸宅は仙台（せんだい）にあった。邸宅が既に文化財となり一般開放されているのは幸いであった。大城と建築士は館内を歩き、くまなく目に焼きつけ、許される場所を写真に収めた。その日のうちに横浜に帰った二人は、二週間後の老婆へのプレゼンのために東の空が白みだすまで打ち合わせた。その後も連日打ち合わせを重ね、二週間はあっという間に過ぎた。

大城は自信と不安の入り交じった複雑な心境で作成した図面を老婆の前に提示した。

どちらかというと口達者な老婆が口を真一文字に結んで図面に目を落とす。図面を捲る度に大城の不安が増長する。どれくらいの時間が経っていたのか、老婆はすべての図面を見終えると、大城に向き直った。今までにない柔和な、それでいてどこか幼い表情だった。

「いい仕事をするな。お前に頼んだ甲斐（かい）があった」

老婆は大城にそう告げると鞄（かばん）から何かを取り出した。見るとごつい実印だ。

「さっそく工事を始めてくれ。ハンコも持ってきた」

「いや、ちょっと待ってください。まだ金額も提示していませんし、契約書も作っていません」

「なにをやっとるんじゃ、お前は。それでもビジネスマンか。抜かりなくやらなきゃ生きていけんぞ」老婆が本来の毒舌を取り戻すと、なぜか大城は安心してしまう。

結局、数日の時間をいただき契約となった。契約においても老婆は大城の度肝を抜いた。

「三郷さん。ちゃんと金額見ました？」

大城は老婆にそう忠告しなければならなかった。金額を一見しただけで高いとも安いとも言わず署名捺印しようとする。この時既にキャリア二十年近くになる大城であったが初めてのことであった。

「大丈夫。金はある。それより時間がない。さっさと工事を始めてくれ」

「今からですと、どんなに急いでも完成までは半年以上はかかります」

「一年以上かからなければよい。ワシの余命はあと一年しかないからな」

「え！　余命一年？」

大城は開いた口が塞がらなかった。あと一年しか生きられないのに数千万もする家を建てるのか。完成したとしても生きている間にどれだけの時間をそこで過ごせるというのか。この話、このまま進めてよいのだろうか——。

「死ぬまでに、生まれ育った家に帰りたいんだ」老婆は、お前にも分かるだろ、という口調で言う。

大城は頭では理解し得たものの、感覚として腑に落ちなかった。そんな大城の逡巡をよそに、老婆は署名しだす。

三郷瀬那。神奈川県内と東京二十三区に数十店舗を構える割烹料亭の創業社長であり、資産家であった。数年前に引退し、今は息子達に経営権を譲っていた。二度目の打ち合わせの時に大城が訊きだした。高齢者と契約する場合、その資金がどこからどれくらい出てくるかは必ず押さえなければならない。その上での商談だった。しかし、それでも理解できない。それは言葉になっていた。

「三郷さん、この話このまま進めていいものでしょうか。だって、意味ないじゃないですか。何のためにこんな大金を払って家を建てる必要があるんですか？」

大城の意見に、三郷は頰を崩す。

「おかしなことを言っているのは百も承知。だが、難しいことを言っているつもりはない。生まれ育った家に帰りたい。そしてそれを残したい。ただ、それだけなんだ」

「どういうことですか」

大城がそう尋ねると三郷はバッグから写真を一枚取り出した。それは、最初の打ち合わせの時に大城が見せてもらったものだった。

「九つの時だった。暮らしていた街にも戦禍の波は押し寄せ、疎開を余儀なくされた。実家を離れる前日に撮ったのがこの写真だ。そして、数年後、戦争が終わった。生まれ育った街へ戻ると、そこは既に知っている景色ではなく焼け野原となっていたよ。それから数十年、必死に生きてきた。もう何もこの世の中に思い残すものなどないと思っていた。ところが、余命を宣告された日、この写真を見ていたら、この家に戻りたくなったんだ。ここに初めて訪れた日のことだよ」

「一カ月前の、あの日ですか？」大城は三郷が玄関の上がり框に座っていた姿を思い出す。

三郷はゆっくりと頷いた。

大城は語り終えると、すっかり冷めてしまったであろう茶を啜った。

「そのお婆さんの家は結局どうなったんですか」

謙仲は大城にそう尋ねずにはいられなかった。

「ああ完成したよ」

「じゃあ、お婆さんが亡くなる前に引き渡すことができたんですね」

「引き渡すことはできたが……、引き渡した一週間後、初めて新居で過ごしたその晩に三郷さんは亡くなってしまった」

「そんな……」謙仲は声を落とす。

「翌日、訪れた子供一家が冷たくなっていた三郷さんを発見したそうだ。三郷さんが『ワシの部屋だ』とそう言っていた北側の六畳間で、子供のように安らかに眠っていたそうだ。あの時、なんのために竣工を急いだのか分からなくなった。まるで婆さんに帰る場所を急いで提供してしまったようだった」

「その家は今どうしているんですか？」

　そう大城に問いかけたのは意外にも加賀であった。

「三郷さんが亡くなって一年後、点検を兼ねて線香を持参し訪問させてもらいました。既にそこは三郷さんの息子達の名義になり、新しい生活の舞台となっていました。三郷さんの部屋は子供部屋に、そして当の三郷さんは南側の和室にある仏間に納まっていました。私は手を合わさせてもらいながら、これで本当によかったのだろうか、そんなことを三郷さんに問いかけていました」

「……」加賀は大城の話を聞きながら黙って頷く。

「すると、現代ではほとんど作らない長い濡れ縁を子供達が嬉々として駆け抜けていきました。どうやら鬼ごっこでもしていたのでしょう。私が再び遺影に向き直ると、笑顔の三郷さんがいました。それはまるで、孫を愛でるようでした。その時、私は三郷さんが家という器を使って残したかったものが分かったような気がしました」

「残したかったものですか？」加賀は首を傾げる。

「三郷さんの人生は終わってしまったが、三郷さんが残した家で新たな家族のストーリーが始まっていた。そんな家族のストーリーを何世代にもわたって紡ぐのが、この家の歴史なんではと」

「ふふん、上手く纏めましたね」加賀は呟く。

「奥様がご主人と作りたかったのも、そういうものではないでしょうか」

「……、そうかもしれませんね」

「差し出がましいようですが、そのためにはあなたの中にある終わっていないストーリーを終わらせる必要がある、のではないでしょうか？」

大城はそう言うと加賀に微笑むのだった。加賀は呆気にとられた表情になる。

「課長さんは怖い人ですね……、すべてを見透かされているようだ。でも……、仰るとおりなのかもしれません」

加賀は吹っ切れたような溜め息をつくと一つ二つ頷く。

「また、お会いできる日がそう遠くはないような気がします。緒田、今日の資料を紙袋に入れて差し上げろ」

「え？　お帰りですか」

謙伸は急な展開にたじろぐ。脳裏に「四カ月ゼロ」という言葉が浮かぶ。

謙伸がテーブルの上に並べられた資料を紙袋にしまい終えると、大城と加賀は立ち上がりブースを出ていった。二人は何かを話しながら歩いていた。謙伸も紙袋を携え後に続いた。

「それでは、今日はこちらで失礼させていただきます」

大城はエレベーターホールで深々とお辞儀をした。その後ろで謙伸は紙袋を抱えたまま茫然としていたが、慌ててそれを加賀に渡した。

「ありがとう」

加賀はそれを受け取ると謙伸に小さく礼をする。ほどなくして加賀はエレベーターに乗り込み、その扉が閉まった。

考えてみれば加賀が謙伸に「ありがとう」と言ったのは、この時が初めてだったかもしれない。小さな声ではあったが、たしかな気持ちがそこにはあった。でも、これが最後の打ち合わせになるやもしれなかった。

「緒田、今日は何日だ？」頭上にあるエレベーターの表示灯を見ながら大城が訊いた。

「今日はもう二十一日です」謙伸は小さな声で答える。

「そうか、月末まで何日だろうか？」

「十日です」謙伸の声はより弱々しくなる。

「十日か……、了解！」

大城は一つ頷くと、謙伸をおいて営業課のフロアーに戻っていった。

その晩、謙伸は柳川と行きつけの串焼き屋にいた。

謙伸はとても誰かと話をする気分でもなかったが、かねてからの約束だったので来ていた。柳川は一通りの注文をすると、いきなりその日の加賀邸のことを振ってきた。

「そうかあ、奥さんが途中で退席かあ。それは波乱の展開だな。契約書にハンコをもらおうとしたら、奥さんがご主人へ三下り半！　これは洒落(しゃれ)にもならんな」

柳川はゲラゲラと一人笑いだす。

謙伸は柳川に今日の打ち合わせのことなど一言も話していなかった。それが、どこから仕入れてきたのか本日の肴にし始めるのだった。もしかして……。先日、『俺達で産業スパイを捕まえよう』などと言っていたが、柳川自身が産業スパイでは？　謙伸は一瞬そうも思ったが、せっかく仕入れた情報を情報元の前で打ち明けるわけもないだろうと考え直す。しかし、もう何もかもがどうでもよくなっていた。産業スパイが誰であろうと、その産業スパイにどれだけの情報が漏れようと、それすらもどうでもよくなっていた。

そんな弱りきった謙伸など目もくれず、柳川は今日の加賀邸のことを話し続けている。人の心に土足で踏み入るという表現があるが、柳川の場合、入った上に他人の家の冷蔵庫を勝手に開けて肴になりそうなもので飲み始めているようなものだった。

柳川の独り善がりの一人呑みは続く。

「しかし、そこまで話が行くと後は夫婦の問題だからなあ。うちらがあれこれ言ったところで、どうにかなるものでもなさそうだし、提案するものはこれ以上もうないんだろ？」

謙伸が話したいか話したくないかなど関係なく柳川は尋ねる。

本日の柳川の思考回路が「お節介モード」となっていることに謙伸は気づく。一年以上一緒にいる謙伸にはそれが分かる。この後、柳川は怒濤のアドバイス攻撃をしてくる。最終的にそれは説教へと化ける。よく言うと面倒見がいい先輩で、悪く言うとウザイ年長者でしかない。ところがこの柳川の話を拝聴しているうちに、謙伸は「なるほど」と思ってしまうのだった。柳川の口が上手い上に、謙伸が単純だからそのレールに乗るのだが。

「ええ、もう煮詰めきった感があります。これ以上何かを提案しても無駄ですね」謙伸はあえて柳川の目を見ずにだるそうに言った。

「そうかあ。難しいのかぁ。でもお前、他にめぼしいお客さんなんているのか？　このまじゃ四カ月ゼロだろ」

「ええ、そうなんですが……」

「出向、秒読みだな」

「もう、覚悟してます」謙伸は力なく答える。

「そうなんだあ」柳川は口を尖らせる。

「でも、最後にいい話が課長から聞けたんでよかったかもしれません」

「いい話？」柳川が首を傾げた。

「ええ、課長が加賀さんにお話しになったことなんですけど、お婆さんが亡くなる前に家を建てる話です」

「ああ、俺もいつだったか聞いたことがあるよ」柳川はそう言いながらビールを手にして飲みほした。

「あのお婆さんは特別なケースなのかもしれないですけど、『人生のストーリーを紡ぐ場所が家なんです』みたいなことを課長が言っていたのがなんかガツンときちゃって……」

「で、お前はどうすんの？」謙伸とは対照的に柳川は白けた表情でドリンクメニューを眺めだした。

「どうって、どうにもならないですよ、もう」

「そうなんだ。課長の婆さんの話ってさあ、加賀さんにしたものかもしれないけど、お前にしたものでもあるんじゃないの？」

「え？　どういうことですか？」

「あの話ってさあ、課長が最初プレゼンした時、婆さんの思ってるのと全然違って、婆さん自身も無理なことだったと諦めたんだよね」

「ええ、たしかにそうですね」

「でも、課長は頑なに諦めなかったんでしょ」

「たしかに」落胆する婆さんに本を差し出したのは大城だった。

「人生のストーリーを紡ぐ場所が家で、その家を作るのが俺達の仕事。つまり、俺達の会社って住宅メーカーだけど、ストーリーメーカーでもあるんじゃないの。実際のストーリーはお客さんが描くにしても、俺達がお話を終わらせちゃったら、そこで終わりだよね」

柳川はなかば怒気を含ませながら謙伸に言った。

「そ、そうですけど……」

「そうですけどじゃねえよ。まだ月末まで十日もあるんだ、課長だって諦めてねえはずだろ。絶対に受注を上げるんだ！　と意思を固く持て！」

　謙伸はエレベーターホールでの大城の様子を思い浮かべた。たしかに、あの時の大城からは後ろ向きなものは一切感じなかった。柳川は続けた。

「いいか、うちの会社の大部分の管理職はテメー自身もろくすっぽ管理できねえ連中だ！　そのくせポジショントークを並べ立てる。立場上で言わなければならないのは分かるが、自分がそもそもできてないから、言葉にまるで重みがない。内容も、誰かの受け売りだったり、どこかの本に載っているようなことを臆面もなく自分の言葉のように語りだす。言うのは簡単、誰にでもできる。それを行える人間が一つ抜きんでている。だが、課長はさらにその上の上を行く人だ。信じられない程の行動力とバイタリティー、そこから生まれた経験、知恵。さらに地位や金銭欲といったものにまるで拘泥しない人間性。そして何より必ず数字を叩き出す。奴が神と言われるのはちゃんとした理由がある。ただ単に優秀だからじゃない！」

「……」

出た、説教モード！　とも思ったが今の話は真理のような気もする。それと柳川は誰よりも課長のことを尊敬しているようだと謙伸は感じた。少なくとも次の言葉を聞くまでは。

「だが、あと五年で俺は奴をも凌駕するがな。フフフフ」

柳川はまた何かを想像しているようで、しばらく頬がゆるんでいた。課長のことを持ち上げるだけ持ち上げておいて、自分はさらにその上を行くと宣言するこの男は、いったい何を企んでいるのか？　そんな謙伸の疑問はすぐに解けた。

「俺は近年中にこの会社の経営陣を一掃し、九輝ハウジングの社長となり、年収一億円を稼ぐ男だ。そうしたら何かの縁だろうからお前もちょっとした地位を与えてやろう。まあそれまでお前の首の皮がつながっていればの話だがな。ケケケケケッケ」

謙仲はひとり怯える。この人は今現在、九輝ハウジング内に潜んでいるかもしれない産業スパイ以上にヤバい人かもしれない。

「すみません。諦めていたのは事実です」

とりあえず謙仲は素直に詫びることにした。

「うん、諦めちゃいかん！　話は変わるが、『サンダーライト作戦』の件だが」

「ああ、産業スパイの……」

「コラコラ！　お前、極秘事項だからコードネームを使えと言ってるだろう！　この串焼き屋の中に敵が潜伏していたらどうするんだ！」

「す、すみません……」

考えすぎだろう。だいたい『サンダーライト作戦』なんて、いい大人が串焼き屋で言っているだけで逆に注目だ。

「で、『サンダーライト作戦』の件だが、新しい仲間が加わった。俺の知り合いの本社人事部に在籍している人間でコードネーム『オカピ』だ」

「オカピ？　それも動物から取ったコードネームですか？」

「まあ、そうだ」柳川はそう言うと意味深長な笑みを浮かべる。

謙仲は気になったのでスマホでオカピを検索してみた。馬のような動物で、足だけシマウマのように模様が入っていて胴体は茶色い。馬でなくキリンの仲間で、「森の貴婦人」と呼ばれているらしい。

「女の人ですか？」

「それは秘密だ。仲間といえども、必要のない情報は教えない」

「ひでえなあ。でも、柳川さんなんで本社人事部に知り合いがいるんですか？」

「同期だよ。入社式で横に座ってた。そいつに頼めば横浜支店に在籍している人間の経歴などを教えてもらえる」

「それって……、明らかに職権乱用じゃないですか。秘匿義務とかありますよね、人事部の人には」謙仲は柳川を白い目で見る。

「たしかにお前の言う通りだが、本件に関しては特別だ。私的に悪用するわけではない。会社と仲間の利益のために利用するんだから問題はない」柳川に裁判官のように言いきられた謙仲は一瞬たじろぐ。

「でも、経歴なんて知ってどうするんですか？」

「疎いなあ、もし怪しい人物がいたとしたら、そいつの経歴を調べれば何かしら出てくるかもしれないだろ、誰か怪しい奴いるか？」

「怪しい人物ですか……、ウーン思い当たりません」

「実は俺は一人いる」柳川は目を細めて謙仲を見た。

「誰ですか？」謙仲は首を傾げる。

「工事課の桐野だ！」

「えええ！　桐野さんですか！」

「ああ、あいつは怪しい。なぜか桐野をリビングカフェで度々見る。そもそも、工事課の人間はリビングカフェを利用する必要がないのにだぞ。この間も話したように競合のことを顧客から打ち明けられるのは、リビングカフェであることが多い。桐野はリビングカフェで顧客情報を収集しているんじゃないかと思うんだ」

「でも、工事課の人なら、そんなことしなくても営業や設計から聞いて顧客情報を収集できませんか。それに工事課の人も業者さんとの打ち合わせにリビングカフェを利用しているのを見たことがありますよ」

「工事課の人間が収集できる情報は自分が担当している物件だけだ。情報が少ないし、限られてしまう。桐野が担当した物件だけ競合負けしたら、あたしが産業スパイですと言っているようなものじゃないか。それにお前が言うように工事課の人間がリビングカフェを利用しているのをたまに見るが、桐野の場合、リビングカフェに一人でいるところを何度か見たことがある。誰もいないブースでコソコソと背を向けてスマホをいじっていた。画面までは見えなかったがな。もしかすると、スマホをいじるふりをして、顧客と営業の会話を盗み聞きして、契約に到りそうな物件をピックアップしてるんじゃないのかと思うんだ。この間も言ったけど、帝国ホームが現れるのは決まって契約前後なんだ」

「……。たしかに、僕も桐野さんがリビングカフェでスマホいじってるの見たことはありますけど――」

謙仲は加賀邸の打ち合わせ前に、桐野と鉢合わせした時のことを思い出す。

「お前が見た時、桐野はどこで、何をしてた？」

「加賀さんとの打ち合わせブースで、スマホをいじりながら『ＢＣさんヨロー』って言ってました」

「それは限りなく怪しいなあ、場所もリビングカフェ！　そして、『ＢＣ』とは恐らく敵のコードネームだ。『ＢＣ』のＢはボスのＢに違いない。よし、桐野のことをオカピに調べさせよう」

「えええ！」謙仲は苦い顔になる。そんな謙仲など目もくれず柳川は自分の推理に自信を漲らせている。相変わらずの妄想癖と言いたいところだが、今回は少し筋が通っている気もした。同時にその柳川の推理を否定したいと思っている自分がいることを謙仲はありありと感じる。

「とりあえず、こっからがスタートだ。よし景気づけにこいつを頼んでみよう、今日は奢りだ、たんと飲め！」

柳川はそう言うとドリンクメニューを睨みつけ、店員を呼ぶ。

店員が現れると、柳川は謙仲には何が頼まれたか見えないようにメニューを持ち上げ、店員の目の前に掲げると「これを二つ！」と注文した。言われた店員は一瞬驚いた様子を見せたがすぐに下がっていった。

しばらくすると店員が二人で恭しく何かを運んできた。一人はコップの入った升を二つ、もう一人は生まれたての赤ん坊でも抱くように桐の箱を抱えている。

「お、来たぞ、来た。俺達の新たな門出に相応しそうな酒だ」

柳川が言うように桐の箱には『門外不出』だとか『秘蔵』だとかいう字がぐしゃぐしゃと書かれていた。店員がその中国拳法の極意みたいなことが書かれている桐箱を開けると、金の栓がついた土色の陶器が現れる。陶器には草書体で、『残雪のきらめき』と銘柄が書かれていた。日本酒としてはどこにでもありそうな名前なのがやや残念だ。

謙仲は先刻から値段がどうしても気になっていたが、メニューには何も書かれていない。その心配をよそに店員が栓を抜く。すると、景色を一変させるような芳醇な香りが辺りに広がりだした。たしかに最高の一品のようだ。そこで、謙仲は恐る恐る店員に訊いてみた。

「素晴らしいお酒のようですが、こちらは、どういう一品なんですか」

「はい、十五年熟成した純米大吟醸酒で、市場などには出回ることのない一品です。聞くところによると年間に三本しか製造されないそうです」と説明してくれた。

「す、すごいお酒ですね。さ、さぞお高いんでしょうね」と謙仲は意外と安いことを願いながら訊いてみる。

「ええ、一合で二万五千円になります。ちなみに税別です」

店員は待ってましたと言わんばかりに言ってのけた。

これにはさすがの柳川も拳が入るくらい大きな口を開けて驚いていたが、酒が注がれてしまった以上もう後には引けない。

「や、や、安いなあ。俺達の新しい一歩を祝うには、安すぎる。まあ今日はこのぐらいで勘弁しておこう」

「そ、そうですか。柳川さん、よかったら僕のも飲んでください」

「馬鹿言うな。乾杯なんだからお前も飲め。だいたい俺が二合飲んでも割り勘だからな」

二人は小さな声でどんよりと乾杯した。一滴もこぼすまいと表面を啜ると、それはたしかに今までに味わったことのないほどに美味い酒だった。

月末まで残り十日、何とかしなければ――。

そこで謙仲は大事なことを思い出す。

「柳川さん。そういえばさっき、今日は奢りだって言ってましたよね？」

「ん？」


翌週、謙仲は出社し朝礼を終えると、すぐさま法務局へと向かった。

先日、柳川に言われたように諦めたらそこで終了だ。残りの日々、できることはすべてやる。謙仲はそう心に決めた。

まだ時間が早いせいか法務局は、それほどに混んではいなかった。普段、謙仲が来る時間帯にはスーツを着た人や作業着姿の人でごったがえしているというのに。

謙仲は慣れた手つきで申請用紙を記入し、印紙を貼ると窓口に提出した。藁にもすがる思いだった。

加賀があの土地に家を建てたくない理由は何なのか。

加賀の幼馴染みが住んでいたという土地の情報を調べれば、幼馴染み本人の名前は分からずとも苗字(みょうじ)ぐらいは分かるはずだった。そこから何らかの糸口を探りたい。

謙伸が待っている間の無聊(ぶりょう)を持て余していると、窓際で小さな黒いバッグを持った男が「一億はくだらない、チョロいもんよ」などと景気のいい話を携帯電話でしていた。見るからに風体が怖い人だ。

この業界は扱っている金額が大きいだけに、人の本性が露呈しやすいような気がする。しかも性悪な部分が。それがこの一年、この業界にいて謙伸が感じたことだった。

程なくして「九輝ハウジング様」と呼ばれた。

謙伸は窓口に行き、渡された書類にすぐ目を通す。それは青い外壁の家が建つ土地の登記簿謄本(とうほん)であった。

謄本の「表題部」には土地の概要と現在の所有者が記されている。謙伸の目は「権利部甲区」に向かう。そこには現在の土地の所有者と過去の土地の所有者の間でなされた事項が記載されている。

「所有権移転　売買」そう記されていた。

そして、前所有者は「白髭時雄(しらひげときお)」なる人物。珍しい苗字だ。

謙伸は謄本を手にしたまま車に戻ると、ポケットからスマホを取り出した。

「白髭時雄」と検索してみる。幾つかがヒットした。謙伸はそれらを一つ一つ丹念に見ていく。謙伸の指が止まった。

それは、「早いもので十五年が……」そう題されたブログであった。

娘が亡くなってから早いもので十五年が経とうとしています。あの事件から十五年、つい昨日のようにすら感じる。悲しみは未だに癒えることはない。そして、闘病生活の中、残された僅かな時間を大切に生きようとしていた娘の命を奪ったあいつらへの怒りもまた収まることはなさそうです。七月三十一日、その日が来る度に……。

読み終えた謙伸は思わず固まってしまう。

もし加賀の幼馴染みがこの白髭時雄の娘であるとすると、彼女は何者かによって殺されたことになる。それが直接的なものなのか、それとも間接的なものなのかは白髭時雄の文章からは窺い知ることができないが――。

しかも彼女は何かの病気によって余命宣告を受けていた。彼女と加賀が単なる幼馴染み以上の間柄だとしたら、父親と同じように加賀もまた被害者の遺族に近い。加賀と切り株の間にあるものは依然として不明確であったが、十五年前の事件、そこに何らかの糸口があるはずだった。

昭和ロジック

平日の午前中、住宅展示場内の駐車場に謙伸(けんしん)はいた。ファルコンこと柳川(やながわ)からメールが来ていた。オカピから桐野(きりの)に関する情報が来たので転送してくれたのだった。

謙伸は見ることを躊躇(ためら)う。産業スパイに関しての情報という名目ではあるが、どうしても謙伸の中に違う気持ちからの興味があることは否(いな)めない。謙伸が躊躇っていると柳川からＬＩＮＥ(ライン)が来た。

メール見た？　桐野で間違いなさそうだな、産業スパイは！

……、謙伸は意を決してメールを開いた。

お疲れー。ファルコンに頼まれた女性に関しての情報だけど、こんな感じだよ。
氏名　桐野勇気(ゆうき)
年齢　二十五歳

入社　三年目
所属　九輝ハウジング横浜支店工事課
家族構成など　神奈川県藤沢市湘南台出身。父親は会社員で営業部長。母親は専業主婦。兄弟は下に妹がおり、現在、青田大学経済学部四年生。
学歴・職歴　湘南台第三中学、湘南坂高校、慶陰大学工学部卒業。
備考　空手四段。空手では高校総体全国二位、大学生学生選手権全国三位。
　桐野勇気に関する情報は以上だけど、ファルコンの勘は当たっているかもしれないね。桐野勇気はかなり優秀な人物であることは間違いない。湘南坂高校、慶陰大学工学部どちらも彼女の入学時は偏差値七十を超える難関。さらに高校、大学と空手で優秀な成績を収めている。
　特筆すべき事項はもう一つ。父親の会社だけど、なんと、帝天住商なんだよ。帝国ホームの関連会社だよね。ファルコンの推測を裏づけて余りあるね。どちらにしても、簡単に尻尾を出す相手ではないでしょうから、ヘマをしないように頑張って。
オカピ

桐野さん頭いいんだ。しかも強いんだ。そしてお父さんが帝天住商の営業部長……。
どれも、桐野の輝かしい側面だった。だが、謙伸は泣きそうな程に悲しくなる。
リビングカフェには、スケルトン状になって九輝ハウジングの家の構造が見れるコーナーや、カーテン、外壁サンプルなどがある。そこへ営業マンはお客さんを案内する。その離席の間に物件情報を入手することはたしかに容易い。

しかし、あの仕事熱心な桐野さんが産業スパイだなんて、どうしても信じられないし、信じたくない。でも、逆に考えれば仕事熱心な彼女がどうして工事課と関係のないリビングカフェにいることがあるのか。そしてあの時、桐野さんが何かを託した「BC」とは誰なのか……。謙仲は頭を振る。

もう止めよう！

今はそんなことを考えている場合じゃない。このままでは四カ月受注ゼロで九輝測量に出向させられてしまう。それでは産業スパイを排除する前に、産業スパイに自分が排除されてしまう。今は産業スパイが誰かよりも、四カ月ゼロを阻止するべく加賀邸に集中しなければならない。あと数日、何がなんでも暗礁に乗り上げた加賀邸を契約まで持っていかなければ――。

謙仲は車を降りるとモデルハウスへ向かった。モデルハウスの裏口から入った謙仲はスタッフの控え室兼事務室の席に鞄を置いた。八畳ほどの控え室には誰もいなかった。普段ならパートの葛西がスマホをいじりながらお茶でも飲んでいるのだが。

すると控え室のドアが開き、その葛西が現れた。

「ああ、緒田くん。ちょうどよかった。お客さんよ、接客して」

「え？　こんな平日の午前中にですか？」

「うん。なんかよさそうな感じよ。長年の勘だけどね。今、リビングでアンケート用紙に記入してもらってるから、お茶を出すタイミングで緒田くんもいらっしゃい」

葛西が悪戯っぽい笑みを浮かべる。モデルハウスのパート歴三十五年、今年で六十三歳になる葛西の眼力はなかなかのものであった。九輝ハウジングで家を建てる客とそうでない客が一瞬で見分けがつくと本人も豪語している。そして、葛西自身も九輝ハウジングで家を建てていた。

「分かりました」

謙伸は慌てて鏡の前に立ち身なりを整えると、名刺があるかを確認した。

葛西に連れられてリビングに行くと、老人の男性が厳しい顔で座っていた。男性の背後には黒いスーツに身を固めた男が二人、仁王立ちしている。ただ者ではなさそうだ。

謙伸は来場のお礼と挨拶をすると名刺を差し出した。老人は目を細めて名刺を見る。

「緒田謙伸か、いい名前だな。ご先祖は信長公か？」

老人は柔和な笑みを浮かべる。

「よく言われますが、まったく関係がないんです。信長公と謙信公に名前が似ていますが、微妙に字が違って、中身はだいぶ違うのですが。完全に名前負けしているのが現状です」

「ハッハッハッハッハ、そうか、そうか。それでも、親御さんがつけてくれたものだから大事にしないといかんな」

老人は豪快に笑ってのける。後ろの二人も鋭い目つきはそのままに頬を崩す。

謙伸の挨拶は必ずといっていいほど、自身の名前のネタで少し盛り上がる。ただ名前から勝手に優秀な人物を連想されてしまうので、後々がっかりさせてしまうのだった。謙伸は最初から何も変わっていないのだが、顧客の方で勝手に期待を膨らませてしまうのだ。それだけに、最近では初めから名前負けしている現状を言っておくのが常となっていた。

「アンケートのご記入ありがとうございます。阿川様とお読みしてよろしいでしょうか」

「うん。別荘を建てようかと思ってな。ここの建物のようなのがいいかなと思って寄ってみたら、九輝ハウジングのものだったか」阿川はリビングを見回す。

「ありがとうございます。九輝ハウジングをご存じでいらっしゃったようですが？」

「うん。仕事の縁で世話をしたことがある」

老人は組んでいた腕を解くと葛西が置いていった茶に手を伸ばした。謙伸はアンケート用紙の職業欄を見る。空欄になっていた。まだここまでは書きたくないのだろう。よくあることだ。

「それは、ありがとうございます。別荘をということですが、建設地などはもうお決まりなのですか？」

「ああ、伊豆に土地があってな、そこに建てようと思っている。海からも遠くない。あれは、なに港と言ったかな？　土地から漁港が見えるんだが」阿川は後ろを振り返る。

「宇久須港です」

仕えていた男の小柄な方が答えた。いい声だ。歌わせたら上手そうだ。

「そうそう、宇久須港、別荘からも港が見えるといいなあ」

阿川は目を瞑る。伊豆の海を想像しているのだろう。

「素敵ですね。上階にリビングを持ってきて、海に面する側に大きめの掃き出し窓を連ね、そこから行き来できるように広めのデッキなどを屋外に設けるとかはいかがでしょう」

「いいなあ、ゆっくりできそうだ。よし、ちょっと図面を描いてみてくれ。建設地はアンケート用紙に書いた場所だ」阿川はそう言うと謙伸が手にしているアンケート用紙を指さす。

　いい展開だ。謙伸は心を弾ませる。今月の契約は難しそうだが、来月には行けるかもしれない。もっともそれまで首の皮が繋がっていればの話だが。

　その後、謙伸はモデルハウス内を案内し、次回のアポイントを取りつけた。次回は阿川の仕事の都合で三週間も後だった。

　阿川は二人の男を伴いモデルハウスを後にした。

「なんか、すごい人だったね。後ろにいた男の人達はボディーガードかしらね」

　謙伸の隣で一緒にお見送りをしていた葛西が喋りだした。

「うちの会社とも少し仕事をしたことがあるようなことを言ってましたけどね」

「ふうん、なんていう名前？」

　謙伸は今一度アンケート用紙を見る。

「阿川善一郎様です」

「ふうん、なんかどっかで聞いたことあるような気がするけど……。まあない名前じゃないか」葛西は小首を傾げながらも、気のせいかしら？　という素振りをした。

その日の午後、謙伸は最寄りの中央図書館に来ていた。図書館内に置かれたパソコンで過去の新聞を閲覧するためだ。

十五年前の七月三十一日。その日、いったい何があったのか。それが分かれば加賀と切り株の間にある謎が解けるのではないかと思った。

しかし、当日の新聞には何もそれらしいものは記されていなかった。やはり、事件などではないのかもしれない。彼女は何かしらの病気であり、しかも余命宣告されていた。そして、白髭時雄が加害者だという者は複数名いる。医療ミス？　そんな言葉が謙伸の脳裏に浮かぶ。だが、そんな想像はすぐに払拭された。それは翌日、八月一日の記事であった。

『昨日、午後七時頃、横浜市の県道沿いの公園で少年ら三人が近くの病院に入院中の白髭夏海さんと、その友人を暴行の上、殺傷するという痛ましい事件が起こりました。事件のあった公園は蛍の生息する場所で、近くの病院から蛍鑑賞に訪れていた白髭さんと友人が池沿いの遊歩道を車椅子で通っている最中に、前方から来た少年ら三人に因縁をつけられ暴行されたうえ、白髭さんが車椅子ごと池に転落させられました。少年らは酒に酔っており、白髭さんを救助せずその場を立ち去り白髭さんは搬送先の病院で死亡。白髭さんの友人は一命をとりとめたものの全治三カ月の重傷。通行人が意識を失っていた友人を発見し、通報により事件が発覚。警察は緊急警備体制を敷き、本日午前二時コンビニエンスストアの駐車場にいた少年ら三人を傷害致死および傷害の容疑で緊急逮捕しました』

そんな過去があったなんて……。

謙伸は絶句する。白髭夏海。加賀の幼馴染みに間違いない。彼女は余命宣告を受けていたにもかかわらず殺されたことになる。謙伸は居たたまれない気持ちになる。しかし、それでも加賀と切り株とは繋がらない。

謙伸が新聞のコピーを手に図書館の駐車場を歩いているとスマホが着信を告げた。画面を見ると、桐野さんだ！　謙伸の脳裏に産業スパイという言葉が浮かぶが、仮にそうだとしても桐野からの電話は嬉しい。

「緒田くん、池井夫人のことなんだけど」

「また何かありましたか？」

「外壁の色はお陰様で納得してくれたんだけど、今度は床にケチをつけてきてるんだけど！」桐野は溜め息交じりに言う。

「床ですか？　たしか池井邸は奥さんのご希望で無垢材を使用していたと思いますが、一応、無垢材のデメリットである経年変化が激しく、反ったり割れたりしやすいと伝えてありますけど」

「うん、それは分かってるみたいなんだけど、炬燵が使えないこと言ってある？」

「え？　炬燵、置けないんですか！」

「置けません！　熱で無垢材がめっちゃ変化します！」

「なるほど」

「池井さん、冬は炬燵で漫画描くみたいなんだよ。『炬燵でないと絵にほっこり感が出ないのよ』とか切れ気味で言われた。なに、ほっこり感って？」

「わ、分かりました、対応を考えて電話してみます」

「頼みました。それで、加賀さんはどう？　噂に聞いたけど上手くいってないんだって」

「はい、暗礁に乗り上げた感はあるんですけど、少し解決の糸口も見えてきた気もするんです」

謙仲は、白髭時雄のブログと娘の夏海の死に関することを桐野に説明した。

「うーん、結構、根が深そうだね。あたしも時間がある時にちょっと読んでみるよ、そのブログ」

「はい、なにか分かったら教えてください」

「了解！　それじゃあ池井夫人よろしく頼んだよ」そう言うと桐野は電話を切った。

謙仲はしばらくスマホの画面に目を落としていた。

もし、桐野さんが産業スパイだとしたら、また情報を提供してしまったことになる。でも、産業スパイでないとしたら、青沼が営業担当だった頃からこの物件に携わっているのだから、とても必要な味方だ。ああ～。どうしたらいいんだろう！　謙仲は頭を抱える。

　この日、月末まであと五日となっていた。


　金曜日、営業会議の日だ。この日の営業会議は月末だけに空気の重さがそれまでとは格段に違う。支店長の皆藤は定刻の九時になると開口一番吠えたてた。

「まず、一課、どうなってんだ！　まったく数字が揃ってねえじゃねえか！　お前、本当に嘘つきだな。遊んでただろ？」皆藤は一課の課長である鮫島を睨みつける。

「いえ、そんなことは決してございません」鮫島は既に怯えきった表情になっている。

「目標に対してマイナス二億、今月もあと数日！　今月中に絶対に作れよ、二億！」

「ご心配をおかけして申し訳ございません。明日の土曜日に三件、明後日の日曜日に一件の契約が入っておりますので、それで一億七千万。さらに、土曜日に鈴木の喜田様が二回目の見積もり提出がありますので、そこで今月契約を決めさせます」鮫島はしどろもどろになりながら答える。

「今月、目標未達は絶対に許さないからな。一課は先月も、先々月も、先々々月も未達だ。四カ月連続駄目でしたなど言ってみろよ、このビルから突き落とすからな！」

　皆藤は憤懣やるかたないとばかりに鮫島を怒鳴りつける。

「も、申し訳ございません。必ず達成致します」営業一課長の鮫島は深々と頭を下げた。

「えー、続いて二課。目標の三億に対して二億三千万。マイナス七千万。どう挽回しますか」皆藤は部下である大城営業二課長に視線を向ける。

「明日、柳川の今月二件目の契約である佐藤様四千三百万を計上致します」

そこで大城は一旦口を噤んだ。一瞬、室内に沈黙が流れた。

「残り二千七百万はどうしますか」

皆藤が若干険しい表情になり先を促した。

「残り二千七百万ですが、緒田と青沼の加賀様邸を今月契約物件に計上させていただきます」

皆藤は首を傾げる。

「大丈夫なんですか？　なんでも打ち合わせ中に奥さんが退席してしまったという話でしたが」皆藤は一瞬だけ謙伸を見ると大城に視線を戻した。

「大丈夫です。今月決めさせますので」大城ははっきりした口調で答える。

「まあ、大城さんがそこまで言うなら信用しましょう。ただ、緒田は今月契約がなければ四カ月連続で受注なしです。この増税前の好況期にもかかわらずです。そんな社員がこの支店内に存在されても困りますので、大城さんが何と言おうと四カ月受注がなければ子会社へ出向させますので」皆藤が謙伸を直視しながら大城に忠告する。

「ええ、今月決めさせますので大丈夫です」大城は大きく頷いた。

「いいか全員聞け。この間も言ったが数字を作れない課長はすぐに降ろす。そして、受注を上げてこない営業はすぐに排除する。無駄な人件費だからな。緒田、お前はもう秒読みだ。青沼みたいに追い詰めて、辞めさせてやろうかと思ったが、あの根性なしみたいに休職されても困るから、お前は出向だ！　まあ、青沼にしても時間の問題だろうがな」皆藤は嬉しそうな顔をした。

謙伸は歯を食いしばり、顔を真っ赤にすると立ち上がった。

「ご心配なく！　必ず今月決めますから！　青沼との共同受注として！」

「……。お前、相変わらずいい態度だな。でも、当てにしてないから大丈夫だよ」

謙伸は皆藤に一瞥くれると席に着いたが、目頭が熱くなり涙が零れそうになる。

――許せない。青沼がどれだけ努力していたかも知らないくせに。絶対にこの物件だけは決めてやる。見てろよ！

謙伸は下唇を噛みどうにか目から溢れるものを我慢していたが、それは耐えきれなくなって頬を伝い、数滴が眼下の書類に落ちた。再び、皆藤と大城が何かを話しているようだったがまったく耳に入ってこなかった。

「続いて三課。目標の三億に対して、昨日時点で三億二千万で目標達成。手堅いな、矢橋。利益率も極めて高い」皆藤は謙伸などもう忘れたかのように、営業三課長の矢橋に目を向けていた。矢橋はゆっくりと立ち上がる。

「課員が継続して訪問営業を続けてくれているのが大きいと思います。それと――」

「他にもあるか？」

「顧客が契約に到るまでの過程にあるであろう問題点を、課員全員で掘り下げるようにしているのがいいのかもしれません」

「というと？」皆藤が興味を示す。

「課のミーティングを随時行っていますが、その中で顧客が抱えている問題点を課員全員で共有し、打開策を皆で模索しています。そうすることにより、経験の浅い者も一人で悩まずにすみます。一方で若手からは斬新なアイデアも出ますので経験豊かな課員も目から鱗ということもあり、相乗効果が出ているようです。皆が積極的に仕事に向かってくれているように感じます。単に吊るし上げのミーティングでは意味がありませんので――」矢橋は満面の笑みで締めくくる。

「なるほど、それはいい方法かもしれないな」皆藤は苦々しい顔になる。

謙伸は思わず笑ってしまいそうになる。「単に吊るし上げ」とは皆藤のことを言っているのだろうが、それをこの場で言うとは矢橋課長、気が強いなあと感心する。

その後、皆藤は矢橋の皮肉など気にする様子もなく会議を続けた。

会議終了後、鮫島が皆藤のもとに行きペコペコと頭を下げているのが見えた。今日はさすがに演技などではないのだろうと謙伸が思っていると、鮫島が何を言ったのか皆藤の頬が崩れだし、白い歯が見える。しまいには、皆藤は労うように鮫島の肩を叩くと、和やかな表情で二人は会議室を出ていった。

なるほど、コバン鮫だ。謙伸はある意味で鮫島に感心してしまう。気がつくと矢橋が隣に立っていた。矢橋も皆藤と鮫島のやり取りを見ていたようだった。

「ありゃ、究極の世渡りジョーズだ」

矢橋はそう言うと笑いながら会議室をあとにした。


営業会議終了後、自身のデスクに戻るとすぐ謙伸は大城に呼ばれた。

「ここでは何だから……」と、大城は謙伸を伴って営業課が入る部屋を出た。階段で上に向かう。おそらく屋上であろう。大城は課員と個別の打ち合わせをする時にはよく屋上に対象の課員を連れていく。謙伸も入社して以来、何度か屋上で大城と話したことがある。

「まあ、かけろよ」

大城は屋上に備えつけられているベンチに腰を掛けると謙伸にも隣に座るように勧めた。

「ということで、加賀さんには今月契約してもらおう！」

大城はもう契約が決まったかのような笑顔で謙伸に言った。

「はい、決めます！　それと、課長、加賀さんがあの土地に家を建てたくない理由が朧げに分かったような気がして……」

謙伸は建設地にある切り株と、加賀の幼馴染みの話をした。

「なるほど、そんな過去があったのか。緒田が言うように、あの切り株とその幼馴染みの間に何かがあるのかもしれないな。そしてそれは、加賀さんが解決しなければならない。その上での契約になるだろう」

「はい。でも、加賀さんを説得させる術が見当たりません。このままでは、当たって砕けろになってしまいます」謙伸は下を見ながら靴底で意味もなく足元を強く擦る。

「そうだな、だが、加賀さんは既に自分で自分の進むべき方向を見出しているはずだ。ただ決心がつかないだけだと思う。お前が少しだけ背中を押せばよい。それだけだ」

「……、はい」

大城は謙伸の自信なさげな返事を聞くと小さく笑う。

「まだ、腑に落ちないいな」

「ええ、正直言いますと」

「こんなジジイのくせに、臭い話していい？」大城は鼻を摘まむ。

「あ、はい。お願いします」

「この間の三郷さんの話ではないが、俺達の仕事ってのは、それぞれの顧客が描いている人生の物語をより良くするようにお手伝いすることだと思うんだ」

「はい」謙伸は頷く。

「ただ、家はやはり大きな買い物だ。長年にわたり大きなローンを抱えることになる。どうしたって、不安は尽きない。時にその不安の根拠は、第三者の冷静な視点からすれば、さほど理由にならないものだったりする。加賀さんもそんなところに嵌まっている気がする。しかし、それは本人にとってはとてつもなく大事なものだったりする。それをあからさまに否定してはいけない。本人の意思によって解決する方向に誘導するのが俺達の仕事だ」

「うーん、理屈では分かりますが、すごく難しくないですか」

「自信を持て、緒田。加賀邸において、今契約しなければ上の子の小学校入学までには間に合わない。今住んでいるアパートの更新月にも間に合わない。増税も目の前だ。やはり、加賀家のことを全体的に考えれば今月契約するのがベストだ。分かったか？」

　謙伸は頷く。

「なんとなく、分かりました」

「明日は土曜日だ。在宅している可能性は高い」

「でも、加賀さんは刑務官なんで休みが不定期のはずですが」

「大丈夫だ、前回の打ち合わせの際、エレベーターを待つ間に訊いておいた。加賀さんは刑務官だが現在は総務課にいるそうだ。だから休みはだいたい土日だそうだ」

「あの短時間でそんなことを訊きだしてたんですか――」

「あれから一週間、加賀さんが動き出すとすれば明日だ。明日、直接伺うんだ！」

「了解しました。明日、何時ごろ営業所を出ますか」謙伸は大城にお伺いをたてる。

「ん？　なんか勘違いしているようだが、俺は行かないぞ。緒田一人で行くんだ」

　大城は悪戯っぽく笑う。

「え、そうなんですか！」

　謙伸が驚きの声を上げると、塔屋の扉が開いた。誰かが上がってきたと思ったら、それは先刻の会議で皆藤支店長に皮肉をぶつけていた矢橋であった。

「あら、ミーティング中でした？」矢橋はこちらに歩み寄りながら、申し訳なさそうに大城に尋ねる。

「大丈夫だ、今だいたい話が終わったから」

「そうですか、そいじゃあお邪魔して」

矢橋はそう言いながらポケットから煙草を取り出した。屋上は喫煙所にもなってしまっている。

「なってしまっている」というのは、もともと喫煙所ではなかったが、ある日突然に灰皿が設置され喫煙所化された。設置したのは、いま煙草に火を点けた矢橋である。屋上で吸う煙草は一階の喫煙所で吸う煙草よりも、気圧の関係で美味いという根拠不明な言い分で、矢橋が自費で灰皿を勝手に設置したのだった。

矢橋は肺の奥深くまで煙を吸い込むと大きく吐き出した。

「さっき会議で上げた物件ですか？」矢橋は大城に訊く。

「うん、今、作戦を伝授したところだ」

「でも本人、不安そうな顔してますよ」矢橋は謙仲の顔をまじまじと見る。

「そんなことないよなあ」大城も謙仲の表情を窺う。

謙仲は二人の課長に注視されてたじろいでいると、矢橋が一歩前に出る。

「緒田、為せば成るものだ。お前が自分に『加賀さんは絶対に契約する！』って言い聞かせれば、そうなるもんだ。ねえ、大城さん」矢橋はそう言うと謙仲の肩を鷲摑みする。

「その通り！」大城も同意する。

出た！　昭和ロジック。と、一人謙伸は狼狽えていたが、大城と矢橋はそんな謙伸を見て声を合わせて笑うのであった。この日、月末まで残り四日となっていた。

夏海の残したもの

翌日の午後六時。謙伸は築二十年以上の六世帯が入るアパートの前にいた。

「横浜グランドロイヤルステージ」、加賀の住むアパートの名前だ。

少し名前負けしているアパートだなと謙伸は感じたが、ひとのことは言えないとすぐに自戒する。

今回の訪問はアポイントなしで行けという大城の指示だった。加賀が不在なら明日にでももう一度訪問してみろとのことだ。

日中、謙伸はモデルハウスで二組の家族を接客した。一組目はもう既に九輝ハウジングで契約が決まり、インテリアの勉強に来たという家族。二組目は謙伸が追いつくのもやっとなくらいな足早でモデルハウスの中を歩き回って、ほぼ無言で去っていった。日中はそんな具合にして時間が経過した。謙伸の受注四カ月ゼロはいよいよ濃厚となっていた。

そのモデルハウスから加賀の家に向かう間、謙伸の精神状態は不安定極まりないものだった。

「実はこちらからお電話しようと思ってたところだったんです！　緒田さんの方から来て

いただけるなんて、これもやっぱり何かの縁なのかな？　今更ですが契約させていただきたいと思いまして。さあ、どうぞ中に入ってください」なんて運びになり、営業所に帰ると「どうだった？」と訊く大城や柳川達に謙伸がニコッと笑い、「契約していただきました」と報告する様を想像してみたりした。

だが、そんな都合のいい空想とは反対に謙伸がインターホンを押すと、加賀が申し訳なさそうに出てきて、「どこで情報を仕入れてきたのか、昨日突然に帝国ホームの方が現れて、あれよあれよというまに今日の午前中、帝国ホームと契約してしまったところなんです。あっちの方がちょうど百万円安かったもので——」と言われ、途方に暮れてしまっている自らを想像したりもした。

そうした期待と不安の間を幾度となく行き来する度に、謙伸は柳川や大城、矢橋の言葉を思い出し、意思を強固にするのであった。そして気がつくと、加賀の住むアパートの前にいるという具合だった。

アパートの前にある駐車場には加賀のものと思われるシルバーのステーションワゴンが停まっていた。加賀が在宅している可能性は高い。それだけに謙伸の緊張はより高まってくる。加賀の住む住戸は一階の真ん中であった。

左隣の住戸には玄関前に改造したであろうオートバイとオートバイの部品が雑然と散らかっていた。まるで作業中のバイク屋さんが昼休みにでも出たような具合だ。

右隣の住戸には年配の人が住んでいるのか、盆栽がいくつも玄関前に広げられていた。

盆栽はどう見ても食器棚だったり、ビールケースをひっくり返したものの上に置かれていた。中には雑草が生えているものや、土が乾ききっているもの、そして明らかに枯れているものもあり、よく手入れが行き届いているとはお世辞にも言えない状態だった。

そんなバイク屋さんと盆栽屋さんに挟まれる形で加賀の住戸はあった。加賀家の玄関の前は上の子のものと思われる小さな自転車がカバーにかけられて置いてあるだけで、極めて綺麗(きれい)なものだった。左隣のバイク屋さんからも右隣の盆栽屋さんからも、ここからは加賀家だという一線からは、ネジ一個も土一粒も越境してはいなかった。

謙仲はバイク屋さんの前を通り加賀の家の前に立った。土曜日の午後六時ということもあり、どこかの住戸からテレビの笑い声が聞こえていたが、加賀の家はひっそりとして、まるで人の気配を感じない。近くで見ると子供の自転車カバーの上には、最近乗っていないのか砂埃(ぼこり)がたまっている。もしかすると先日の打ち合わせで、奥さんが去り際に吐き捨てたように、家に帰っていないのかもしれない。もしそうだとすると、一週間近く加賀は一人でいたことになる。玄関ドアの横にあるチャイムは音符の絵が描かれた小さなものであった。謙仲は一瞬目をつぶってから、そのチャイムを鳴らした。

チャイム音が家の中で一回だけ響く。謙仲はなぜか仏壇にある鈴(りん)を連想する。しばらく耳を澄ませて中の様子を窺(うかが)ったが、足音一つ、物音一つしない。念のためもう一度鳴らしてみたが中の様子は同じだった。本来なら名刺の裏に訪問した旨(むね)を書いてポストに入れておくのだが、明日も来るのでそれは止めておいた。

この時刻に家にいない。しかも車は置かれたままということはもしかすると……。謙伸は大城の言葉を思い出す。

「動き出すとすると今日――」

それほど遠くに行っているわけではないはずだ。しかも、周囲にはコンビニや食堂もない。

その時、謙伸の携帯が鳴る。

画面を見ると桐野からだった。謙伸はすぐに出た。

「緒田くん、この間言ってた、白髭時雄のブログのことなんだけど、三年前の七月十日の投稿を見て」桐野の声が少し興奮している。謙伸はスマホを一旦耳元から離すと白髭時雄のブログを開いて、桐野に言われた日の記事を見る。

それは、『ラッキョウ漬け』と題された投稿であった。

店のカレー用に今年もラッキョウを漬け込みました。買ってしまえば早いんだけど、やはり自家製のラッキョウ漬けは一味違う。うちのカレーに合うように甘めにしてあります。白いラッキョウを見ているだけで涎がでそう。そういえば、サンドボトルはまだ帰ってこないなあ。

謙伸は読み終えるとスマホを持ち直す。

「この記事がどうかしたんですか？」

「ここに書かれている、『サンドボトル』が気にならない？」

「……。サンドボトルって何ですか？」謙伸は小首を傾げる。

「風景や模様を色のついた砂で描くものなんだけど、その砂を入れるのはガラスの瓶であることが多いの！」

「ガラスの瓶！」

「うん、ブログではラッキョウ漬けから、いきなりサンドボトルのことを連想してるでしょ。書かれてはいないけど、ラッキョウ漬けに使用している容器もガラスの瓶だと思うの。その容器を見ていてサンドボトルのことを白髭さんは思い出した。そして、白髭さんはそのサンドボトルをなぜか待っている」

　現況図に青沼が書き残した『ガラス瓶』。もしかすると同じものでは？　白髭時雄の言うサンドボトルと青沼の書いたガラス瓶が同じものだとすれば、加賀と切り株も繋がる。加賀は白髭時雄が待っているというサンドボトルを切り株の下に埋めたのでは？　それを、青沼は発見した。青沼もあの切り株に加賀が建築を拒む理由があると推測したのでは？　ただそのサンドボトルにどういう意味があるのか？　実際に掘り起こしてみれば分かることだが、掘り起こして、それを加賀に突きつけたとして何になるのだろうか？

　掘り出すのは、やはり加賀本人でなければ意味がない！

「もう一度、建設予定地に行ってきます」

加賀がここから歩いていける距離、あそこに違いない。

「いや、今日行きます！」

「今から？　明日にしたら」

謙伸は切り株のある敷地全体をゆっくりと見渡す。

時刻は既に午後七時。辺りは暮色の中に落ちようとしていた。人影はない。

「ここではなかったか」そう呟き戻ろうとした時だった。

加賀の両親が住む母屋の方から人がやってくる。暗くてよく分からないが背格好からすると男性のようだ。男は敷地中央にある切り株まで来ると歩みを止め見下ろしていた。男も人の気配に気づいたのか謙伸の方へ顔を向けた。

それは加賀であった。謙伸は一礼する。

「こんな時間にすみません。九輝ハウジングの緒田です」

謙伸は慌ててそう挨拶をした。加賀は少しの間固まっているようだったが、

「こんな時間までご苦労様です」そう言うと再び切り株を見る。

加賀の声からは謙伸を拒絶するようなものは感じ取れなかった。謙伸は意を決して加賀のもとに歩み寄った。

「なんじゃもんじゃの木、ですか？」謙伸は加賀に尋ねた。

「……。その呼び方をよくご存じですね。伐採される前はたしかにそう呼ばれていました

が、正式な名称はハルニレです」

「ハルニレ……、ですか」

「ええ」加賀は頷く。

「樹齢三百年だったと聞いていますが、そうなんですか」

「実際のところは分かりませんけどね」

今日の加賀はいつもの取っつきにくさが微塵も感じられなかった。考えてみれば前回の別れ際にも吹っ切れたようなものを謙伸は加賀から感じ取っていた。

「やはり、ここに何かあるんですね」

そんな加賀の空気は謙伸を自然と本題に踏み入れさせた。

「ええ、あります」

加賀ははっきりした口調で答えた。

「もし、よければ、僕でよければ、聞かせていただけないでしょうか」

「……」加賀は答える代わりに大きく息を吸うとゆっくり吐いた。

「聞かせてください！」

謙伸は繰り返した。

加賀はその場にしゃがみ込むと、切り株の根元を指さした。

「ちょうどこの辺りですかね……」

そこはまさに「ガラス瓶」と現況図に書かれてあった場所だ。

「はい」謙仲は一言も聞き漏らすまいと耳をそばだてる。

「人の骨が埋まっているんですよ」

「え？　ほ、骨！　ですか。ひ、人の？」

「ええ、人骨です」

　謙仲は血の気が引いていくのをありありと感じる。想像を絶する加賀の返答。頭が真っ白になる。もしかして、大きな勘違いをしていたのではないだろうか。白髭時雄が言う「あいつら」の中に加賀も含まれていたのでは？　だとすると加賀は被害者ではなく、加害者の一人ということになる。まずい！　これは、自分の手に負える相手ではないのではないか？　うっかりすれば自分自身もこの木の下に埋められやしないか、そんな恐怖が謙仲を襲う。

「驚いたでしょう。でも事実埋まってるんだからしょうがないんです」

　加賀はしゃがみ込んだままそう続けた。

「だ、誰の骨なんですか」謙仲はもうどうにでもなれと思いながら訊いてみた。

「幼馴染みの女性の骨です」加賀は平然と答えた。

　ヤバすぎる！　この人が噂に聞くサイコパスとかいうやつか？　だとすると、僕を殺すことも躊躇せずにできちゃうんじゃないの？　恐怖が謙仲の頭を混乱させる。

「掘り起こして、ちゃんとお墓に戻せばいいと思います！」

　謙仲は自分でも何を言っているのか分からなかった。加賀が殺人鬼だとすれば、余程お

門違いのことを言っていることになる。加賀はしばらく黙っていたが、

「やはり、あなたもそう思いますか」

と、意外にも同意してくれた。

「こ、この辺りですかね？」

そう言うと謙仲は素手で掘ろうとする。加賀の気持ちが変わらないうちに掘らなければ。謙仲は素手では無理だと悟ると、落ちている太めの枝を拾い、それを突き立てて掘り進めた。するとあろうことか加賀も手伝いだすのであった。二人は無我夢中で掘る。謙仲は手を止めたら殺されるかもしれないという、根拠不明な恐怖から、汗だくになりながら掘り続けた。三十センチほど掘ったところで、謙仲の使っていた枝が硬い物に当たった。

謙仲の全身に冷たいものが走る。今の感触は頭蓋骨(ずがいこつ)に違いない！

「何かに当たりました。もう少しです」

ここで怯(ひる)んでは殺される。謙仲は慌てて気を取り直す。

そう演じなければこの場はやり過ごせない。謙仲はニヒルな笑みを湛(たた)えながら掘りに掘った。

僕もサイコパスです！

すると、土の中から硬い物が現れた。頭蓋骨にしては小ぶりな気がするし、形も違う。きっと、骨の一部に違いない。謙仲は目を瞑(つむ)りながらそれを拾い上げて加賀に渡した。

加賀は子供の頭でも撫(な)でるように丁寧に土を払っていく。すると、現れたのは頭蓋骨で

はなくサンドボトルで、海に浮かぶ孤島が描かれていた。ただ、孤島の上に小さな流木のようなものが乗っている。謙伸は恐怖からサンドボトルのことをすっかり忘れていた。

加賀は金属製の蓋（ふた）を回して開封すると、中から流木のようなものを取り出した。掌（てのひら）に載せて月明かりに照らす。

「彼女の骨です」加賀は掌のものを慈（いつく）しむように呟いた。

「綺麗ですね」

謙伸は自然とそう表現していた。月明かりのせいか、それ自体が発光しているようにも見えた。

「切断した足を焼いてもらった後に、その一部を彼女と私が埋めたものなんです」

「彼女と加賀さんがですか?」謙伸は訊き返した。

「ええ、彼女は大きな病気を患（わずら）っていました。それで足を切断せざるをえなかったんです」

「どうして、ここだったんですか」謙伸は木の根元を見る。

「どうしてでしょうね。私にも分かりません。もしかすると、この木の下なら何かに生まれ変わると思ったのかもしれませんね」

「なるほど、そのあと彼女は――」

「亡くなりました。ここに、この骨を埋めてから一年後のことでした」

謙伸は言葉を失う。

加賀が隠していた「ここに家を建てたくない理由」が明らかになったのはよかったが、

謙仲自身もできるなら家など建てずにそのまま、この切り株の下に埋めておいてあげたい気にすらなった。しかし、もう骨は掘り起こされて目の前にある。謙仲は後悔のようなものを感じた。が、次の瞬間、加賀の奥さんと子供達の姿が浮かんだ。

「お返しに行きませんか、ご両親のもとへ」謙仲は笑顔で加賀に尋ねた。

加賀は掌にある小さな骨を見つめた。

「ええ、彼女の両親に経緯を説明して、彼女の両親の意思に従おうと思います」

「彼女のご両親はたしか古宇利島(こうりじま)でしたね」

一瞬、加賀は驚いた表情を見せたが、小さく笑った。

「行きましょう！　古宇利島に」謙仲は加賀に言った。

謙仲と加賀は翌日の朝一番の便で沖縄へと飛び、レンタカーで古宇利島へと渡った。そこは別世界であった。

透き通る程に美しい海と青い空。すべてが南国の明るいトーンに彩られていた。

「あそこでしょうか？」

車を降りると、加賀は一枚の絵葉書を見ながら指をさす。絵葉書にはこの古宇利島の海が描かれていた。

「あの、喫茶店ですかね？」

『夏の日々』そんな看板を掲げた小さな喫茶店が目的の場所のようだった。

加賀は目を細めると頷いた。

「あそこで間違いないですね」

何か思い当たるものがあるのか加賀は確信する。

カランコロン、と鈍い金属音が店内に響く。中は窓が開け放たれていて空気が清々しい。

加賀は二割の遠慮と八割の勇気が交じったような声音で「こんにちは」と中へ叫んだ。

ほどなくして「はい、はーい」という女性の声が奥から返ってくる。

厨房の奥からオレンジのバンダナを被った女性が、お待たせしましたというように現れた。化粧はほとんどしていなかったが美しい人であった。

「突然に申し訳ありません――。お久しぶりです」

加賀は深々と頭を下げる。

女性は加賀を見ると呼吸を忘れたかのように固まってしまった。唇を固く結び、何度も頷く。目からはみるみる涙が溢れ、頬を伝い、すぐに顎まで達した。

「こんなに立派になって……」

女性はようやくそう声を発したが、その後はほとんど言葉になっていなかった。ついには、両手で顔を覆うとその場に座り込んでしまった。

「驚かせてしまってすみません」加賀は慌てて女性に詫びる。それは実の親子の再会のようにも見えた。

「どうしたあ」

店内の異変を感じてか、初老の男性も厨房から出てくる。泣き崩れている女性に驚き、その原因であろう我々に目を移した。

「ん？　加賀くんか？」男性は目を見開いて驚く。

この人が白髭時雄、本人か。謙伸の中で重なる。

「ご連絡もせず押しかけるような形になってしまって申し訳ありません」加賀はまた頭を下げた。

「大丈夫だよ。まあ、こんな所で立ち話もなんだから、どうぞ座ってくれ。ちょうど、ひと段落着いたところだから。後ろの方もどうぞ」と白髭が謙伸にも席を勧めた。

謙伸と加賀は窓側にあるテーブルに案内された。しばらくして白髭がアイスコーヒーをトレイに載せて戻ってきた。それを謙伸達の前に並べる。

「きっと忙しいだろうから、こんな遠くまではなかなか来れないと思っていたんだ」

白髭はそう言いながら謙伸達の前に腰を掛けた。

奥さんもようやく落ち着いたようで、空いている椅子に座る。その表情はどこか嬉しそうに見えたが、目はまだ赤く潤んでいた。

「ご覧のとおり、今は小さな喫茶店をやってるんだ。横浜の家を売ったお金が少しあったからね。それを元手に改装したんだ」

白髭は人懐っこい性格のようで、加賀にあれやこれやを話してくれた。隣に座っていた奥さんも最初こそは黙って白髭の話をうんうんと聞いていたが、その話が一段落するのを見計らって堰を切ったように喋りだした。

「それにしても、連絡くらい前もってほしかったわよ。ねえ、あなた。あたしはビックリして心臓がどうにかなっちゃうかと思ったわよ。もうすっかりおばあちゃんになっちゃったんだから。見れば分かると思うけど。そういえば、加賀くんは結婚したって葉書に書いてあったけど、今日はご家族は？」

「今日は実家に残してきています」加賀は多少言いにくそうに述べる。

「そう。で、今日はお友達と来てくれたんだね」奥さんは謙伸に小さく微笑んだ。

「いえ、こちらの方はハウスメーカーの方なんです」

「ハウスメーカー⁉　加賀くん、家でも建てるのかい？」

「ええ。その予定なんですが、今日突然にお伺いしたのはやや別件で――」加賀は項垂れてそう言った。

ご主人と奥さんは加賀のその姿を見るなり顔を見合わせた。そして堪えきれなくなったように二人とも笑いだす。これには謙伸も驚いて、加賀とご夫婦を何度も見比べた。

「いやいや、ごめんね、加賀くん。昔とまったく変わってなかったから――。加賀くんは困るとすぐ、そうやって俯くのが昔のままだったから、つい可笑しくなっちゃって。ねえ、あなた」奥さんはよっぽど可笑しかったのか今度は笑い涙が出ている。

「ほんと昔のままだな。それで、今日はどうしたんだい加賀くん。何か相談事かい？」笑いながらご主人が子供の頃の加賀に話すように訊いた。

加賀は頭を起こし夫婦に向き合うと固く結んでいた唇を開いた。

「実は……。今日は、夏海さんの骨をお持ちしました」

ご主人と奥さんの表情から笑みは消え、凍りついていく。

「申し訳ありません。子供だったとはいえ、許されないことだと承知しています。夏海さんとの約束でした。あのなんじゃもんじゃの木の下にずっと埋めていました」

加賀はそう告白すると、ボストンバッグからサンドボトルを取り出し、夏海のご両親の前に置いた。

テーブルの上には今から十五年前に亡くなった少女の骨が、サンドボトルの中に入って現れた。夫婦は吸い込まれるように注視する。空気が固まったような長い沈黙が訪れ、ここにいる者全員がこの瓶の中に入れられてしまったかのようだった。ご主人はゆっくりとサンドボトルに両手を伸ばすと引き寄せた。

「私が娘に作ってあげたものです。知っていたんだよ。この骨の存在は」

「え？　知っていたんですか。だったらなぜ」

「加賀くん、明後日は何の日か覚えてるかい？」と、ご主人は加賀に尋ねる。

「明後日、七月三十一日は夏海さんの命日です」加賀は一瞬の間も空けずにそう答えた。

「……。よく覚えていてくれたね。明後日は夏海の命日だよ。夏海はあんなかたちで逝ってしまったけど、亡くなる直前、ほんの数分だけ意識を取り戻したんだ。そして突然に私達にこんなことを言った。十五年後、君がサンドボトルにしまった骨を持ってくるから、それを綺麗な海にまいてほしい、と。夏海はそれだけ言うと――」ご主人は唇を固く結ぶ。

「夏海さんは今日の日を予告していたということですか」加賀がそうご主人に尋ねた。

「とても不思議なことだけど――」

「まさか、この日のために海の美しいこの土地に移られたんですか？」

ご主人は悲し気に笑うと、ゆっくりと頷いた。

「加賀くん、夏海に会ってあげて」奥さんがそう言った。


謙仲と加賀は店の二階にある居間に通された。八畳ほどの部屋の片隅に仏壇があり、少女の写真が飾られていた。

「これは、文化祭でお化け屋敷をやった時の写真ですか？」

加賀が遺影に驚いて訊いた。

「あの子らしいかなと思ってね。すましてる写真もなくはなかったけど、この写真が生きていた頃のあの子だったから。遺影としてはおかしいけどね」

奥さんがそう言う遺影は、白装束を着て額に三角の白い布をあてた「幽霊」の姿だった。しかも小さく舌を出している。

「そうですね……、夏海さんらしい」加賀はそう呟くと線香に火をつけ、手を合わせた。

謙仲は加賀の点した線香の煙の行方を追った。それは開け放たれた窓へと流れていき、その先には碧い海が広がっていた。

謙仲と加賀は羽田行きの国内線の中にいた。

時計を見ると、加賀の家を訪れてから二十四時間以上が経っていた。もっと長い時間が流れたような気がする。つい先程、散骨した古宇利島の海岸の景色が遠い昔のようですらある。それでいて、耳を澄ませば波の音がありありと聞こえてくるのだった。

「その後どうですか、青沼くんは……」

隣に座っている加賀の声だった。

謙仲は少し驚く。加賀の口から青沼の名前が出たのはこの時が初めてだった。「前任者の営業マン」ぐらいの認識しか加賀は青沼に対して持っていないものだと思っていた。謙仲はおもむろに口を開いた。

「実をいうと、連絡していいものなのか悪いものなのか分からなくて、連絡できずにいる現状です」

「そうですか……、たしかに病気が病気だけに憚られるところはありますね」

加賀は残念そうな表情をした。

「今日のことを青沼くんにも伝えないといけないな、と思いまして」

「青沼は、やはり夏海さんのサンドボトルのことを知っていたんですね」

加賀は頷く。

「あの切り株の根元に埋めてあることを話しました。そして、それを掘り返せずにいることも」

「その時、青沼はなんと？」

「その時まで待ちますから、って」

「そうだったんですか――」

青沼らしい。数字に追われ、窮地に立たされていたにもかかわらず、無理強いすることはなかったのだろう。

「私の優柔不断のせいで青沼くんにまで迷惑をかけてしまった」

「いえ、けっしてそんなことは、ないと思います」

加賀は寂しそうな笑みを浮かべると小さく頷いた。

客室乗務員がブランケットを持ちながら前方から歩いてきた。そして、そのまま謙仲の脇を通り過ぎていった。

しばらくして、加賀は前を向いたまま話しだした。

「私が刑務官という仕事を志したのもあの事件が原因でした。私に怪我を負わせ、夏海を殺した少年達はそれ以前にも傷害により服役していました。しかし、まるで更生していなかったんです。夏海の事件にしても、判決は未成年ということもあり、懲役四年から六年という不定期刑でした。早ければ四年、長くても六年しか服役しないんです。余命いくばくもない十八歳の少女を殺したにもかかわらずです。私は許せなかった。犯人達も、そして日本の司法も許せなかった。被害者が泣き寝入りしなければならない現実が許せなかった。でも、何もできませんでした。簡単に法律が変わるわけではない。それならば、一人でも多くの少年を更生させる道の方が正しいのではないのかと思ったんです」

　謙仲は加賀の横顔を注視する。加賀に対して最初あれだけ感じていた冷徹な印象はもうそこになかった。加賀は続けた。

「でも、それすらも今思えば抵抗できないものへの復讐だったのかもしれません。そんな私の復讐心と夏海への思いは、今、私が守るべき家族をないがしろにしていたのかもしれません」加賀はそこで口を噤んだ。

　謙仲は大城の言葉を思い出していた。「新しいストーリーを始めるために、一つのストーリーを終わらせる」

　加賀は新たな物語を始めるために、一つの物語に終止符を打ったのかもしれないが、それは謙仲の想像以上に重いものだった。

「まだ、間に合いますか？」

　加賀が突然に謙仲に尋ねる。謙仲は驚いて加賀を見た。

「何がですか？」

「来年の春に間に合いますか、竣工」

　謙仲は一つ頷くと言った。

「間に合わせます！　でも……」

「でも？　どうしたんですか？」

「営業担当は別の者になってしまうかもしれません」

謙伸は今月で受注が四カ月ゼロになってしまう現状と、そのために子会社に出向させられてしまうことを打ち明けた。

「それならば、今月、契約すればいいじゃないですか、休みぐらいとりますよ！」

加賀は白い歯を覗(のぞ)かせてそう言った。

コードネーム「BC」現る！

古宇利島から帰った翌々日、加賀は休みをとり、家族を伴って九輝ハウジング横浜支店の最上階にあるリビングカフェに来店してくれた。奥さんは先日の途中退席を詫びると、謙伸が恐縮するほど「今後ともお願いします」と何度も言った。子供達も先日もらった家ーる君を持参してはしゃいでいた。

七月三十一日。契約書の日付だ。まさに月末ギリギリの契約だったが謙伸の受注四カ月ゼロはどうにか回避された。謙伸は加賀一家を大城とともに見送ると打ち合わせブースに戻る。

その時だった。桐野が営業マンと顧客が離席している打ち合わせブースに入っていくのが見えた。物事が動く日は、いろいろ動くらしい。謙伸は意を決する。

今ここで止めさせれば、まだ間に合うかもしれない。

謙伸は桐野が入っていったブースを覗く。桐野は背中をこちらに向けてスマホらしきものを操作していた。謙伸にはまったく気づいていないようだ。

「桐野さん！　そこで何をやっているんですか！」

謙仲はそう叫ぶと桐野に詰め寄り、手にあったスマホを奪おうとした。謙仲が桐野のスマホに手を掛けた刹那、謙仲の腹部に重い衝撃が走る。見ると桐野の左膝が謙仲の腹部にめり込んでいる。

「邪魔するな！」

今まで聞いたこともない桐野の鋭い声が謙仲の鼓膜を揺るがせた。激痛に耐えながら、それでもスマホを奪おうとすると、今度は鈍い音とともに謙仲の目の前が眩む。桐野の右掌底打ちが謙仲の右頬に入っていた。桐野の左手はあくまでスマホを離さない。桐野は謙仲の髪の毛を掴むとテーブルに謙仲の頭部を叩きつけた。その際に再び右頬を強打した。

小さいのに………、強い！

産業スパイといえども腕に自信がなければできない仕事なのか。謙仲は今更ながらそんな後悔をする。

「あー！」桐野の叫び声だった。

殺される！

謙仲はたまらず桐野の手の上から自身の頭部を両手でガードした。しかし、それ以上の攻撃はなかなか謙仲に加えられなかった。気づけば謙仲の頭を押さえこんでいた桐野の右手もない。謙仲は恐る恐る桐野の様子を窺うと、桐野はスマホを見ながら固まっていた。

「どうしたんですか、桐野さん」

呼ばれた桐野は謙仲を睨みつける。

「どうしたもこうしたもあるかい！　緒田（おだ）くんのせいで負けちゃったじゃん！」

桐野はスマホの画面を謙伸に見せる。それは最近はやっているゲームの画面だった。

「す、すみません」

「すみませんじゃないよー、もう！」

桐野はスマホをポケットにしまい、謙伸を睨みつけながら頬を膨らませる。そこで、トイレに行っていた大城が二人に気づいた。

「どうした緒田、鼻血が出てるぞ、髪の毛もぐしゃぐしゃだし。桐野もまたやってるのか」

大城は謙伸と桐野を見比べる。

「聞いてくださいよ、課長。あたしが勤務中にスマホゲームやってたからって、緒田くんあたしのスマホを取り上げようとするんですよ。ちょっとひどくないですか」

「ウーン、学校の先生でもあるまいしな。スマホ取り上げはやりすぎだな」大城は謙伸を窘（たしな）める。

「桐野も仕事中はゲームしたらいかん、しかも、お客さんもいるリビングカフェで」

「すみません、この時間、レアキャラが出るんで、つい」桐野は頭を下げる。

「うん、ところで桐野、また強くなってない？」大城は自身のスマホを出すと桐野がさっきまでやっていたゲームアプリを開く。

「そうでもないです。全部、ＢＣ（ビーシー）さんのお陰（かげ）です」

「いやあ、それほどでもないよ」

大城がデレデレした顔で頭を掻(か)く。

「もしかして、ＢＣさんって、課長のことなんですか？」それまで二人の様子にあんぐりしていた謙伸が尋(たず)ねた。

「ああそうだよ。ビックキャッスルの略。大きい城、大城！　それがどうかしたか？」

謙伸はあまりのことに軽い眩暈(めまい)を覚える。

「じゃあ、あたしは緒田くんのせいで負けちゃったから仕事に戻るか」

桐野は不貞腐(ふてくさ)れた表情で謙伸に言う。

「すみません。でもどうして桐野さん、わざわざリビングカフェでゲームやってるんですか？　ここだと人目につくような気がしますけど」

「ん？　聞いちゃう？　ここだとお客様用のフリーワイファイがあるから、固まらなくてサクサクいくんだよね」

「え、そんな理由で！」

「ごめんなさい」桐野はペコリと謝る。

「桐野は何事も熱中すると、とことんやる質(たち)だからな。でも、もうここでやるのは止めた方がいいかもな」大城が釘を刺す。

「はい、そうします」桐野は再び頭を下げた。

謙伸の頬が自然と綻(ほころ)ぶ。

桐野がスパイである根拠はなくなったようだし、加賀邸も契約に至った。とりあえず、全部が良い方向だ。右頬に痛みを感じ、鼻血を出しながら謙仲はそう思うのであった。

謙仲は、加賀邸が契約に到ったことを青沼に連絡しようと決意した。社内的には謙仲と青沼の共同受注ということになる。リビングカフェを後にし屋上へと上がった。

屋上に出ると、夜景を見ながら煙草をふかしている男がいた。塔屋の扉が閉まる音がすると、相手も謙仲に気づき軽く手を挙げた。煙を燻らせていたのは矢橋であった。

「おめでとう、加賀さん決まったんだってな」

謙仲が近くまで行くと矢橋はそう声を掛けてきた。

「ええ、なんとかギリギリでしたけど」

そこで、矢橋は短くなった煙草を灰皿に押しつけた。

「よかった、本当によかった。青沼は休職、緒田は出向じゃ、この支店からどんどん若い奴がいなくなっちまうからな、陰ながら応援してたよ」矢橋は嬉しそうに微笑む。

「ありがとうございます。課長のお陰です。何度か折れそうになりましたけど、その度に課長の言葉を思い出して自分を奮い立たせていました」

「そうか――。よかった」

「とりあえず、四カ月ゼロを回避できて、ほっとしました」

「たしかに、この仕事は売っているものが売っているものだけにプレッシャーが半端ない。しかしその反面、達成感も半端ない」

「たしかに、それはありますね。矢橋課長もそこに惹かれてこの仕事に就いたんですか?」

矢橋は苦笑いすると、首を横に振った。

「俺の場合は他に何もなかっただけだよ。若い奴らから見たら俺みたいに仕事一筋で趣味もない人間なんて、つまらない生き方をしていると思うんだろうけど、本当にこれ以外に何もなかっただけなんだ」

「何もなかった?」

「そう。特に秀でた才能があるわけでもなく、没頭できるほどに好きなものがあるわけでもない。何もないんだよ、俺は。でも、何かしらに自分の人生を捧げてみたい。そう思った時、何となく就職して、自分に負けたくないだけで続けていた今の仕事が目の前にあっただけなんだよ」矢橋は少し寂しそうな表情になる。

普段は仕事をこよなく愛している印象すらある矢橋だったが、彼の中にそんな懊悩があったとは思いだにしない謙伸だった。

「僕も考えてみれば課長と同じかもしれません」

謙伸の口からぼそっと、そんな言葉が出ていた。

「たぶん、多くの奴はそうだよ。でも、そんな生き方を悲観する必要はないと思う。俺は姿勢が大事だと思うんだ。結果はどうであれな」

「姿勢ですか?」謙伸は背筋を伸ばす。

「うん、仕事に対する姿勢な、それが大事なんだと思う。それがしっかりしていれば数字はついてくるし、仕事も面白くなるもんだ」矢橋はしみじみと言う。

「そうですね」謙仲は頷く。

「よし働くか！」

矢橋はそう叫ぶと謙仲の肩に軽く手をやり立ち上がって、鼻歌を歌いながら塔屋の中に消えていった。

みんな、それぞれ何かと闘っているのだと謙仲は感じた。今回はどうにかなったが、どうにもならないことも今後はあるだろう。でも、自分にだけは負けないようにしよう。謙仲はそう思うのだった。

スマホを手にする。加賀邸の契約を報告すれば青沼も喜んでくれるに違いない。青沼の病状が良ければキャンプにでも誘ってみよう。新し物好きのあいつのことだ、キャンピングカーでも借りてキャンプに行ったら、気休めになるのではないだろうか。

謙仲は久々に青沼に電話をしてみることにした。

ところが、なかなか出ない。あとでかけ直そうか、そう謙仲が考えた時だった。

「もしもし、……」

それは女性の声だった。謙仲は間違えて掛けてしまったかと思い、画面を確認すると、やはり青沼と表示されている。

「すみません、緒田と申します。青沼くんの携帯ではありませんか？」

「緒田くん？　洋祐が――」

「青沼くんがどうかしたんですか！」

「……。今朝、手首を自分で……」

「え！」

謙伸の呼吸が止まる。目頭が熱くなり、止めどなく涙が零れる。

こ、これが……、ハニートラップというやつですか？


九十二度。室温計の赤い針はそこで止まっている。

謙伸と柳川はサウナで汗を流していた。テレビでサウナ特集を見て柳川がはまりだし、ことあるごとに謙伸を誘うのであった。ストレス発散にはサウナが一番だと柳川は言うのだが、柳川にストレスなどあるのだろうか？

「とりあえず、四カ月受注ゼロを回避できてよかったな」柳川は自身の汗が落ちるのを見ながら呟いた。

「ええ、本当にギリギリでした。いくら増税前の駆け込み需要があるからって、毎月一棟は必ず売ってこいだなんて少し無理があるような気がするんですが」

「そうか？　俺はほぼ毎月売ってるぞ」柳川はお道化た表情で謙伸を見る。

「ほんと尊敬しちゃいますよ」

「でも先月の二棟目は危なかったけどな。契約すんでのところで、突然に競合に入ってきた帝国ホームを断っての大逆転契約だからな」

謙伸は柳川の表現に違和感を覚えた。

「お客さんに帝国ホーム断ってもらったんですか？」

「いや。俺が自ら断った！」

「柳川さんが、自ら？　どういうことですか？」

柳川はよくぞ訊いてくれたと言わんばかりの顔をする。

「ことの経緯はこうだ。最初、お客さんは俺にお断りの電話を入れてきたんだ」

「え？　一回断られたんですか」

「ああ。だが、それまでの俺の提案は完璧だった。お客さんである老夫婦も目を輝かせて俺を仰ぎ見ていた。断られる理由など世界中どこを探しても存在するはずがなかった。だから俺は不審に思い、すぐにお客さんのところに行き、なぜなのかを問うた」

「柳川さんが競合で負けるなんて珍しいですもんね」

「そしたら、柳川さんと本当は契約したいけれど、帝国ホームが怖くて断れないと言うんだ。だから、柳川さんの方を断ることにしたと」

「は？　そんなのあるんですか？」謙伸は俄には信じられない。

「ある。最初、俺も何を言っているのか分からなかったが、よくよく話を聞いてみると帝国ホームの営業マンがストーカー並みにしつこいそうなんだ」

「ストーカー並み？　それは怖いですね」

「だが、そんな理由で俺も引き下がれないだろ。だから、『お客さんが断れないなら俺が息子のふりをして断ってあげましょうか？』って提案したんだよ」

「柳川さんも負けてないですね」謙伸は思わず笑ってしまう。

「いや、そう言えばお客さんが自分で断ってくれるかな、と思ったんだが、『是非お願いします』と涙ながらに頼まれてしまった」

「それで息子のふりをして打ち合わせに同席して、見事に断ってみせたと」

「その通り。だが、帝国ホームの営業マンの嘆き悲しむこと大愁嘆場で、俺まで帝国ホームで契約した方がいいのではと思わされる程のものだった。俺も自信過剰な方だが、奴は俺の二乗くらい自分大好きだったなあ」柳川はその時を思い出してか苦い顔を作る。

「柳川さんの二乗とは、ほぼ病気に近い自己陶酔度ですね……。でも、相手は柳川さんが息子だと信じきっていたんですよね」

「うん。でも、その後バレてしまったけどな」柳川は舌を出す。

「え！　バレちゃったんですか」

「ああ。そのお客さんと契約した後のことだが、他のお客さんをモデルハウスで案内していたんだ。お客さんから切妻屋根と寄棟屋根の違いについて訊かれたものだから、土砂降りの雨の日だったが、傘をさして外で説明していたらバッタリとそいつに遭ってしまった」

「大丈夫だったんですか」謙伸は恐る恐る尋ねる。

「だいじょばない！　俺を見て奴はすべてを察したのだろう。怒り心頭の表情で殴りかかってきた。ところが、うちのモデルハウスのエントランスって少し滑りやすいじゃん、雨の日」

「ええ、たしかに」

「滑って頭打っちゃったんだよ、そいつ」

「あ！　もしかして頭打った場所、家ーる君が被っている切妻屋根ですか？」

「そう！　棟の先端！　なんで分かったの？」

「家ーる君のそこの部分が割れてて、大量の血痕があったので。じゃあ、あれは家ーる君の血じゃなくて、その帝国ホームの営業マンの血だったんですね。ああ、よかった」

謙伸は胸を撫でおろす。

「よくはないだろ。家ーる君に頭突きしやがったんだぞ」

「いやあ、『置き物の家ーる君が出血するなんて何か悪いことが起こる前兆よ』って葛西さんが言うもんだから……。で、その帝国ホームの営業マン、その後どうしたんですか」

「バツが悪かったのか、起き上がるとどっか行っちゃったよ。額からだいぶ出血してたけど、頭って大袈裟に血が出るっていうから大丈夫だろうけどな」

そこまで話すと柳川は何事もなかったように床に目を落とした。

「なんだか、いろいろヤバいですね」

謙伸がそう呟いた時だった。サウナ室のドアが開き二人の男が入ってきた。男達は入り口付近に陣取ると雑談を始めた。室内はそれほど広くはない。会話の内容は自然と聞こえてくる。

「今期も中盤にさしかかったが、何としても数字を達成しなければならない。例の大規模分譲地のコンペに勝てれば言うことないのだが、どうやらコンペの最終選考に九輝（きゅうき）ハウジングも勝ち残ったらしい」年長のパンチパーマの男が嘆息交じりに呟いた。

謙伸も柳川も思わず顔を見合わせる。自分の会社の名前がこんな所で呼ばれるとは珍しい。二人とも苦笑いを交わすと申し合わせたように耳をそばだてる。

「あれだけの大規模分譲地だ、九輝もなりふり構わず取りに来るだろうからな」と、年長の男が続けた。

「うちも、使えるものはすべて使うで、先生に相談した方がいいんじゃないですか?」

若い男が提案する。

「三杉（みすぎ）先生にか?」

「ええ、いろいろこちらも協力してることですし」

「それは不味（まず）いだろ。あれでも一応クリーンで売ってるんだから」

「は? 嘘（うそ）でしょ! あんな悪そうな顔してクリーンで売ってるんですか?」若い男は信じられないという顔になる。

「ああ、無理があるよな。眉毛もないしな。逆にあの面（つら）だから、怖くてご機嫌そこねるようなこと言えないんだよ」

「それはたしかにそうですね」

「結論から言うと、正攻法で行かざるをえない」

「しかし、相手は九輝ですよ。あいつらの営業手法といったら、本当に信じられないようなことまでやってきますからね」若い男は吐き捨てるように言う。

「なんかあったのか?」年長の男が尋ねた。

「つい先月のことですよ。本社からの情報で訪問したお客さんだったんですけど、すぐに僕のことが大好きになって契約まで漕ぎつけそうなところまで行ったんです。そしたら、九輝の営業マンが嘘を並べて、お客さんを騙したあげく、自らが息子に成りすまして断ってきたんですよ、信じられますか?」

「九輝の営業マンが、お客の息子に成りすましてか!」

「はい。いくらなんでもやりすぎですよね。人間としてどうかと思います」

「それはたしかに糞野郎だな。人間性を疑いたくなるな」

「ええ、それを知った時、僕はあまりのことに、その場で卒倒してしまい、ほら、この通り額に大きな傷まで作らされました。今度会ったら同じ目に遭わせてやらなきゃ気が済まないんですが、卒倒した際に九輝のマスコットを壊してしまって近づけない始末です」若い男がそう口を尖らせながら前髪をかき上げると、額にできた大きな傷が現れた。

謙伸は横にいる柳川に目を遣る。柳川はいつの間にかタオルを頭から被って小さくなっていた。

「客をたぶらかし、その客の息子に成りすましてまでうちを断らせるとは、うちに対する宣戦布告だな。俺だったら警察に捕まってもいいから十発殴らないと気が済まねえぞ」年長の男は握り拳を固める。その時、サウナ室のテレビの番組が突然に変わったのを機に二人は出ていった。謙伸は再び横を向くと柳川に「やばいですね」と耳打ちした。

「うん」柳川が神妙な顔になる。

「どうします？」

「このままじっとしていよう。あいつらが遠くに行くまで」

「そうですね。あ！」

「どうした？」

「二人ともこっちを向いたまま、サウナ室の入り口の前にあるベンチで休んでます」

「まじかよ。出れねえじゃねえか」

「でも、僕もうそろそろ限界なんですけど……」

「俺もヤバい。が、ここで出たら汗でなく血が出そうだ」

「とりあえず、僕は顔割れてないんで出ますね。僕が一緒にいても意味ないんで」謙伸が少し腰を上げると柳川が謙伸の腕を摑む。

「お前ひどいやつだな！　俺を見殺しにするのか」

「いやもう限界ですよ。見殺しにするどころか、このままじゃ柳川さんに看取られそうです」

「お前なら大丈夫だ！　そうだ、扇いでやる」と、柳川は掌で謙伸を扇ぎ始めた。

「もう……、分かりましたよ。心中しますよ」

それから十二分計で一周。結局二十分近くサウナに入っていたことになる。謙仲と柳川はお互いを支えながらサウナから出ると、軽く汗を流し水風呂に浸かった。

「本当に死ぬかと思いましたよ」

「ああ、とんだとばっちりだ。お陰でこっちは魂まで出てしまいそうだった」

謙仲と柳川は水風呂から上がると、帝国ホームの二人を憚ってそそくさと脱衣所に行き、髪も乾かさぬまま逃げるように暖簾をくぐった。

二人は休み処の個室に避難した。

「危なかったですね」謙仲は思わず胸を撫でおろす。

「ああ、帝国ホームの奴らもノルマが厳しいんだろうなあ。それにしても、変なんだよな。そのお客さんが言うに、突然に帝国ホームが自宅に飛び込み営業をかけてきたそうなんだ」

「やっぱり、産業スパイですか？」

「あいつ本社からの情報とか言ってたよな」

すると、注文したビールの大ジョッキが到着する。持ち手が白く凍っている。ベストコンディションの証拠だ。二人は一気に飲み干してしまった。

「美味！　もう一杯飲んでいいぞ！　お前には悪いことしたから奢るよ」

柳川は店員を呼ぶと大ジョッキをもう三つ注文した。

「あと、先生がどうのとか言ってましたね」

「ああ、たぶん民衆党だろ。帝国ホームは民衆党と関係が深いんだ」

「へえ、そういうのもあるんですね」

謙仲が感心していると、注文したビールが三つ到着した。

「お前にとってはビールなんて水みたいなもんだろ。二杯飲んでいいよ。水分補給しろ」

「ええ、いいんですかあ。お言葉に甘えちゃいます」

二人は美味いビールを飲みたい一心で、サウナから出ても水を飲むことをあえて我慢していた。そしてビールが本当に水代わりになると思っていた。

「あれだけサウナで頑張っただけに、こんな美味いビールを飲んだのは生まれて初めてです」謙仲はそう言いながらあっという間に二杯目の大ジョッキを空にする。

「飲め飲め。人間の体は六割が水分でできていて、それが少しでも足りなくなるとパフォーマンスが落ちるそうだ」

「へえ、柳川さん物知りですね」

「まあな、今日はお前の友情に乾杯だ！」

謙仲の記憶にあるのはそこまでだった。その後、謙仲は急性アルコール中毒のため救急搬送（はんそう）された。謙仲の意識が戻ったのは翌日のことで、医者に言わせると、もう一杯飲んでいたらあっちの世界に足を踏み入れ、そのまま帰ってこれなかったそうだ。

一方で柳川は自分の目の前で最近よく人が倒れるのを不思議に思うのであった。

その週の土曜日。午前十時、謙仲はリビングカフェにいた。

この日は加賀邸の契約後初めての打ち合わせであった。

インテリアコーディネーターと引き合わせ、壁紙などを主に決める。加賀邸は契約までにだいぶ時間が掛かったせいか、契約後の変更箇所は少なくて済みそうだった。奥さんの中ではおおよそのイメージが既にできているようで、それにインテリアコーディネーターが助言を加えていた。コーディネーターとの相性も悪くない。生き生きとした奥さんの表情を見ていると、謙伸もなんだか笑みがこぼれてくる。それまでの打ち合わせでは、素っ気ない態度を決め込んでいた加賀もそんな奥さんを温かく見守っていた。その間、子供達はキッズスペースで二人仲良く口を開けてアニメを観ていた。

まだ図面の段階だがこの家でどんなストーリーが始まるのか、そう思うと謙伸の頬は自然と緩むのであった。

その日の午後、謙伸は「新築見学会」の現場にいた。見学会は施主の了解のもと、引き渡し前の完成した物件で行われる。住宅展示場にあるモデルハウスは、実際に一般の方が建てる建物よりもかなり大きい。スケール感覚を理解するうえでも、こうした見学会は必要になる。駐車場に設営されたタープには簡単なテーブルと椅子を置き、来場者と商談ができるのだが、タープの下にいるのは、謙伸とこの物件の担当営業マンである柳川だけであった。

「午前中は結構、お客さん来てくれたんだが、午後、お前が来てから客足がぱったりとやんでしまった。やはりお前、なんか持ってるなあ」柳川は謙伸を横目で睨む。

「すみません」謙伸はとりあえず申し訳なさそうに謝った。

「ところで、全部観た？」

「何をですか？」

「この間、貸したやつだよ」

柳川はじれったいなあという表情になる。

「ああ！　はい、とりあえず全部観ました」

「勉強になっただろ」

「はい、それはもう」

謙伸が柳川から借りたのは様々なスパイ映画のＤＶＤであった。それを観て勉強しろというのだ。映画の中に登場するスパイは国家間で暗躍するものだが、企業間で行われる産業スパイにも通じるところが多いというのが「ファルコン」こと柳川の持論であった。そのため、謙伸は家に帰ると眠い目を擦りながらテレビの前に釘付けになる日々だった。

「桐野は結局、シロだったわけか」柳川は残念そうに呟く。

「はい。あの桐野さんが産業スパイだなんてありえないと思っていましたが、やっぱり、ありえませんでした」

「でも、お前、捕まえようとしたんだろ？」

柳川は謙伸の顔面にできたあざを見ながら言う。

「そ、そうなんですけど、あれはもし産業スパイだったら早い段階で止めなければと思って……」謙伸はまだ痛みのある右頬を押さえながら言った。

「ふうーん、でも桐野の父親が帝天住商だというのは未だに引っ掛かるがな」

「たしかに帝天住商は帝国ホームの関連企業ですが、最近では帝天住商も戸建てを販売し始めているので、帝天住商と帝国ホームの競合もあるみたいですよ」

「え！　そうなの。それ、誰情報？」

「課長です。何気なしに訊いてみました」

「なるほど」

　そこで二人は黙る。

「で、青沼は大丈夫なのか？」柳川は分が悪くなったのか、突然に話題を変えてきた。

「えー、最近は落ち着いてるそうです」

「それにしても、あの青沼がなあ……。まったく想像できない。うつ病になったことすら信じられないというのに、その上……。そもそも、うつ病は『心の風邪』というらしいけど、誰にでもなり得るものなのかもしれないな」珍しく柳川が感慨深げに言う。

「そうですね――」

　謙伸が電話をした日の早朝、青沼は浴室で手首を切っていた。たまたまトイレに下りてきた母親が浴室での異変を察知し、発見が早かったせいもあり一命を取り留めることができた。医師の勧めにより、青沼はしばらく入院することとなった。

　電話口で告げる母親の声は涙に濡れていた。うつ病からくる突然の自殺衝動を目の当たりにした母親のショックは計りしれない。そして、そんな行動に出てしまった青沼本人も自身が抱えている病の恐ろしさに慄き震えると同時に、そうした現場を母親に見せてしまったという罪悪感に苛まれているということだった。謙伸は加賀の契約のことは結局、報告できずにいた。

「青沼が休職して数カ月になるけど、原因であった職場を離れてもなかなか改善しないんだな、心の病って」柳川は目を瞑りながら言った。

「自殺しようとした日の前日に、労災の不支給通知が来ていたことをお母さんが青沼に告げたらしいんです。通知自体はそれより前に来ていたそうですけど、本人にはしばらく黙っていたそうなんです。でも大分、調子が戻ってきたようだったので、青沼自身も『もう少しすれば職場に戻れそうだ』って笑顔で言うもんだから不支給決定通知のことを話したら、その翌日に……」

「え！　駄目だったの？　あんなのどう考えたって職場が原因でしょ。あんなに残業させられてたのにかよ。それと、お前、労基署の人に言ったんだろ？　皆藤のパワハラのこととか」柳川は表情に怒りを滲ませる。

「ええ、休日にも電話で一時間以上説教されたり、公然と人格を否定するようなことを言われていたことも告げたんですけど——」

謙伸は青沼の母親から相談を受け、青沼に加えられていたパワーハラスメントを労働基準監督署の担当官に証言したのだった。

「それでも駄目なんだ。それじゃあ、なんでもありじゃねえかな」

「労基の人も『それはひどいね』って言ってくれてたんですよ！」

「ふうーん、納得がいかねえ！　皆藤にしたって青沼が診断書を持ってきた最初の一カ月ぐらいは大人しかったけど、今じゃ元通りだもんな」

「ええ、あの様子だとまるで反省なんてしていませんよね」

「うん」柳川は頷く。

皆藤は、反省どころか青沼に対して悪いことをしてしまったという自覚すらないに違いない。その証拠に、皆藤は青沼を追い込んだことを、自身の武勇伝にしていた。

「もう一度、行ってみようと思うんです。労基署の人は親身に話を聞いてくれる人でしたし、もし、労災の支給にあたって何かが不足しているのであれば、僕が青沼の代わりに集めてもいいですし」

柳川は謙伸を見据える。

「なんかお前、加賀邸が決まってから頼もしいな」

「そうですか？」

柳川は深く頷く。

「無理そうなものを、どうにかしようという意思を感じる」

「ええ、なんとなく自分に自信が持てるようになったというか、為せば成るものだなと思うようになって」

「おお、矢橋課長の口癖か？　でも、そうだよ。諦めずにやれば大概のものはなんとか成るものだ。協力できることがあったら言ってくれ」

「ありがとうございます。その節はよろしくお願いします」

謙伸も滴る汗を眺めていた。

青沼は病気を治して職場に復帰しようとしている。しかし、職場環境はほとんど変わっていない。直属の上司が大城課長になったとはいえ、支店長は皆藤のままだ。もし、今復帰できたとしても、皆藤の性格を考えると不安は尽きない。

「ところでお前、モデルハウスの葛西さんに聞いたけど、いい客ゲットしたんだって？」

柳川は思い出したとばかりに口を開いた。

「ああ、さすがに情報早いですね、お爺さんなんですけどお金持ちみたいで、ボディーガードみたいな人もいるんですよ。すごくないですか」

「俺には必要ないものだけど、ボデーガード？　ただ者じゃないな。なんてお客さんなんだ？」

「えーと、阿川善一郎様です」

「ふーん、いい名前だ。どっかで聞いたことがある気もするけど」

「葛西さんもそう言ってましたね、もしかして超すごい人だったりして」謙伸が笑う。

「だと、いいな。で、設計担当は？」

「羽山さんです」

「ん？　テンチャンか！」柳川は一瞬驚くと言葉を続けた。「一応助言だが、しっかり打ち合わせしといた方がいいかもしれない。任せっきりにすると、たまに力の入りすぎた図面を描く時あるから。そのせいで決まるものも決まらなくなったら、テンチャンに悪いからな。俺も何度か危なかったことがある」柳川は急に改まったような顔になる。

「マジすか、ていうか最近、羽山さんが二課の担当になること多いですね」

「ああ、テンチャンはそれまで一課の担当だったが、一課があまりに不甲斐ないので二課のヘルプに入っているらしい」

「へええ、そうなんですか」謙仲は一課の課長である鮫島のやつれきった顔を思い出す。

「どちらにしても、テンチャンに任せっきりにしておくのはよくない。やはり、お客さんと実際に話しているのは営業担当だ。テンチャンのためにも、一度、しっかりと打ち合わせした方がいい」柳川は力を込めて言う。

「そうですか、明日時間とれそうなんで、羽山さんと打ち合わせしてみます」

羽山典子。通称テンチャン。謙仲にとっては二年先輩にあたる。柳川の同期だ。

謙仲は「テンチャン、テンチャン」と呼ばれている羽山の下の名前を最初知らなかったので、てっきり羽山の癒し系とも言える天然な性格からそう呼ばれているのかと思っていた。ところが、下の名前が典子であることを知ると、渾名は辞典の典の字からきた可能性も否定できないと思うのだった。

ただ、羽山の渾名が「天然」からきているという謙仲の推測を裏づける根拠は、枚挙に暇がない。その一つが、九輝ハウジング横浜支店で語り継がれている『若田邸巨大平屋事件』であった。

それは遡ること一年前、謙仲がまだ入社して間もない頃のことである。営業担当は青沼で、青沼のことを気に入ってくれた年配の夫婦が終の棲み家にと、建て替えを検討している物件だった。

夫婦はそれまでの二階建てからこれからのことを考えて平屋にしたいという要望であった。ただ、老夫婦には子供が五人おり、五人それぞれが既に所帯を持って独立していたのだが、正月とお盆だけ実家に帰ってきて孫の顔を見せに来てくれるという。その日のために老夫婦の生活スペースだけでなく、客間も作っておきたいという希望も含まれていた。

青沼から若田夫妻の要望を聞いた羽山は設計士として辣腕を振るったのだった。

設計依頼から一週間後、出来上がった図面に青沼をはじめ皆が言葉を失う。羽山の描いた図面は夫婦の要望通り居住スペースの他に来客用の寝室も作ったのだが、五人の子供なので五部屋も作ったのだ。しかも十二畳ずつ。さらに老夫婦含め六家族が楽しめるようにとリビングを三十畳と大盤振る舞いした。結果、一階平屋建て６ＬＤＫ、百五十八㎡、七千六百万という年金暮らしの老夫婦が住むには豪華すぎる豪邸を描き上げたのだった。

その羽山が阿川の物件を担当し、これから謙仲と打ち合わせをするのだった。

急遽（きゅうきょ）、羽山と連絡を取った謙伸は、阿川邸のファイルを持って設計課に向かった。設計課は同じビルの六階にある。

入り口まで来るとドアの前にある内線で羽山を呼んだ。設計課の自動ドアはセキュリティーがかかっている。入室には専用のカードキーが必要となる。

「どうぞ」とドアを開けて笑顔の羽山が謙伸を中に迎え入れてくれた。

「すみません突然に。お客さんが普通じゃない人のようで、柳川さんが羽山さんと打ち合わせしておいた方がいいと言うので――」謙伸は忙しいであろう羽山に頭を下げる。

「うん、大丈夫だよ。どのみち、緒田（おだ）くんに話を聞かないといけないと思っていたから」

羽山はそう話しながら室内奥へと謙伸の前を歩く。その度に左右に結ってある羽山の三つ編みが揺れた。羽山は打ち合わせ用のテーブルに謙伸を案内した。

「今、お茶を淹（い）れてくるから待っててね。美味（おい）しい紅茶があるんだ」

「あ、社内ですからそんな、お構いなく」

謙伸がそう言うのも聞かず羽山は給湯スペースに向かっていく。数分してトレイにティーカップを二つ載せて、羽山がパーテーションの陰から現れた。その時、パーテーションの手前から来た他の設計課の人と鉢合わせになった。

「危ない！」思わず謙伸は席から立ち上がり、声に出す。

「おっと、と」羽山はそう言うとくるりと反転してその男性をかわすと、何事もなかったかのように謙伸の方に歩いてきた。

「お待たせしました」

羽山はトレイに載ったティーカップを二つテーブルに置くと、自身も席に着いた。トレイはテーブルの隅に置かれていた。あんな急な動作をしたにもかかわらず、紅茶は一滴も零れた痕跡がない。「テンチャン」とか皆に呼ばれているが、けっこう運動神経が良いのでは、と謙伸は感心させられた。

羽山は淹れたての紅茶に口をつけてから、テーブルの上に載っている図書の一つを取った。付箋のついているページを開く。

「別荘は私も初めてだからいろいろ勉強してみたんだけど、こんなのはどうかなと思って」

羽山が謙伸に見せた写真は海岸沿いの断崖絶壁から突き出た物件だった。どうやって建てたのか分からない程、身のすくむような危険極まりない建物である。

「こ、これは、ちょっとやりすぎかと……」謙伸は既にこの物件のベランダから眼下の荒波を見ているような顔になる。

「そう？　でも施主さんは海を眺めたいんでしょ？」

「ええ、まあそうですけど。これだと、眺めるというよりは隣り合わせと言った方がいいような感じですけど」

「そうかあ、いいと思ったんだけどなあ、駄目かあ」

「すみません」

謙伸は柳川が心配していたのも頷けると得心する。

「まあ、いずれにしても、どんなロケーションなのか、早々に現地を見に行く必要があると思うんだよね」

「そうですね、僕は一度行くつもりなんですけど、羽山さんも行きますか？」

「早い段階では行くつもりだけど、描かないとならない物件が溜まってるから、緒田くん先行して行ってきて。そして写真をいっぱい撮ってきてほしいの。できれば、工事担当の人とかも一緒なら、建設にあたっての問題点も分かるからいいかな。隣接地の状況や周辺の方の声なども聞けたらさらに良いものが描けるかも」

　羽山はそう言って胸元から眼鏡を取り出して掛けると、傍らにある資料を見た。俯くと羽山の掛けている眼鏡のレンズがまあまあ分厚いことに謙伸は気づいた。

「工事担当は桐野さんになると思うから、桐野さんと現地見てきて」

「工事担当、桐野さんなんですか！」

「うん。それがどうかした？」

　羽山は下がった眼鏡を元に戻して謙伸を見る。

「いいえ、なんでもないです」

「そう」

　羽山はそう言うと、何事もなかったかのように謙伸が先だって渡してある敷地の形や面積が分かる図面に三角スケールをあてて、何かを測りだした。それを終えると施主の性格や要望などを謙伸から訊き、ノートパソコンに打ち込んでいく。打ち合わせはその後もしばらく続き、二人のカップを満たしていた紅茶もなくなっていった。

「ちょっと待っててね」羽山はそう言うとティーカップを下げる。

天然であることも否定できないが、設計という仕事が好きなんだというのが羽山からひしひしと伝わってくる。謙伸は自分も負けていられないと思い、羽山が戻ってくる間、彼女が集めた別荘の事例集を拝借してみることにした。

事例集にはログハウスや石造りのものなど、別荘建築が多数紹介されていた。何ページ目かを捲(めく)った時、無造作に貼られた一枚の付箋を謙伸は発見した。それは目印のために貼ったというよりは、何かの拍子に挟まってしまったもののようであった。付箋の色と形は、先程の崖(がけ)から突き出た物件のページに挟まれていたものと同じだ。羽山が使用している付箋に違いない。

ところが、付箋には解読不能な文字が羅列(られつ)してある。どこかの国の文字であろうか。謙伸は首を傾(かし)げる。

暗号?

ふと、謙伸の脳裏にその二文字が浮かぶ。誰かと連絡を取るにあたって暗号を用いる必要など一般人にはない。そんなことをすれば、余計な時間がかかるだけだ。

謙伸はここでもう一つ思い当たる。それは羽山の本来の担当である営業一課の成約率が極端に低いことであった。そして羽山が担当した物件がほとんど契約に到っていないという事実だ。それは羽山の一流建築家ばりの独創的な設計センスを一般の家において実現しようという暴挙によるところも大きいが、競合で負けてしまうことが多々あるからだった。思い起こしてみれば、青沼が一課に在籍していた頃、競合に負けた物件のすべては羽山が担当だった。先月、柳川が息子のふりをして帝国ホームの競合を退けた物件も羽山が担当。

設計課には九名の設計士がいるが、羽山が担当する物件は競合が多いような気がする。しかも帝国ホームとの。謙伸はスマホを手にする。

すると、給湯スペースから羽山が戻ってくるのが見えた。謙伸は何事もなかったかのようにスマホをテーブルの片隅に置き、ページを手繰る。

「お待たせ。その事例集、素敵な物件がいっぱいでてるでしょ」

羽山は湯気の立った紅茶を謙伸の前に差し出した。謙伸は羽山に礼を言うと、ティーカップを邪魔にならない所に置いた。

「ええ、勉強になります」

「どれか気になったのあった？」

謙伸はさっきの暗号のようなものが書かれた付箋の貼ってあるページにわざと戻ってみた。

「この別荘とかすごい素敵ですね、あ、なんか付箋が――」謙伸はそう言って付箋を剝がし、羽山の前に差し出すと彼女の表情を窺った。

「うわっ！　恥ずかしい」

羽山はそう叫ぶと付箋を謙伸から取り上げて、胸ポケットにしまってしまった。謙伸は視線を再び写真集に落とす。

羽山の表情は狼狽の色が明らかにあった。怪しい。

その後、どうしたわけか羽山は今まで以上に謙仲に親し気に話してきたが、お互いに忙しいので、この日はそこまでとなった。羽山は謙仲を設計課の出口まで見送ってくれ、さらにエレベーターホールの前まで謙仲についてきた。

「それじゃあ緒田くん、現地の写真よろしくね。動画とかもあると嬉しいかも。この物件は必ず決めようね。緒田くんならいけるよ！」

羽山は握った拳を見せ謙仲を鼓舞すると、その手を開いて謙仲の前に差し出した。

握手？　謙仲も慌てて手を差し出すと、羽山は謙仲の右手を両手で包み込むように握り体を寄せてくる。

「緒田くんならいける！」

羽山はそう謙仲に囁くと謙仲の目を見上げた。

「あ、ありがとうございます。頑張ります」

謙仲の鼓動が妙な具合になる。心臓を鷲掴みにされたようだった。ずっとこうしていたい気もしたが、エレベーターの到着音がした。羽山がゆっくりと握っていた手を解き一歩謙仲から離れると、エレベーターの扉が開いた。謙仲は羽山に一礼し踵を返すと、あろうことかエレベーターに桐野が乗っている。謙仲は慌てて乗り込んだ。

「それじゃあ、また連絡させていただきます」と言って羽山に頭を下げると扉が閉まった。

「あ！　桐野さん先日はすみませんでした」謙仲はリビングカフェでの一件を詫びる。

「ああ、大丈夫だよ。ところで、打ち合わせ？」

桐野が冷たい表情で謙仲に訊いてきた。

「え、あ、はい」謙仲はしどろもどろになる。

「なんか、いい雰囲気じゃなかった？」

「え？　なにがですか？」謙仲は目を見開く。

「なんでもなーい！」

ちょうど工事課が詰めている七階でエレベーターの扉が開いたので、桐野は謙仲を残して出ていってしまった。

まずかったかな？　見られちゃったかな？　謙仲は一人苦い顔をする。だが、自身の右手を見ると羽山のことを思い出す。

羽山さんって近くで見るとけっこう可愛いよなあ。あんなふうに手を握ってくれるのって、僕に気があるのかなあ？　天然系の癒しキャラもありありだよなあ！

「いかん、いかん！」

謙仲はニヤついているであろう自分の顔をバシバシと叩く。

「痛！」

謙仲は右頬を押さえながら蹲る。先日、桐野に殴られた場所を自分で叩いてしまったのだった。これだけ痛みが引かないところをみると、頬骨でも折れているのだろうか。掌底打ち、すごい破壊力だ。徐々に痛みが遠のいていくと、再び羽山のことが頭に過る。

でも、どうして急に羽山さん親し気にしてきたのだろうか？　あの付箋を見せてからだが、見られては不味いものだったのだろうか。それを誤魔化すために、突然親し気にしてきたようにも取れる……。次の瞬間、謙伸の背中に冷たいものが走る。

ハニートラップ？

柳川から借りたスパイ映画の中にもあった。さっきの羽山の急接近はそれではないのか。昔からある典型的な女性スパイの手法だが、現代でも効果は絶大だと聞く。暗号を書いた付箋を不覚にも謙伸に発見されてしまい、念のため色仕掛けで懐柔したとは考えられないだろうか。そして、何よりもティーカップを二つトレイに載せてぶつかりそうになったあの時のあの身のこなし。ただ者ではない。本来であればあの時点で疑うべきだった。

彼女が産業スパイである可能性を！

桐野さんと一晩過ごすことに、なってしまいました！

数日後の早朝午前六時、謙仲は横浜駅前にある商業ビルの脇に車を停めていた。中央分離帯を挟んだ反対車線には観光バスが数台停まり、人だかりができていたが、謙仲が車を停めた車線は人も疎らで車の往来も少ない。

謙仲はスマホを取り出す。案の定、来ている。オカピからのメールだ。謙仲は柳川に羽山が怪しい旨を報告すると、「テンチャンが？　それはないだろう！」と最初、一蹴されてしまったが、謙仲が柳川を説得して、素性を調べてみることになったのだった。オカピからのメールは次のようなものだった。

氏名　羽山典子
年齢　二十六歳
入社　四年目
所属　九輝ハウジング横浜支店設計課
家族構成など　神奈川県小田原市鴨宮出身。父親は大学教授。母親はフランス人。

学歴・職歴　鴨北中学、鴨宮西高校、日本中南大学理工学部建築学科卒業。九輝ハウジング入社。

備考　一級建築士。

　羽山典子の経歴だけ見ると父親が大学教授で母親がフランス人であること以外に特筆すべき事項はないように見えるけど、少し驚くべき人物です。幼少期から母親の勧めで芸能事務所に入りダンス、お芝居、歌の英才教育を受け、山羽典子の名前で芸能活動をしていたようです。ファルコンもアルマジロくんも一度は見たことがあるかと思うけど、あの、「お母さん、お味噌汁が飲みたくて早起きしちゃった！」と言って朝の三時に起きてしまうCMの、あのお味噌汁の女の子です。それだけでなくドラマや映画など多数出演していて、業界内ではまあまあ評判だったらしいんだけど、小学校卒業を機に一切の芸能活動をしていないようです。

　アルマジロくんの報告によると暗号やハニートラップといったスパイ特有の行動が見られる一方で、スパイとしてはどうかと思われる天然キャラだということだけど、天然キャラを演じている可能性は十分にあると思うよ。

　そして、もう一つ分かったことが父親について。羽山典子の父親は三橋大学国際政治学部で教授をしているんだけど、専門はなんと！　インテリジェンス、つまり『諜報』。糸が繋がらない？

　今回こそ間違いがないかもしれないね、産業スパイは羽山典子と見て！　アルマジロくんが指摘するように羽山典子が担当する物件の競合率は九十五パーセント。少し異常な数字だよね。相手は芝居の経験を生かして変装などもできる可能性も十分にあるから、くれぐれも油断しないようにしてね。

それから、ファルコン、今度いつ会える？

オカピ

メールの内容は以上だった。柳川は忙しいのか桐野の時のようなＬＩＮＥは入れてこなかった。

羽山典子。少し残念な気もするが、彼女が産業スパイである可能性は格段に上がってしまった。

不正競争防止法違反。

産業スパイに課される罪名だ。刑罰は十年以下の懲役もしくは二千万円以下の罰金、またはその両方が課される。刑罰としてはかなり重い部類になるだろう。しかし、青沼や正当な方法で仕事をしている人の努力を考えれば当然の報いなのかもしれない。

それにしても、柳川さんとオカピさんはどういう関係なんだろうか。もし、オカピさんが女性だとすると、けっこう親しい関係みたいだ。もしかして、彼女なのだろうか？　縞模様のストッキングとか穿いてたりしたら、うけるなあ。

謙伸がそんなことを考えているとコンコンと車の窓ガラスを叩く音がした。驚いて振り向くとショートカットの女性が立っていた。謙伸は慌てて車から降りる。

「おはようございます！」

謙伸がそう頭を下げた相手は桐野だった。

「おはよう。ごめんね、スマホ見ながらニヤニヤしてるところ邪魔しちゃって」

「いえ、こちらこそ気づかなくてすみません」

謙伸はそう言うと言葉を失う。

「どうしたの？　驚いた顔して」

「え、いや、その格好で行くんですか？」

「なんで、伊豆でしょ？　作業着で温泉は入れないし、お寿司屋さんだって入りづらいでしょ！」

桐野は仕事で伊豆に行くにもかかわらずまったくの普段着で現れた。白地のTシャツにデニムのショートパンツ姿だ。はっきり言って、眩しい！　本人が言うように普段着ならそれなりだ。いや、それ以上だ！　やっぱり、可愛いぞ！

謙伸はそれまでのことなどすっかり忘れて、桐野のために助手席側のドアを開けた。桐野は「失礼しまーす」と言って乗り込むと、謙伸も運転席に座った。

「よし、出発だ！」

桐野はシートベルトを締めると叫んだ。

首都高から東名高速道路に入ると平日の朝ということもあり、ところどころで渋滞に嵌った。その間、桐野の舌は絶好調だった。今回の阿川邸の話から始まり、奥さんが外壁をピンク色にした池井邸のことを通過し、桐野の所属する工事課のことに触れたと思ったら、話題は加賀邸のことになった。

「それにしても、加賀さん決まってよかったね」

「ええ、月末ギリギリでしたけど、なんとか」

「青沼くんも喜んでくれるね。同期で仲のよかった緒田くんが決めたんだから」

「だと、いいんですけど――」

「帝国ホームは大丈夫だったんだ。契約後でも値引きをチラつかせてひっくり返そうとしてくるっていうからね」

「そのことなんですけど、契約の後にそれとなく加賀さんに帝国ホームのことを訊いたんですよ」

「うん」桐野が興味ありげな顔になる。

「ある日突然、加賀さんの住むアパートに訪ねてきたらしいんですよ」

「誰が？」

「帝国ホームの営業マンが、です」

「マジで」

「でも、あまりにも突然で怪しいんで、その場でお断りしたらしくて。それでもその後、何度か来たらしいんですけどね」

「うちの三課みたいにのべつ幕なしに飛び込み営業かけてるのかねえ」桐野が引き攣った表情になる。

「そうなのかもしれませんね」謙仲は産業スパイのことをおくびにも出さない。

「でも、飛び込み営業も大変らしいよ」

桐野は眉根を寄せる。

「それは、大変ですよ。僕も新入社員の時にやらされましたけど、かなり精神的にハードですよね」謙仲も同意する。

「うん。三課の人達が言ってたけど、矢橋さんが一日数十件ノルマを課してくるんだって。でも、みんなそんなにやりたくないから、本当はモデルハウスの来場者なのに飛び込み営業で引っ掛けたことにしちゃうのもあるんだって」

「え！　そうなんですか」

「うん。そうして実績が出たことにしないと、矢橋さんがさらに飛び込み営業のノルマを課してくるんだって」

「うわー想像できる。為せば成る、ですからね」

謙仲も入社間もない頃、散々、飛び込み営業をさせられたが、成果は極めて乏しいものだった。まるで雲を摑むようなもので、精神力と体力を鍛えるにはいいが何日も社員を歩かせて採算があうのか、という疑問が常にあった。

「でも、話は戻るけどまさかあの切り株の側に昔付き合っていた彼女の骨が埋まってたなんて、ちょっと怖いけどロマンチックな話だよね」桐野の表情が少女のようになる。

「あ、桐野さん、その話くれぐれも他の人には言わないでくださいよ。特に柳川さんとか」

謙仲は加賀邸のことでいろいろと助力してもらった大城と桐野にだけ、夏海の骨のことを話したのだった。

「分かってるって、柳川さんになんか言ったら話に尾ひれがついて、骨の一部じゃなくて夏海さんがまるごと埋められてたぐらいに吹聴されそうだもんね」

「ごもっともです、とにかくあの人は面白ければ何でもありな人なんで」

桐野は謙仲の柳川評に、ギャハハハハハハッ、と笑っている。

「でも、桐野さんが言うように素敵な話ですよね。寂しくもありますけど……」

謙仲は少しだけ話を元に戻したい。それは、謙仲にとってある大きな謎を解明したいからであった。その謎は謙仲にとって地球誕生の謎以上に大きな謎であった。その謎の前では産業スパイが誰なのかなど本当につまらないことでしかない。その謎とは、つまり、桐野に今現在付き合っている恋人がいるのか否かということであった。

多少、気が強そうであるとはいえ、これだけ可愛いにもかかわらず浮いた噂が一切ない桐野であった。いっそのこと、柳川を通してオカピに再調査してもらおうかと思った謙仲だが、それも人の道に外れていると思い遠慮している。謙仲は訊くか、訊くまいか迷う。

謙仲がそんなふうに逡巡している間に渋滞が解消され、車が流れ出す。遠くに富士山が現れた。その富士山の雄姿が謙伸を鼓舞した。

「桐野さんだったら、万一にも亡くなった後に、今の彼氏に骨を託しますか？」

謙伸は心臓バクバクで訊いた。

ここで、謙伸が期待する答えは、託す託さないではもちろんない。「今、彼氏いないから……」という桐野の返答である。謙伸は桐野の答えを待つ。高速道路を走る車のエンジン音を謙伸自身の鼓動が掻き消す。ところが……。

返答がない。

桐野は口を噤んだまま、答えを考えているのだろうか。謙伸はチラッと横目で桐野を見る。桐野は口を噤んではいなかった。

うっすら口を開けている。ん？

寝ている？

明らかに寝ている。

謙伸は一人、落胆と安堵の入り混じった溜め息を漏らした。

伊豆半島を走る有料道路の終点で降り、しばらく車を走らせると旅館やホテル、商店が並ぶ界隈に出た。海が近いせいか「釣り餌」というのぼりを店先に出している釣具店もある。自然と青沼の実家を思い出す。さらに車を進めると小高い山の緑が目につくようになる。その後ろでは入道雲が大きく発達していた。

市街地を抜け、道沿いに民家が点在する場所に出ていた。謙仲は首を傾(かし)げる。これだけの晴天にもかかわらずベランダに洗濯物を干している家が少ない。小高い山沿いを車で走らせているとその疑問は解消された。山間(やまあい)から伊豆の海が望まれる。おそらく潮(しお)風を嫌って洗濯物を外に干さないのだろう。建築においても塩害対策は必須であることは間違いなさそうだと謙仲が考えていると、

「ねえ、あれじゃない？」

と、インターを降りてから何事もなかったかのように目を覚ましていた桐野が、腰の高さほどの擁壁(ようへき)の上にある空き地を指さした。謙仲はその擁壁沿いに車を停めた。

一足先に下車した桐野が階段を昇り、擁壁の上に上がって、図面を広げながら何かを確認しだす。

「ここで、間違いないね」

まだ敷地の下にいる謙仲に桐野が叫ぶ。

遅れて上がってきた謙仲に桐野が図面を見せ、確認させた。

土地は何十年も前に宅地造成されたもので、平坦な整形地であった。建物を建てるにあたっての問題点は特になさそうだった。羽山が見せてくれた海に落ちてしまいそうな物件とはならなそうであった。それでも潮の香りが時々するほどに海が近いし、水面のきらめきがここからでも眩(まぶ)しく見える。

擁壁の高さや前面道路などを測っておこうと思った謙仲はメジャーを取りに車に戻った。

ハッチバックを開け、中に置いてあった工具箱を開けようとしたが何かが挟まっているようでプラスチックの蓋(ふた)が開かない。両手で工具箱を開けようとするも開かない。どうやらドライバーが引っかかっているようだ。持ち上げて横に縦に振ってみる。それでも開かない。工具箱と格闘しているうちに額が汗ばんできたので、謙伸は背広を脱ぎ後部座席の背もたれの部分に引っ掛けた。そして工具箱と二ラウンド目を始めようとした時だった。

「ねえ、緒田くん、ちょっと来てー」

擁壁の上から桐野の声がする。

「すみません、今、メジャーを取りに来たんですけど工具箱が開かなくて！」

「メジャーならあたしが持ってるから早く来て！」

「はーい」

謙伸は工具箱を置き、ハッチバックを閉め、駆け足で桐野のもとに向かった。桐野は土地の南側にしゃがみ込んで地面のある一点を見つめていた。

「ねえ、これ何かなあ？」

桐野が指さす先には灰色のパイプのようなものが突き出ていた。

「パイプのようですけど」

謙伸が指で突(つつ)いてみる。

「塩ビのパイプね」桐野も同意する。

パイプの突き出た場所の周囲だけ直径一メートル程砕石敷きになっていた。

「抜いてみましょうか」

謙信がパイプを握り締め、力一杯引いてみようとした時だった。

「コラーッ！」

男性の声だった。謙信と桐野が驚いて背後を振り向く。

「お前達、祟られるぞ！」

男性は続けざまにそう言うと厳しい表情で謙信と桐野を睨みつける。

「す、すみません、なんだか分からなかったんで――」謙信はとりあえず謝る。

男性は謙信と桐野を交互に見る。明らかに二人を怪しいと思っている視線だった。

「東京から来たのか？」男性が尋ねた。

「いえ、横浜です」謙信は、この人にとってはどっちも同じようなものかと思いながら答える。

「横浜？」意外にも男性の表情から怪訝なものが消え、好奇のそれに変わる。

「横浜をご存じですか？」横浜という地名を知らない日本人もあまりいないかと思いながらも謙信はそう尋ねた。

「知ってるも何も以前住んでいたから――」男性の表情に笑みがこぼれた。

「横浜はどちらだったんですか？」すかさず、桐野が尋ねた。

「高島台だよ」

男性は懐かしむように答えた。

「駅近ですね」謙伸が引き継いだ。

すると、男性は少し寂し気な表情になる。不味いことを言ったかなと謙伸が思っていると男性は再び口を開いた。

「そうだね……。通勤にも住環境的にも良い所だったんだけどね。十年前に、マンション売ってこっちに移り住んできたんだ」

「そうなんですか……」

謙伸は頷きこそしたが、あえてそれ以上に会話を弾ませないようにした。

高島台といえば、横浜駅周辺の商業地域をすぐ隣に持つ高台の住宅地域だ。そこのマンションといえば築年数や広さにもよるが決して安いものではない。まだ三十代と思しきこの男性が以前はそれなりの仕事に就き、それなりの収入があったことを物語る。それを擲ってここにいるということは、それなりの理由があるのだろう。

「ところで君達、不動産業者か建設関係の人のようだけど、そのパイプを抜こうとなんかしちゃだめだよ」男性は諭すように諌める。

「ごめんなさい。これ、なんなんですか？」

桐野が尋ねた。

「これは井戸の息抜きのものだ」

「あー、これがそうなんですか。じゃあお祓いとかもされてる感じなんですかね」

桐野が思い当たったような顔になる。

「もちろんさ。ここには以前一軒の古家が建っていたんだけど数年前に解体されて、その時に井戸も供養されたんだ。その後、長いこと売地の看板が出ていたんだけど、取り外された上に、こうして業者さんが来るところを見ると、買い手がついて何かしらが建つんだね」

「まだ、計画中なので今後どうなるかは分かりませんけど」

謙仲も桐野もこの土地の購入者である阿川のことは何も言えない。自然と話題は井戸のことから離れる。

「それにしてもいい所ですね」謙仲は海の方へ目を向けた。

伊豆の海が穏やかにそこにある。横浜のそれと色が違う気がした。先日、加賀と訪れた古宇利島の海とも違う。

謙仲は何気なしに時計を見た。時刻は午後三時、暑さのピークだ。何も遮るものがないだけに容赦ない日差しが照りつけていた。

「ねえ緒田くん、車の鍵貸してくれない？　バッグの中に水筒置いてきちゃった」

「あ、はい」

謙仲はズボンのポケットを探る。が、見当たらない。

「あ！」

謙仲は桐野を置いて、慌てて車に戻る。ハッチバックを開けようとするが閉まっている。

謙仲は項垂れた様子で桐野のもとに戻った。

「どうしたの？　顔色悪いよ」

「桐野さん……、やっちまいました」

「なによ、今度はなにをやらかしたのよ、言ってごらん」桐野が何でも許してくれそうなお姉さんの顔になる。

「鍵をインロックしちまいました」

「はああああああああああ！　嘘でしょ！」

一瞬にして鬼の形相に変わった。

「ほ、本当です」

「ていうか、じゃあ、車どうやって閉めたのよ！」

「電子キーなんですけど、背広のポケットに鍵入れたまま、その背広を車の後部座席に引っ掛けてしまって。桐野さんに呼ばれて慌ててハッチバックを閉めたら、自動ですべてのドアが閉まってしまったようです」

桐野は口を開けながら放心状態になる。こんな思考停止した顔の桐野を見るのは謙伸も初めてであった。

「嘘でしょ。バッグの中には水筒だけじゃなくあたしの全財産が入ってるのよ。そして、大事な大事なスマホも！　今日、イベントダンジョンあるんだよ、どうしてくれんのよ！」

「すみません」謙伸はなぜか、先日、桐野に殴られた右頬の辺りに痛みを感じる。

「しかも、緒田くん、突然呼んだあたしが悪いみたいな言い方してたよねえ！」桐野は後ろ髪を毟らんばかりに握りしめる。細い二の腕にもかかわらず力こぶがある！

「いや、そんなことはないです。とりあえずロードサービスを呼びます」

桐野の怒りに怯えた謙仲はロードサービスに慌てて電話をするが、コールのみでなかなか繋がらない。その間にも桐野が後ろ髪を握ったまま謙仲を睨みつけてくるので、スマホを耳に当てて待つ。すると、やっとのことで繋がった。謙仲は状況を説明し、救助を要請するがその表情はどんどん引き攣っていく。謙仲は一旦スマホを耳元から外した。

「桐野さん、ヤバいです。なんか混み合ってるみたいで、早くても明日の朝だそうです」

「明日！　どうするのよ？　緒田くんお金持ってる？」

「多少なら」

謙仲はズボンの後ろポケットに手を当てる。再び謙仲の顔が青ざめる。

「どうしたの？」

「財布も車の中です」

「死ね！」

桐野はそう呟くと頭を抱える。

ここまでの一部始終を傍らで聞いていた男性が、

「とりあえず、お茶ぐらいならだせるよ。お二人とも喉が渇いてるんでしょ。少し水分を補給した方がいい。それから考えたら？」と助言してくれた。

「お言葉に甘えさせていただきます」

謙伸と桐野は男性に深々と頭を下げた。

男性の住まいは建設予定地に隣接する北側の土地だった。古民家をリフォームしたそうで佇まいに趣がある。庭には夏ミカンの木のようなものが植わっていてオレンジ色の実をつけていた。

「どうぞ、中の方が涼しいから上がってください」

男性は開け放たれた玄関から入ると二人にも入るように勧めた。玄関脇のポストには、建物とは少し不釣り合いなアルミ製の表札が掲げられている。「須崎」。それが男性の苗字であった。

広い土間口と高い天井が二人を迎えた。間仕切りがすべて開けられているので何部屋かの和室が奥へと続いているのが見えた。なるほど、風が通るのかここだけ別世界のように涼しい。

「誰か来たの?」

奥の和室から女性の声がした。その声の主は飴色に光る柱の陰から現れた。須崎の妻なのだろう、須崎と同じくらいの三十代と思われる。

「ああ、横浜からいらっしゃったそうだが、車に鍵を入れたまま、その車を閉めてしまったらしい」須崎が笑顔を交えながら答える。

「そう」

彼女はそれだけ言うと奥に戻ってしまった。須崎の妻にしてはあまりにも素っ気ないので謙伸と桐野は顔を見合わせる。

二人はこの家で一番広そうな居間に通された。開け放たれた縁側からは、さっきまで謙伸達がいた建設予定地の敷地が目の前に見えた。強い日差しが庭先に落ち、濡れ縁の半分ほどを熱そうに照らしていた。オレンジ色の実をつけた木は葉を揺らせ、時折通る潮風の存在を知らせていた。

室内に目を転じると、サイドボードが一つある。硝子戸（ガラス）の中には小さな男の子が手にしそうなミニカーやロボットが数体入っていた。あの夫婦の子供のものであろうか？　謙伸は一瞬そう思ったが、玩具（おもちゃ）達は魂（たましい）を抜かれたように行儀よく大人しく陳列されている。この硝子戸の中に納まって久しいようだった。

桐野は先程から珍し気にあちこちを見回していた。

「渋くていい感じね、囲炉裏（いろり）がないのが残念だけど」

桐野は目線だけ前に向けて隣に座る謙伸にだけ聞こえるほどの声で言った。

すると奥さんがお盆に麦茶の入ったグラスを二つ載せて持ってきてくれた。なぜか、彼女が現れると謙伸と桐野は背筋を正してしまう。

「どうぞ」

奥さんは二人の前にグラスを置いた。二人は恐縮の体（てい）で深々と頭を下げ、謝意を述べる。

奥さんが立ち去ると桐野は我先にとグラスに手をつけ、半分ほど喉に流した。

「美味しい」

　桐野は生き返ったような声を出すと、

「で、どうするのよ、これから」

　と、息を吹き返したように謙仲を睨みつける。

「どうしましょう、クレジットカードもないですし。もうすぐ四時です」

「車屋さんとかもないかなあ？」桐野が提案した。

　謙仲はスマホで調べる。

「一番近くてこの車屋さんですね、ここから七十キロありますけど」

　謙仲は藁にもすがる思いで電話をしてみるが、二言三言話してすぐに力なく通話を終えた。

「どうだった」桐野が期待も込めずに訊く。

「今日は無理だそうです」

　二人は大きな溜め息をつく。

「どうするのよ、これから」

「どっかの公園とかで一晩過ごしますか」

「はあああ？　こんなおしとやかなレディーによくそんな提案ができるわね。それだったら作業着で来ればよかったわ！」

　謙仲と桐野がそんなふうに落胆していると、再び須崎が現れた。今の二人の会話を聞いていたのか二人に哀れみの目を向ける。

「君達、もし、よければ泊めてあげようか。部屋はあるから……。蒲団も客用のが二組ある」

謙仲と桐野は顔を見合わせた。

「申し訳ございません。よろしくお願い致します！」

二人はその場で土下座をしていた。

とりあえず二人は須崎に誘われて隣の和室を素通りし、奥の和室に通された。

「ここしかないんだけど、いいかなあ」

須崎はそう言いながら二人の顔を見比べる。

謙仲は小さく頷きながら横目で桐野に視線を向ける。

桐野は幾分か引き攣ったような顔をしていたが、ゆっくりと頷いた。

十畳ほどの広い和室だった。洋箪笥が二さお壁際に置かれていた。玩具の船や飛行機がその上に置かれ、この子のものであろうという写真が幾つも飾られていた。その写真の一つに、女性が笑みをこぼして男の子の傍らでしゃがみ込んでいるものがある。よく見ると先刻、謙仲達に麦茶を持ってきてくれた奥さんだ。静止している写真の方が実際の奥さんよりも数倍、生命感がある。まるで別人のようであった。

ふと視線を桐野に戻すと桐野も同じものに目を奪われていたようだった。二人の疑念に気づいたのか須崎が写真たての前まで歩み寄る。

「子供の物がいろいろ置いてありますけど、今日は自由に使ってください。いま、晩御飯も支度させますから」須崎はそう言うと寂し気に笑った。そう言えば魚を焼いているような匂いがする。

「そんな、泊めていただく上に晩御飯までは、申し訳なさすぎます」

桐野が全力で遠慮する。

「これも何かの縁でしょうから、食べていってください。もっとも大したものは用意できないけれど」

「それじゃあせめて、晩御飯のお手伝いでもさせてください」

桐野が須崎に懇願すると、須崎は少し考えてから頷いた。

「それじゃあ、手伝ってやってくれますか、こちらです」

桐野は須崎の後についていった。

謙仲は一人部屋に残された。自然と何枚も飾られている写真に目が移る。

一番右端にある写真は幼稚園の制服を着て笑っている男の子と、その傍らに寄り添うご夫婦のものだった。これが何年前の写真なのかは分からなかったが、絵に描いたような幸せそうな一家だ。

隣の写真はその男の子がプールではしゃぐ姿。嬉しいのか男の子は喉の奥が見えるほどに口を開けて笑っている。その隣の写真は須崎が住んでいたというマンションのベランダなのだろうか、オレンジ色の実が一つなった鉢植えの木をバックに男の子が撮られていた。

オレンジ色の実を大事そうに両手で持って笑っている。どの写真もこの静かな家には不釣り合いなほどに賑やかな家族の写真だ。だが、写真はそこで止まっていた。このあと訪れるべき小学校入学の写真はない。その後も。

この家族のストーリーは……。

目頭(めがしら)が熱くなり、謙伸はこれ以上写真を見ていられなくなった。

写真から再び庭に目を向けると、蟬(せみ)の鳴き声が夕暮れを告げていた。謙伸はしばらくその音を聞くでもなしに聞いていた。

すると須崎がバケツを持って庭先に現れた。手水で庭先に打ち水を始める。謙伸も表に出た。

「僕にやらせてください」

謙伸が声を掛けると、須崎は小さく笑った。

「それじゃあお願いしようかな、もう一つそこの水栓の所にバケツがあるでしょう」

須崎が指さす方向には多少錆(さび)の入った金属製のバケツが置かれていた。謙伸は水を溜めて須崎のもとに向かう。須崎はオレンジ色の実を幾つもつけている木に水をやっていた。

「夏ミカンですか?」

謙伸も須崎にならって木に水をやる。

「似てるでしょう、これは橙(だいだい)の木なんですよ。今、実をつけているのは今年のだけでなく、その前の年のも含まれているんです。二、三年落ちずに実をつけていることから、縁起のいい木とされているね、少なくとも一般的には」男性はそう説明すると鼻で笑う。

「立派な木ですね。何年も前からここに植わってるんですね」

「いいや、横浜にいる時に購入して、私達がここに移り住んできた時に植えたんです。うちの子が強請ってねえ、子供の背ほどの鉢植えをホームセンターで買ってあげたんです。実らせて食べるんだって、毎日水をやってましたよ。その年には実がなって大喜びしてたんだけど……、収穫した翌日に同じマンションに住むお婆さんの車に轢かれて……」須崎はそこで話を止めてしまった。

「………」

謙伸は飾られていた写真を思い出す。ベランダで写されたオレンジ色の果実をつけた木と男の子。

「この木も横浜を離れる時に処分しようかと思ったんですけど、なんだかできなくてここに地植えしてやったら、日当たりが良いからこんなに大きくなってしまって――。あの子も生きていたらきっと、こんなふうに立派に育ってくれたんじゃないのかなって思う時があるんです」

須崎はそう話すと橙の実を一つ、二つと捥ぐと空になったバケツに入れていく。バケツの中には数個の橙の実がある。

「そのままでは食べられないけど、ジャムにすれば絶品なんだ」

須崎は嬉しそうに笑った。

ほどなくして謙仲と桐野は夕食をいただき、お風呂まで入らせてもらった。着替えもなかったので、須崎夫婦がそれぞれのものを貸してくれた。その都度、須崎はいろいろ会話に応じてくれたが、奥さんはほとんど言葉をはっしなかった。唯一、食事の時に謙仲と桐野にお代わりがないかと尋ねてくれただけだった。

謙仲と桐野は床に就いた。

エアコンはないため、網戸を引いて掃き出し窓を開け放ってある。扇風機の音と、庭先から虫の音が聞こえる。

「それにしても、いいご夫婦でよかったね」

とりあえず安心したのか、ほっとしたように桐野が言った。

「ええ、本当にいいご夫婦です」

「なんかいい匂いがするね、なんだろうね?」桐野の甘い声が返ってくる。

「本当だ、いい匂いですね」

「え?　何?　聞こえない」

「だから、いい匂いだって――」

「うん」桐野の声が返ってくる。

「あのー、桐野さんちょっといいですか!」

「なに?」

「これじゃあ、大声で会話しないとならないから、もう少し近くに行ってもいいですか」

同じ部屋に寝る謙仲と桐野の蒲団の間には五メートルほどの間隔がある。それぞれが壁際に寝ていた。もちろんこれは桐野の要望だ。

「いや、このぐらいで、いいでしょう。じゃあ、今日は疲れたから寝るね、おやすみ！」

「おやすみなさい」

謙仲はとてもじゃないが寝つけそうにない気がした。


翌朝、朝食までいただいてしまった二人は会社に電話をし、午後には帰れる旨を伝えた。ロードサービスも朝一番で来てくれ、あれほど難攻不落だった車のドアがいとも簡単に開いてしまった。

須崎の家を去るとき、謙仲と桐野はご主人に何度も頭を下げ、それまでの厚意に謝意を述べた。

「なんのなんの、困った時はお互い様です。そこに何か建つとしたら、また会うこともあるでしょう。その時はまた寄ってやってください」

須崎が笑顔を見せる。すると、これまで姿を見せなかった奥さんが茶色い紙袋を持って土間口から現れた。

「よかったらこれ、マーマレード。庭先の橙の実で、あたしが作ったものだから味の保証はなしだけどね」奥さんは小さく笑うと桐野にその紙袋を手渡した。

桐野は紙袋を受け取ると、堪えきれなくなったのかオイオイと泣きだしてしまった。謙伸もつられて目頭を押さえる。謙伸と桐野はご夫婦に再会を約すと、帰路を急いだ。

謙伸はそれほどでもないが、桐野は仕事が溜まっている。結局、桐野が企んでいた温泉にもお寿司屋さんにも行けず仕舞いになってしまった。次、来た時は伊豆のお寿司屋さんをご馳走しようと思う謙伸だった。

気づくと車は小田原に入ろうとしていた。そういえば羽山典子は小田原の人だったはずだ。小田原から横浜まで通っているのだろうか。もし、一人暮らしだとすれば、時折実家には帰っているのだろうか。そんなことを謙伸が考えている間も、桐野は携帯電話であちこちに電話していた。桐野が工事担当として監督している物件は多い。こうしている間にも現場は動いている。何か支障があれば、営業からも、職人からも、顧客からも、電話が掛かってくる。私服姿であるとはいえ顔つきは既に現場監督のそれになっていた。電話ラッシュを一段落させると桐野は窓を開けて大きな溜め息をつく。

「すみません、僕のせいでこんなことになってしまって、桐野さん忙しいのに」謙伸はこれで何度目か分からない程に頭を下げる。

「大丈夫よ。いつもこんな感じだから、もう慣れっこ」

そう言うと桐野は窓を閉めた。広げていた物件の図面やタブレットなどをバッグにしまい始める。

「桐野さんて、どうして工事課を選んだんですか」

謙伸は気になっていたことを訊いてみた。

「本当は総務とか経理が希望だったんだけど、人事の人があたしの名前が男っぽいから男性だと間違えたみたいなんだよね」

「え！　そんな理由だったんですか」

「うん。だから、最初はこの仕事がやりたくてやってたわけじゃないんだけど、工事課のみんなや職人さんが、新人で入ったあたしを本気で育てようとしてしまったからかなあ」

桐野は思い出しながら言う。

「うちの会社っていろいろ厳しいですけど、面倒見いい人多いですもんね」謙伸の中で大城の顔が浮かび、柳川の顔が浮かぶ。

「気がついたら後に引けないとこにいて、気がついたらこの仕事の面白味を知ってしまった感じかな。今回の件もお客さんでもないけど、いろいろ考えさせられるものがあるよね」

桐野はそう言うと紙袋からマーマレードの瓶を取り出して、外の光に照らした。

「綺麗なオレンジ」

「そうですね」

謙伸は写真で見た男の子の笑顔を思い出していた。

それは、建築許可がおりません！

伊豆から帰った謙仲はその日のうちに設計課の羽山のもとを訪れた。写真などすべての情報を引き渡すためだ。羽山が産業スパイである可能性は高いままであったが、決定的な証拠を摑んでいない以上、阿川邸の設計を羽山に任せざるを得ない。

「さすがだね、緒田くん。これだけ写真を撮ってくれると、まるで現地にいるような気分になるよ」

羽山は謙仲が撮った写真をパソコンで一枚ずつ見ていく。そんな様子を謙仲は羽山の後ろに立って見守る。羽山の三つ編みは今日は少しきつめに結っているようだった。綺麗なうなじが自然と強調され、謙仲は時折そっちに目がいってしまう。その度に視線を羽山が扱っているパソコンに戻す。

「この土地って、前面道路から一メートルちょっと上がってるんだね」羽山が謙仲に尋ねた。

「そうですね。反対側の民家は道路とフラットなんですけどね。だから、見晴らしはとてもいい感じですね」

「ふうーん。そうすると南側は盛り土の可能性大だね。西から撮った写真だと南側にいくほど擁壁が高くなってるからね。南側にいくほど少し地盤緩いかもね。時期をみて地盤調査は入れるつもりだけど」

「そうすると費用が上乗せになる感じですか」

「うん、地盤の固い支持層まで鋼管杭を入れるか、コンクリートの柱を作らないとならないからね。そのまま建てたら不同沈下しちゃうから。なるべく鋼管杭を短くするように北側に配置を持ってきた方がいいんだけどね」

謙伸はなるほどと頷く。

「ところで、羽山さん、この地域って何階建てまで建つんですか？」

「ん？　ここは一種低層地域だから二階までだよ」

「北側の敷地と結構開くんですか？」

「まあ最低でも一メートルはあくかな。北側の人、煩いの？」

「いや、そんなことないんですけど、逆にとてもいい人で日当たりは確保してあげたいなと思って」謙伸の頭の中に橙の木が浮かぶ。

「まあ、普通の二階建てだから大丈夫だと思うよ。北側の家も庭がそれなりにあるし、三階建てや四階建てでも建てない限り日当たりの心配はいらないと思う」

「そうですか、それならよかったです」謙伸は胸を撫でおろす。あとは帝国ホームが競合に入ってこないことを祈るのみか。謙伸はここでふと思いつく。そうだ、鎌をかけてみよう。

「最近、帝国ホームとの競合が多いんですけど、この物件も帝国ホーム来ますかね？」

謙伸は羽山の表情を観察する。微細な変化も見逃さないつもりだ。羽山は眼鏡を上げてしばらく考えたのち口を開いた。

「大丈夫じゃない？　阿川さんうちのモデルハウスみたいな感じがよくて、ふらっと来場してくれたんでしょ」

「はい、そうなんですけど」

「あそこの展示場にある帝国ホームのモデルハウスは、うちのとは似ても似つかない気がするから、帝国ホームには声を掛けてないでしょう」

「そ、それも、そうですね」

謙伸は羽山の想定外の返答に驚く。しかも理屈が通っている。

「緒田くん！」

「は、はい」

羽山は座っていた椅子(いす)を反転させて謙伸の目を上目遣いで見据える。眼鏡の奥の羽山の瞳が瞬時に謙伸の心を鷲摑(わしづか)みにした。

「この物件は必ず決めようね！　なんか画期的なデザインが描けそうな気がするんだ。緒田くんのためにも、あたし全力で頑張るから」羽山は震える声でそう謙伸に告げると小さく微笑(ほほえ)んだ。

謙仲を強い衝撃が襲う。鼓動がとてつもなく速くなり、呼吸をも止められるようだ。

「き、決めましょう」

謙仲は海中から出てきた人のように喘いだ息で答えた。

その後、当たり障りのないことを言って、どうにか設計室を辞した謙仲の鼓動はまだ速いままだった。心なしか呼吸も荒い。地に足がついていないようでふわふわと浮いているような感覚すらある。

羽山典子。彼女のあの瞳は何なんだ！　すべての男性を従えてしまいそうな凄まじい破壊力。完全に持っていかれた。いや、今現在も——。

そもそも、設計担当を誰にするのかは、設計課の課長が各々の仕事量を見ながら決定する。それに不服がある場合は営業担当から設計担当変更の申し出もできる。営業担当から設計担当を指名することもできる。

羽山典子が手掛ける物件は柳川も言うように顧客の意に反して時に豪華すぎ、時に画期的すぎ、顧客が引くあまり成約に至らず他社で決まってしまうというパターンが多い。

しかし、それにもかかわらず営業担当は不思議と羽山に苦情を言わないのだった。むしろ、「今回は決まらなかったけど、また、テンチャンに任せようかな」そんなことを言う者までいる。多くの営業担当が競合に負けることを覚悟で、羽山に図面を任せてしまうのだった。テンチャンこと、羽山にはそんな魅力がたしかにある。謙仲はここ最近それを切に感じる。もし彼女がそれを演じているのだとすれば、恐ろしい能力だ。

これが、女優の力、なのだろうか？

もしそうだとすると、謙仲は羽山に到底敵わない気がするのだった。理性など簡単にねじ伏せられてしまう力。もう既にハニートラップに掛かり、抜け出すことなど不可能なところにいるのではないだろうか。このまま罠に掛かっていたい衝動すら自分の中にあったりする。

想像以上に手強いぞ、羽山典子。謙仲は一人怯えるのであった。

横浜市内の官公庁のビルが建ち並ぶ一角に、複合庁舎があり、謙仲はその駐車場に車を入れると腕時計を見た。時刻は午後三時を過ぎたところだった。

謙仲は九輝ハウジング横浜支店を管轄する労働基準監督署を訪れていた。謙仲がここに来るのは数カ月ぶりになる。用件は青沼の労災不支給決定通知に関することだ。謙仲は多くの人で混雑している一階から階段で二階に上がる。胸ポケットから名刺入れを取り出し、以前に担当官から貰っていた名刺を取り出す。柴村正雄。窓口に行き駄目もとで柴村に面会を要求すると、意外にも柴村は会ってくれた。

「君か……」

柴村は謙仲を認めると辺りを憚りながら席に着いた。

「ご無沙汰しております」

「用件は青沼くんの件だね？」

柴村は声を落として尋ねる。濁った眼鏡の奥にある瞳が謙伸を見据える。

「はい、青沼のお母さんから不支給決定通知が来たということを聞きましたもので」

謙伸は怒りを滲ませて柴村を見る。柴村は厳しい表情になり突然に席を立つと、

「ここでは、何だから……」

と謙伸を個室に案内した。そこはついたてで仕切られた狭い空間であった。

柴村は席に着くなり謙伸に頭を下げた。意外な展開に謙伸が驚く。

「申し訳ない。怒るのはもっともだと思う。僕も正直に言うと今回の決定については納得がいっていない。あれだけ、過重労働とパワハラの証拠があるにもかかわらず撥ねられるなんてありえない」

「どういうことなんですか、一体！」

謙伸が詰め寄ると柴村は口を真一文字に結んで、テーブルに視線を落とした。

「これはあくまで憶測なんだが……」柴村はそう前置きすると言葉を続けた。

「限りなく可能性は高いと思う。おそらく、今回の件は上から相当な圧力がかかっている」

「圧力？」

柴村は頷く。

「圧力の出どころは分からない。ただ、九輝ハウジングといえば九輝財閥のグループ会社だ。いろいろなパイプがあるんじゃないのかな。圧力の出所によっては、ひっくり返すのは並大抵のことではない場合もある。これは、青沼くんのお母さんには言わなかったこと

だけどね」

　謙伸の脳裏に青沼の母親の姿が浮かぶ。

「弱い立場の人が、不条理に泣かないようにするのが貴方達の仕事じゃないんですか？　それなのに強い者の肩を持つなんておかしいじゃないですか！」

　柴村は驚いたように目を見開く。

「その通りだと思う。僕も今回の件をこのままで済ませたくはない。でも、ガムシャラに騒いだところでねじ伏せられる。それが、残念ながら今の社会だ」

「じゃあ、泣き寝入りすればいいと言うんですか？」

「そうは言っていない。まず、圧力の出所を突き止めなければならない。それから対策を講じるしかないと思う。圧力がこれ以上かからないように。それから審査請求をする」

「審査請求？」

「労働基準監督署が下した決定に不服がある場合、その審査のやり直しを申し出る制度なんだ。審査請求の期限は不支給決定の通知を知ってから三カ月以内だ。青沼くんの場合、決定から今日で二カ月半が経過してしまっているから、あと二週間だ」

　謙伸は壁に掛けられていたカレンダーを見る。

「八月三十一日ということですか？」

「そうなるね」

　謙伸は言葉を失う。

阿川邸の二回目の打ち合わせは前回と同様にモデルハウスで行われた。ただ今回は設計担当である羽山も同席する。設計担当が顧客との打ち合わせに同席するのは決して珍しいことではない。特殊な工法を用いる物件では図面で表しきれない部分を補足するために同席する。ただ、その場合、おいおいにして営業担当から設計担当に同席を依頼することが多い。しかし、今回の場合は羽山からの申し出であった。

「お客様の人となりや好みも訊いてみたいから同席する」

羽山にそう言われては、謙仲は断る理由がない。まさか、産業スパイの疑いがあるのでできませんなどと言えるわけもない。

謙仲は羽山が描いてきた図面をまだ見せてもらっていなかった。

「当日の、お・た・の・し・み！」

浮かれた表情で羽山が言うのであったが、謙仲はこれまでの羽山の所業を考えると気が気ではなかった。阿川がドン引きするような図面を描いてきやしないかという不安が始終つきまとう。

その日、阿川はほぼ約束の時刻に現れた。前回同様、スーツ姿の屈強な男も二人側に仕えている。

謙仲は阿川に羽山を引き合わせ、一通りの世間話を終えると打ち合わせを始めた。

羽山は自信満々で図面を広げた。それは、謙仲を驚かせるほどのものだった。

南面が壁や柱を極力排除したガラス張りになっていて、ただならぬ開放感が演出されている。高い天井の広すぎるリビングには暖炉も置かれている。リビングと繋がるテラスもかなりの広さだ。数家族でバーベキューも余裕でできそうな程だ。

羽山のテンチャンぷりが遺憾なく発揮された、豪華すぎ、お洒落すぎる物件だった。さすがにこれはやりすぎではないのかと、謙仲は阿川の表情を窺う。

阿川の眉が開く。

「広くていいなあ。仕事柄、来客が多いからこのぐらいのスペースがあるとありがたい。リビングは何畳ぐらいあるんだ」

「リビングは四十六畳ございます」

羽山が嬉しそうに言う。謙仲は顔が引き攣る。

「おお、そのぐらいは欲しいと思っていたんだ」

「南面が高さ四メートルほどの吹き抜けになっていますので伊豆の海はもちろん、その上に広がる空一面が堪能できます」

「ふふっ、良い良い」阿川が満面の笑みで頷く。

「床一面は大理石を用いて高級感をだそうと思っています」

謙仲の顔が歪む。四十六畳のリビングすべてが大理石だと！　建築費いくらかかるんだ。

「壁も大理石がいいなあ、可能か？」

「ええ、もちろん大丈夫です」

謙仲は思わず啞然とする。まるで、雲の上の会話を聞いているようだった。しかし、この二人の間では会話が嚙み合っている。

これまで羽山は、顧客の要望を大袈裟に表現しすぎるあまり、顧客を置いてけぼりにしがちであったが、阿川とは歩調が合ってしまっている。ひとり謙仲がついていけないだけだった。阿川と羽山の会話はその後も盛り上がる。

ところが、突然に阿川が首を傾げた。

「ガラスを多用して眺望と開放感を演出してくれたのは嬉しいが、これでは外からも丸見えだなあ。かといって高い塀を作っては丸見えではなくなるが、眺望が奪われるしなあ」

阿川は顎髭を撫でる。

「できる限り南側に寄せて基礎を上げるのはいかがでしょうか？　建物が高くなれば周りの建物から見えにくくなりますし、眺望もさらに良くなります」

阿川の目が見開く。

「おおその手があったか、たしかにその通りだ。よし、それならば四階建てにしよう！周りの家は二階家がちらほらあったはずだ。三階建てでは心もとない。四階建てなら周りの目など気にならなくなるだろう。一階部分は車庫にして、二階は倉庫にでもするか」

阿川は完成された四階建ての別荘を想像してなのか顔を綻ばせる。

「阿川様、誠に残念なのですが、それは難しいかと――」羽山が残念そうに言う。

「何が難しいんだ」

「建設地は四階建てが建てられない地域になっています」

「なんだそれは、法律の問題か？」

「はい、一種低層地域になっていますので建築基準法で高さ制限があります」

「それなら、ここだけ変えるか、高層階が建てられるように。そうしよう。四階建ての図面を描いてくれ。役所の方はワシがどうとでもしてやる」

謙伸は耳を疑う。

どうとでもする？　そんなことが可能なのか？　もし可能だとしてもそんな身勝手なことが許されていいはずがない。謙伸の脳裏に橙の木と、須崎夫婦の顔が浮かぶ。それまで黙って聞いていた謙伸が割って入る。

「阿川様、法律の問題ですのでそれはなかなか難しいかと存じます。それに、北側にも住まわれている方がいらっしゃいますので」

そう言った謙伸に阿川の眼光が向けられると、その眉が憤然と上がる。

「なんだお前は、顧客よりもその近隣を大事にするのか！」

「決してそういうわけではございません。法律は守るべきですし、その法律に反したものを設計したところで承認が下りるわけがありません」

「承認は役所が下ろすものだろう。そんなものは意外とどうとでもなるものだ」

「しかし……」謙伸が言いかけた時だった。

「うるさい！　いいから四階建ての図面を描け！　お前達は言われた通りにしていればい

いんだ、ワシに意見するなど百年早い！」阿川の怒声がモデルルーム内に響き渡る。

謙伸と羽山は何も言えなくなってしまった。

翌日、謙伸は釈然としない様子で出勤し事務処理をこなしていた。

すると、緊急の会議から戻ってきた大城が謙伸を認めるとその肩を叩いた。

「緒田！　ちょっと上に行こう！　大事な話がある」

大城は謙伸をいつもの屋上に誘う。いつもより早足に先に行く大城を、謙伸は何事が起こったのかと思いながらついていく。

大城はいつものようにベンチに腰を掛けると、謙伸にも座るように言った。

「俺もうっかりしていたが、阿川善一郎をお前が担当しているって本当か？」

「ええ、そうですけど、何か？」

「今さっき、支店長から言われた……、お前を担当から外せと」

「ええ、なんでですか突然に！」

謙伸はあまりのことに驚きを隠せない。

「お前が生意気だからだそうだ。阿川さんが外せと言ったわけではないらしいが、所謂忖度だ」大城も言いにくかったのか、言った後に口を真一文字に結ぶ。

「ちょっと待ってください。まるで状況が呑み込めないんですが、なんでいきなり支店長が出てくるんですか？」

納得のいかない謙伸に大城は憐れみの表情になる。

「緒田」

「はい」

「阿川さんってどんな人だ？」

「どんな人っていうと、お爺さんです。髭を生やした。ちょっと目つきが鋭いけど優しそうな時もあります」

「それだけか？」

「あと、スーツを着た男が二人側にいましたけど。耳にインカムみたいのつけて。映画の見過ぎですかね」謙伸はクスクスと笑う。

「違う。お前がニュースや新聞を見なさすぎるだけだ。本当に、阿川善一郎を知らないのか？」大城は頭を抱える。

「知りません、一体何者なんですか？」

「過去に大臣も歴任している大物政治家だ！　アホたれ」

「マジすか！」

「この横浜が選挙区でその辺にもポスターが貼ってあるだろうが」

「そういえば、どっかで見たことあるなあってモデルハウスの葛西さんと話してたんです」

「葛西さんも疎いなあ。まあいい。緒田、この物件はとりあえず外れるしかなさそうだ」

大城は諭すように言う。

「納得いきません！」謙仲は口を尖らせる。

　大城はそんな謙仲をまじまじと見るとクスリと笑う。

「その物怖じしないのは、お前のいいところでもあるけど、今回はそれがアダになった。聞くところによると建築基準法違反の物件を強要しているらしいなあ、阿川氏は」

「はい、現実的には二階建てが限界の場所に四階建てを建てろなんて言うんですよ、滅茶苦茶じゃないですか」謙仲は憤懣やるかたないという表情になる。

「……。たしかに滅茶苦茶だな。緒田はそれを指摘したのか？」

「はい。できないものはできないと言わなければならないと思いましたので」

　それを聞いて大城は頷く。

「たしかにその通りだ。普通なら不可能だからできないと言わなければならない。だが、今回は相手が違う。阿川ならできるかもしれない。それに支店長は四階建ての図面を描くように指示を出してきた」

「そ、そんな！」

　大城は謙仲になんと言葉を掛けたものかと一瞬戸惑う表情をしたが、それはすぐに纏まったようだった。

「あの口ぶりだと、支店長はどうも阿川とは初見ではないようだな。しかも『いろいろお世話になった』などと言っていた」

「お世話？」謙仲は確認する。

「ああ、そう言っていた。どちらにしても法律を犯してまで、四階建てを建てるなど許されてはいけないと思う。上手く阿川を誘導しなければならない。結論から言うと、阿川邸は柳川に担当してもらうことにする。既に柳川には告げてある。阿川は緒田には荷が重すぎる」

「納得がいきませんが……、課長の命令なら従います」

謙伸は不承不承、了解した。

「緒田、代わりといっては何なんだがお前に任せたい仕事があるんだ」

大城はそれまでの張りつめた表情を緩めると、声まで穏やかにそう言った。

「なんでしょう」

謙伸はこの上なんだと言わんばかりに答える。

「そんなに悪い話でもない。緒田の実績にもなるし、相手が要望している人物に緒田がピタリと当てはまるような気もする。詳しいことは今言えないが、相手の都合を聞いてまた知らせる」

そこで、大城の携帯が鳴った。大城が電話に出ると、それは社内からのようだった。

「ああ、今行くから、ちょっと待たせておいてくれ」

大城は相手にそう告げると電話を切った。

「すまない。急な来客だ。緒田、あまり気を落とすなよ。近いうちに一杯行こう」

大城は謙伸を置いてベンチを後にした。謙伸はその後ろ姿を見送ると、一人、溜め息をつく。

たしかに、阿川善一郎とまともに渡り合えるのは、この営業所で柳川よりも適任な人間は見当たらない。柳川なら一癖も二癖もある阿川善一郎を上手く懐柔できるかもしれない。残念ながら柳川ほどの器用さが謙伸にはない。謙伸自身もそれは認めざるを得ない。

「そう考えると、あの人は本当に不思議な人だ」

謙伸は九輝ハウジングに入社してからずっと柳川と同じ営業課で働いてきた。二年先輩の柳川は謙伸に対してだけでなく誰彼構わず話しかけ、飲みに誘う。ほぼ毎日のように誰かと飲み歩き、遊び歩くという生活の柳川だった。それだけ飲み歩いているにもかかわらず柳川の営業成績は群を抜いていた。入社一年目で新入社員トップの成績、二年目では新規契約件数で関東地域一位。三年目には三位に甘んじていたが売上金額ベースでは一位であった。どこから情報を仕入れてくるのか有望客を常に多数抱えているのだった。

柳川を知れば知るほど謙伸は彼の対人能力に驚かされるのであった。誰とでもすぐに打ち解けて親しい仲になってしまう。どんな顧客をも柳川ファンにしてしまうのだ。それは柳川を中心に世界が回っているのではないかと錯覚する程であった。この人並み外れた対人能力の高さはおそらく天性のものなのであろう。

そんな柳川が阿川善一郎の営業担当となる。柳川なら阿川と上手くやれるだろうし、建築基準法違反を犯してまで四階建てを建てさせるようなことはしないかもしれない。

それよりも気になるのは阿川と皆藤(かいとう)支店長の関係だ。これは、もしかすると、もしかするんじゃないのか。謙伸は改めて厳しい表情になる。

営業課が入る八階の部屋には、一課から三課までがそれぞれの島ごとにデスクを並べていた。

午後十一時。営業二課の面々は課長である大城も目の前の席の柳川も既に帰社していた。営業課の部屋に残っているのは謙伸の他に三課の課長である矢橋(やはし)だけだった。

矢橋は帰社が遅いのが有名であった。ワーカホリック。そんな陰口(かげぐち)まで叩かれているほど仕事に情熱を注ぐ男だった。そのせいか、三課の営業マン達は直帰が多い。上司である課長がいつまでも帰らないのだから、営業所にいてはなかなか帰りづらいのだろう。

だが、働き方改革の大波は九輝ハウジングにも押し寄せている。無駄な残業はしないように本社からも通達がでているので、矢橋は課員達に「やることをやったら、さっさと帰れ」とことあるごとに言っていた。ただそう言う本人はなかなか帰らない。「サービス残業」「闇(やみ)出勤」を苦ともせず仕事に打ち込んでいた。その矢橋がふらりと席を離れた。たぶん、煙草(たばこ)だろう。

謙伸は一人、柳川に引き継ぐべく阿川邸の資料を黙々と纏めていた。するとそんな謙伸の前に缶コーヒーが突然置かれる。驚いて振り返ると屋上の喫煙所から帰ってきたと思われる矢橋だった。

「頑張るな、緒田。差し入れだ」

矢橋はそう言うと柔和な笑みを浮かべる。

「ええ、引き継ぎで資料を纏めないといけなくなりまして……」

「阿川さんか、今朝の会議で聞いたよ。柳川に引き継ぐんだって」

矢橋はそう言いながら謙伸の隣に腰を下ろすと、自身も缶コーヒーのプルタブを上げた。

「どうやら僕には荷が重いようで……。それにお客さんにも嫌われてしまったようなので。規模の大きい物件だけに残念です」

「まあ、気にすんなよ。今回は、お前が悪いわけじゃない。相手が特別すぎただけだ」

「たしかに、特別すぎますよ、国会議員ですからね。なんで僕のお客さんは競輪選手だったり、漫画家や天文学者だったり特別な職業の人が多いんでしょうか」

矢橋は缶コーヒーを噴き出しそうになるほど笑う。

「緒田に不思議な引力でもあるんじゃないのか。それにしても、国会議員が建てる別荘だけにデカいのか？　しかも設計担当がテンチャンだそうじゃないか。ちょっと図面見せてくれよ」

「どうぞ」謙伸は纏めていたファイルを矢橋に差し出す。

「どうせ悪い金で建てるんだろうなあ……、デカ！　それにしてもデカいな」

矢橋は思わずのけ反って驚く。

「ええ、リビングで四十六畳あります」

「四十六畳！　ありえねええ！」

「はい、それだけでも十分だと思うんですが、四階建てにしろなんて言いだして」

「ああ、聞いた。本当に悪い野郎だな。こんな奴がいるから日本の政治はよくならないんだろうなあ」矢橋は一人憤りながら呟く。

「もし本当に四階建てが建ったら、北側に住んでいる方が不憫でなりません」

「うん、この規模で四階建てにされたら、たしかに北側は一日中真っ暗だな。俺なら引っ越すな」

「建物の配置も北側にめいっぱいなんですよ」

「もう少し南側に寄せさせてくれれば多少は北側にも陽がはいるかもな」

「それが、南側に寄せられない理由が幾つかあって……」

謙伸は阿川の要望や、土地にある問題点を矢橋に相談した。その一つ一つに矢橋は親身になって回答してくれた。

「どの問題点も、どうにかなるものばかりだ。もっとも、お金は掛かるけどな」

「でも。僕は担当じゃなくなるので、何もできなくはなってしまうんですけど……」

「まあ、後任が柳川なら上手くやるさ。そのためにも引き継ぎはしっかりな！」矢橋はファイルを謙伸に返す。

「課長まだ帰らないんですか」

「ああ、やることがあってな。それより、その家ーる君はどうしたんだ？」

矢橋は青沼が使っていたデスクの前に置かれている家ーる君の置き物を指さす。

「二課のモデルハウスにあったものなんですけど、頭部が損傷してしまって、モデルハウスから引き揚げてきたんです。どす黒い血痕までついてしまってるんで」

「ああ、たしかにちょっと頭がひび割れてるなあ。家ーる君が出血してるみたいでモデルハウスのエントランスに置いとくのはよくないな。で、なんで血がついてるんだ？」

　謙仲は柳川と帝国ホームの営業マンの間にあった諍いの顚末を話した。

「ハハハハハッ、なんだそりゃ。帝国ホームざまあみろだな」矢橋は腹を抱えて笑う。

「家ーる君はいい迷惑ですけど」謙仲も頬を崩す。

「たしかに。でも、帝国ホームには気をつけろよ。あいつら、あらゆる手段を使って情報を集めてきて突然に競合に加わってくるからな。お客さんに捺印をいただくまでは本当に気が抜けないよ」

「そうですね。ここだけの話、社内に産業スパイがいるんじゃないのかっていう噂もありますからね」謙仲は神妙な顔になる。

「ああ、それは俺も思っていた。これだけ帝国ホームとの競合が多いのは過去に例がない。社内の顧客情報をリークしている奴がいる可能性は否定できないと思う。でも、お客さんをしっかり摑まえていれば、柳川のように競合負けすることもないはずだ。やはり、最後は営業マンとお客さんの絆だと俺は思う」

「それは、たしかにそうですね」謙仲は加賀との契約のことを思う。

「今、本社で、営業マンの代わりにＡＩを導入しようという試みが行われているそうだが、俺は、それは違うと思うんだ。家を建てることは人生に一度か、多くて二度ぐらいだ。そして、家は非常に高額だ。そんなマイホーム計画は、多くのお客さんにとって不安との戦いだと思うんだ。その不安を一緒に共有できるのはやはり人だ。俺達営業担当だ。ＡＩでは無理だと思うんだ」

謙仲は黙って頷く。やはり、この人は熱い！

「だからといって、緒田もあまり頑張りすぎるなよ。ほどほどのところで切り上げないと俺みたいにワーカホリックだって陰口叩かれるからな」

矢橋はそう言うと謙仲の肩をポンと叩き、自分の席に戻った。

謙仲は工事課の詰める七階にいた。目の前には桐野がいる。

阿川邸の営業担当を外されたことと、後任が柳川になったことを報告しに来た。

「残念だけど上の命令じゃしょうがないね。でも、あたしも建築基準法を無視した建物なんて担当したくないから、外してもらおうかな」桐野は口をへの字に曲げる。

「でも、柳川さんなら上手く誘導してくれそうな気もします。それよりも、僕は阿川さんのお手伝いがなんとなく、したくないんです」

「どうして？」

「ちょっと引っ掛かることがあって……」

謙仲は労働基準監督署の柴村の話を桐野にした。圧力の出所はもしかすると、阿川善一郎ではないのかと。

「緒田くん、阿川善一郎のこと疑ってるんだ」

「ええ、青沼のためにも怪しいところから徹底的に調べたいんです」

謙仲は語気を強める。

「でも、阿川と皆藤の接点がないよね。『青沼の件を闇に葬(ほうむ)ってください』って、一民間企業の支店長が現職の国会議員のところにいきなり頼みに行っても相手にされないよね。それとももっと上の人と元大臣が懇意なのかなあ?」

「大城課長の話では皆藤と阿川善一郎はずいぶん昔からの仲みたいだって」

「ふうーん、大城課長が言うならそうなのかもしれないね。そういう時は両者の分かる限りの情報を列挙して比較してみたらいいんじゃないかなあ」

「なるほどそうですね。ちなみに皆藤の情報はこれです」

謙仲は柳川に、皆藤と阿川の関係が怪しいことを説明し、産業スパイとは別件だがオカピに皆藤の情報を依頼したのだった。

「す、すごい。これ緒田くんが調べたの? まるでスパイみたいだね」

桐野は目を丸くする。謙仲が桐野に見せた皆藤の情報は以下のようなものであった。

氏名　皆藤恭介(きょうすけ)
年齢　五十六歳

入社　三十四年目
所属　九輝ハウジング横浜支店支店長
家族構成など　神奈川県川崎市出身。配偶者、皆藤裕子（専業主婦）、子供二名は既に独立。
学歴・職歴　川崎市立陽光丘高校卒業。早葉大学経営学部卒業。九輝ハウジング入社。湘南支店配属。湘南支店営業課課長。埼玉支店営業課次長。東京エリア営業部長。横浜支店支店長。

「出身高校や奥さんの名前まで、緒田くんすごいね。いや、むしろ気持ち悪いぐらいだね」

桐野は汚いものでも見るような顔になる。

「ちょっと勢いに乗って調べすぎました」

「まあでも、これだけ分かってれば皆藤支店長の方はとりあえずよしとして。阿川の方をあと調べればいいだけだね。こっちはホームページとかありそうだよね」

桐野はパソコンで「阿川善一郎」と打ち込むと、最初に阿川のホームページが現れた。

阿川善一郎。神奈川県茅ケ崎市生まれ、茅ヶ崎市育ち。現在は横浜市在住。善一郎という名は、他人のために尽くす人間になってほしいという思いから祖父が命名。

小学二年生から始めた柔道を中学、高校でも続け、高校三年生の時には高校総体神奈川県で三位。

　国立大学医学部卒業後、茅ヶ崎市にてクリニックを開業。

昭和六十一年、参議院に初当選。

第四十一回衆議院選挙にて初当選。

第四十二回衆議院選挙にて二回目の当選。

厚生労働大臣政務官に就任。

第四十三回衆議院選挙にて三回目の当選。

厚生労働大臣に就任。

第四十四回衆議員選挙にて四回目の当選。

厚生労働副大臣就任。

第四十五回衆議院選挙にて五回目の当選。


「普通じゃない経歴だね。阿川さんもともと医者だったんだね。でもまるで接点が見当たらない」

「うーん、唯一あるとすると、阿川善一郎は横浜に現住のようですけど茅ヶ崎市の出身で、皆藤支店長も入社当時は湘南営業所の所属。湘南営業所は茅ヶ崎市も管轄エリアだから、この時に接点がないですかねえ」

「そうだね、あるとするとここしかないね。皆藤支店長は自分でもよく言ってるけど営業畑一筋だから、営業担当だった頃の顧客が阿川善一郎という推理もありだね。顧客管理ファイルで見れば何か出てくるかもしれない」

「そんなのあるんですか？」

「もちろんあるよ。工事課はアフターサービスやリフォーム工事もやるから、かなり過去の物件もデータ化してあるの。ちょっと待っててね」

桐野は社内システムにログインすると、『顧客台帳』のタグをクリックした。さらに支店ごとに分かれているようで、『湘南支店』を選ぶ。画面には無数の顧客名が羅列される。

「こ、こんなに、あるんですか」

一万二千三十三件という数字が画面上部に表示されている。この中から探すのか？　謙伸の顔が引きつる。

「安心して、この中から『阿川善一郎』で検索してみればいいでしょ」

桐野は検索をかける。謙伸は祈る思いで画面を見つめる。『一件の検索結果』という文字が画面中央に現れた。

「ヒットしましたね」

「この物件の情報を見てみれば当時の営業担当が分かる」

物件情報は契約日、請負金額、営業担当、工事担当、設計担当などの情報の他に、図面も閲覧できるようになっていた。謙伸は画面を注視する。

「営業担当……、井口義男ってなってますね。誰ですか？」

「知らん！　その前にこの阿川善一郎は、あたし達が知ってる阿川善一郎ではないかもしれない。建設地も平塚市だし、契約当時の年齢も三十一歳。契約日は平成二十一年だから約十年前。この阿川善一郎はまだ四十代だよ。あたし達が知ってる阿川善一郎は七十歳を超えている。別人だわ」

「ということは、湘南営業所の過去の物件に『阿川善一郎』という顧客は他にいないということですか？」

「そういうことになるね、残念だけど」

謙伸は腕を組むと一つ唸った。皆藤と阿川の間にあるであろう微かな糸は幻でしかないようだった。

産業スパイ判明する！

「緒田、明日の朝九時に七階の二号室に行ってくれ。大城から来るように言われましたとだけ言えば話が通じるようにしてある」

七階といえば工事課の他に総務課が入っている。さらに、半年ほど前から本社の人達が一室を借りているようだった。

「分かりました」

翌日、謙伸は大城に言われた時刻に、七階の二号室の扉横にある内線で名前を名乗った。部屋にはセキュリティーがかけられている。

謙伸がドアの前でしばらく待っていると四十代後半と思われる男が中から出てきた。

「大城課長のところの緒田謙伸くん？　お待ちしていました。どうぞ中に入って」

男はよく磨かれた眼鏡越しに謙伸の顔をまじまじと見ると、部屋の中に招じ入れた。

室内はそれほど広くない。デスクが三つとキャビネットが一つ、縦型のロッカーが一つあるだけだった。

「初めまして、本社開発事業部の市村といいます。ここの室長も兼ねています。この部屋にはあと二人のスタッフが常駐しているんだけど、今日はあいにく本社の方に出勤しているんだ」

謙仲は室内を見渡す。三つの机の上にはそれぞれノートパソコンが置かれているだけだった。それ以外には何も置かれていない。完璧なまでに片付けられている。さすが、本社の人達だ。そもそもの育ちが違うのだろうか、謙仲の机にしても柳川の机にしても、ファイルやら図面やら、見積書やらが雑然と積み上がっている。設計の羽山に至っては魔机と化していて、震度三以上の地震がくれば書類の雪崩が起こることは必至だ。

謙仲の目の前にある本社の人達の机は逆に片付けられすぎていて、生活感ならぬ仕事感がなく、この狭い部屋でむしろ何をやっているのかと謙仲は不思議になる。それはストレートに言葉になっていた。

「あのう、市村さん達はここで何をしてるんですか？」

「お、いきなり本題にきたね」

不思議そうな顔を向ける謙仲に市村は苦笑いを浮かべる。

「大城さんには、口が堅くて、物怖じしない人をお願いします、と言ってあるから大丈夫だと思うんだけど、僕が今から言うことはここだけに留めておいてもらいたいんだ。家族の人にも彼女にも言わないでほしいんだ。トップシークレットでお願いしたい」

市村は真剣な表情になり、口元で人差し指を立てる。

「大丈夫ですよ、口だけはどういう理由か堅いんで。あと彼女は現在いませんので」

「そう、じゃあ話を先に進めるね。ちょっとここに座ってもらえるかな」

市村はそう言うと、空いている椅子をずらしてきて自身の席の横に並べた。それからノートパソコンを立ち上げ、ファイルを開いた。

画面に現れたのは『ザイファスシティ』と銘打たれたものだった。

「簡単に説明すると、横浜市内の新駅の開業とともに、それまで遊休地であった場所に総世帯数千二百戸にも及ぶ巨大分譲地が誕生するんだ」

「千二百！　す、すごいですね」

「うん、僕達は今、『街』を提案しているんだ」

「ま、街！　ですか」謙伸は思わず声が大きくなる。

「うん。いいリアクションだね。でもまだ驚くのは早いよ。このプロジェクトは一区画、一区画、土地を販売してからの自由設計ではないんだ。つまり建築条件付きの土地を販売してメーカーと顧客が家づくりをしていくという形ではない。千二百戸すべてが建売の状態で販売するんだ」

「すべてがですか？」

「そう、これはこの広大な土地を購入し、今回のプロジェクトオーナーであるザイファス様の意向なんだ」

「ザイファスって、あのホームセキュリティーのザイファスですか？」

「そう！　うちとも取引があるよね」

ザイファスといえばホームセキュリティーだけでなく、法人向けセキュリティー、銀行や企業の現金輸送、さらには高齢者の見守りサービスまで提供する国内屈指の警備会社だ。そんな会社がどうして家を販売するのか？　狐につままれたような顔の謙伸に市村は違う画面を開いてみせた。

「これは、ＣＧで描いた完成後の街並みだ。各々の家にザイファス様のセキュリティーが施されているのはもちろん、街全体がザイファス様の最新セキュリティーシステムで守られている。街の中にザイファス様の事務所も建設する予定だ」

「家じゃなく街ごと守っちゃうってわけなんですね。それに、ＣＧだからかもしれないけど街全体に統一感がありますね」

「そう。風致地区って分かるよね。ここら辺でいえば鎌倉とかかな。街全体が同一の色彩、建物の高さ、意匠でまとめられていて、街そのものに一体感があるエリアだよね。そういったものを、ザイファス様は望んでいるんだ。つまり付加価値だね。だから、販売価格も同じ規模の戸建てに比べると少し高くなる」

「たしかに、なんかこの街の住人っていうだけでステイタスのようなものが持てそうな気がしてきますね」謙伸は納得したように頷く。

「うん。そのためにザイファス様はここで建築する住宅メーカーを、なんと一社のみにするというんだ。これだけの規模だから、当然、多くの住宅メーカーが名乗りを上げていた」

「上げていた？　もう過去形なんですね」

「そう！　このプロジェクトチームを立ち上げて丸二年、いよいよコンペも最終段階になった。十数社がふるいにかけられて、二社のみが現在残っている。うちら九輝ハウジングと帝国ホームだ」

「帝国ホーム！」

「そう！　帝国ホーム。なかなかの難敵なんだよ、これが。しかも、ここだけの話だけど、この九輝ハウジング横浜支店内に帝国ホームに通じる産業スパイがいる、という噂があるじゃないか」

「産業スパイ？」謙伸にとっては毎度の話だが、とりあえず驚いた表情をしてみせる。

「驚いただろ。まさか緒田くんは違うよね？　産業スパイじゃないよね？」

「ち、違います」謙伸は全身で否定する。

「うん。君が違うことは分かっている。まさか産業スパイが受注三カ月ゼロで、あわや出向なんていう土壇場まで自らを追い詰めるようなヘマはしないだろうからね」

「……。はあ、なるほど」

　謙伸は少し引っ掛かるものを覚えながら、どうにか市村に笑顔を向ける。こんな無能な産業スパイなどいるわけがないということを遠回しに言っているのだろうが、その産業スパイを自分達が見つけだそうと思っているなど打ち明けようものなら、それこそ大笑いされるに違いない。そんな謙伸の心配をよそに市村は続ける。

「先日、役員会議でもその話が出たらしい。うちの新商品の原価率がリークされていることが判明した」市村の眼鏡が光彩を放つ。

「いよいよ、経営陣の耳にも入ったということですか」

　産業スパイの話も最初は単なる噂からであったが、今や会社全体を揺るがす問題となりつつあるということか――。

「特に社長が大分気にされているようだね。産業スパイのことを考えると僕達本社の人間だけでことを進めたいところなんだけど、ところが、そうもいかない事情があるんだ」

「え？　どんな事情ですか」

「僕達、開発事業部には国内外を問わず大規模開発のノウハウはあるけど、個別の住宅を作るノウハウはない。リテールに関する知識、経験、実績が乏しいんだ。ザイファス様が今回のプロジェクトで重要視しているのが既存客の満足度でね、大きな仕事しかしてこなかった僕達はその辺が苦手なんだよ。そこで、どうしても小さな仕事ばかりしてきた君達支店の皆さんに随所随所で教えを蒙らなければならないんだ」

　市村はそう言うと屈託なく笑う。

「なるほど」

　謙伸は笑っている市村の横っ面を睨む。言葉の端々に嫌味を感じるが、悪気があって言っているようではないところがまた腹立たしい。

「そのために、これまでも大城課長や設計課の羽山さんにも協力してもらっているんだ」

「ちょっと待ってください、その二人の中に産業スパイはいないんですか？」

「うん、いないはずだよ。大城課長は実績からして九輝ハウジングへの貢献度が非常に高い。だから事前に調査もせずにこのプロジェクトに参加してもらっている」

「羽山さんは？」

「うん。羽山さんはこのプロジェクトに参加してもらう前に面接させてもらった。もちろん内容は一切告げずに。その面接の時に、どうして設計の仕事をしてるんですか？　って訊いたんだ」

「そうしたら羽山さん、何て言ったんですか？」

「うん。そうしたら羽山さんね、目を潤ませて『設計というお仕事でお客さんを喜ばせたいんです！』って言ったんだよ。僕、あの瞳に出会ったら完全にノックアウトされちゃってね。この子なら信じられるって思ったんだよ」市村は羽山の瞳を思い出しているのか目を閉じて微笑んでいる。

　大丈夫か？　この人。ハニートラップかもしれないとは思わなかったのだろうか。ニヤついている市村を謙仲は呆れた顔で心配する。

　そんな謙仲をよそに市村は話を続けた。

「そしてもう二つ、支店内でプロジェクトチームを続けている理由がある。それが、今回緒田くんにお願いしたいこととも絡んでくるんだ」

「僕にですか？」謙仲は自身の顔に指をさす。

「うん。一つ目なんだけど、緒田くん、君には『嘘の情報』を産業スパイに流す仕事をしてほしいんだ」

「嘘の情報？」

「そう。これがそうなんだけどね」

市村はノートパソコンのデスクトップ上にある別の違うフォルダーを開く。すると、文化遺産にでも登録されそうな日本家屋の画像データが並んでいる。観光客こそ呼べそうだが住むには隙間風や雨漏りを心配しなければならなそうだ。

「いくらダミーだからって、ちょっとやりすぎじゃないですか？」

「そうかなあ、ダミーとしてはいい出来だと思うんだよね。これを見たら帝国ホームの連中かなり油断すると思うんだ。いま十部ぐらいプリントアウトするから君の机の上にでも目立つように置いといてくれないかなあ」

「僕の机の上でいいんですか？　すると産業スパイは営業課の中にいるんですか？」

「そう。と言いたいところだけど違うんだ。実を言うとどこに潜んでいるか分からないんだけど、営業課は誰でも入れる部屋だろう。設計、工事、総務、経理、あらゆる部署の人が自由に出入りできるのは営業課の他にないし。特にセキュリティーシステムも掛かってないんでしょ？　そう大城さんに聞いてるよ」

「たしかにそうですね」

「ということで頼んだよ。誰かに『これ何？』ぐらい訊かれたら、できる限り大きな声で説明してほしいんだ、産業スパイにも聞こえるようにね」

「了解しました。じゃあ僕の仕事はこの資料を机の上に置いておいて、訊かれたら答えるだけなんですね」

謙伸はどこか拍子抜けしたような顔をする。

「そう。でも、もう一つ緒田くんにお願いしたいことがあるんだ」

「もう一つですか？」

「うん。ザイファス様への最終プレゼンが近いうちにあるんだ。そこでうちか帝国ホームのどちらかに軍配が上がるんだけど、最終プレゼンの時に効果的にザイファス様に九輝ハウジングのお客様満足度を訴求してほしいんだ」

「え？　ということは僕もその最終プレゼンに参加するんですか」

「そのつもりだけど、大丈夫だよね？　大城さんにはそのために物怖じしない人をって言ってあったんだけど、まあ緒田くんなら大丈夫だよ。そんな予感がする。一緒に頑張っていこう」市村はそう言うと、ダミーのプレゼン資料をプリントアウトしだした。

謙伸は、あれよあれよという間に巨大プロジェクトチームの一員にされていた。プリントアウトされたダミーの資料を渡されると、市村のもとを辞した。

謙伸は自分の席に戻ると市村に言われた通り資料を机の上に置き、目につくようにしたが、みな忙しいせいか誰一人として訊いてくる者はいなかった。

その日、阿川（あがわ）との初めての打ち合わせを終えた柳川は、謙伸とともにペットショップに来ていた。柳川が謙伸を伴ってきたペットショップは駅ビルの中の最上階にある店であった。柳川は熱帯魚や犬、猫などを素通りし、一番奥にある薄暗いスペースに行く。そこにある大きめのガラスケースの前で柳川はしゃがみ込んで中を覗いた。

「あ！　アルマジロだ！」謙伸は思わず叫ぶ。

「お前に言われてネットでアルマジロのことを調べてたら可愛くなってしまった。そして、ここで売ってることを発見した」

ガラスケースの中を覗くと二匹のアルマジロがいる。一匹は丸くなっていて、もう一匹は伸びた状態でゆっくりとケースの中を歩いていた。

「可愛いですね」

「ああ、でもこの甲皮が銃弾も弾くとは驚きだよな。いかなる外敵にも屈しない、ある意味理想的だ。しかし、それにしても不思議だ」

「なにがですか?」

「アルマジロは、この丸い状態が本来の状態なのか、それとも伸びている状態が本来の状態なのか、いったいどっちが本来の状態なのか、俺はそれを不思議に思うんだ」

謙伸は柳川を横目で見る。

仕事のできる柳川が本来の柳川なのか、おちゃらけたりこうして小動物に夢中になっている柳川が本来の柳川なのか、むしろその方が謙伸にとっては不思議であった。

アルマジロを見終えた二人は一つ下のフロアーの飲食店街を歩いていた。

「なにか食っていくか。お！　ここにするか」

柳川が指さしたのはすっぽん料理の店であった。店頭の水槽にはすっぽんが数匹蠢（うごめ）いている。

謙仲はのけ反る。すっぽんとアルマジロは別の生き物だが、アルマジロを見学した直後にすっぽん料理を平然と食そうとする柳川の感覚が、謙仲にはどうしても理解し難かった。

二人は個室に案内されると、柳川がすっぽん料理のフルコースを注文した。

「なんか高そうですけど大丈夫ですか？」

謙仲は辺りを見回し心配する。

「今日は俺が奢（おご）るよ。お前から阿川さんいただいてしまったので、そのおかえしだ」

柳川の話によると、今日の打ち合わせで、阿川の注文どおり四階建てのプランを提出したそうだ。本来、建築許可など絶対に下りるはずのない建物だが、それを阿川の力で通すというのだった。

「羽山さんが四階建てのプランを描いたんですか」

「いや、設計課の課長が描いた。といってもテンチャンが描いた二階建てのプランの下に、コンクリート製の駐車場と倉庫を挟み込んだだけだけどな」

「羽山さんも降ろされちゃったんですか？」

柳川は首を振る。

「テンチャン自ら降りたそうだ。泣いてたらしいぞ、法律に反するような物件なんて描けないって」

「そうなんですかあ……、なんか違うような気がしてきましたね」

「何がだ？」

「羽山さんが産業スパイではないような気がしてきたんです」

「そうだろ、そうだろ！　だから最初から言ったじゃねえかよ」

「すみません……」

二人はそこで黙りこくる。

「そういえば、テンチャンが暗号を使っていたと言っていたが、その暗号が書かれていた付箋は持ってないんだよな」柳川は思い出したとばかりに尋ねる。

「持ってはないですけど、実は……、カメラには収めてあります」

「そうなの？　この間はそんなこと言ってなかったじゃねえか！」

「暗号かもしれないですけど、女性が書いたものをカメラに収めるというのもどうかと思っていたんで、言えませんでした」

「ウーンたしかに、よろしくはないな。でも、ちょっと見せてみろよ」柳川は顎で促す。

謙伸はその画像を出すと柳川にスマホごと渡した。

「この向きで、書かれていました」

柳川はしばらく画面を眺めていると、何かを思いついたのかスマホを反転させた。

「おい！　これは……」

柳川は厳しい顔になると反転させたまま、スマホの画面を謙伸に見せた。

「何が書いてあるか分かったんですか？」

柳川は眉間（みけん）に怒りを滲（にじ）ませながら頷く。

「読みづらいが、こう書いてある！　す・て・き・な・彼・と・こ・ん・な・た・て・も・の・に・住・め・た・ら・嬉（うれ）・し・い・な」

謙伸は呆然（ぼうぜん）とする。

「お前、わざとだろ！」

「な、何がですか？」

「俺にこれを読ませるためにテンチャンが産業スパイかもしれないって言ったんだろ！」

「そんなワケないじゃないですか。それならもっと前に見せてますよ」

「暗号でもなんでもないじゃねえか。単に極度の丸文字をテメーが逆さにして読んでただけじゃねえか！」

「す、すみません」

「やっぱりテンチャンは産業スパイじゃない。暗号でもなければ、ハニートラップでもない。心根の美しい女の子だ」そう言うと柳川はなぜか頬（ほお）を赤らめる。謙伸は思わず何度も瞬（また）きをする。

「や、柳川さん、もしかして……」

「うるせえ、ファルコンと言え」

謙伸はこの時、初めて気づいた。柳川は羽山のことが好きなのだと——。

謙伸は頭を掻きながら、羽山の顔を思い浮かべる。二人にひどいことをしてしまった。羽山の仕事に対する気概にも気づかずに、産業スパイの疑いをかけてしまって。さらには柳川の気持ちにも気づかずに。そう謙伸が反省していると、店員がやってきて前菜や、すっぽんの生き血が入っているという赤い液体の入ったグラスを並べていく。

「ところで、来週契約予定だ」

柳川は得意の話題転換をすると、生き血の入ったグラスを飲み干した。

「え！　来週ですか。許可下りてないのにですか」

「ああ、下りてはいないが、阿川さんの力でもう下りる方向で内諾が出てるそうだ。一体全体、日本の法律はどうなっちまってるんだろうな」

謙伸は北側に住む夫婦と橙の木を再び思い出す。そんな謙伸をよそに柳川は続けた。

「それと地盤調査の結果が出て、地盤改良をしなければならない」

「どんな改良をするんですか」

「今回は鋼管杭だ。支持層まで結構あるから五百万ほど掛かる」

「四階建てで重いですしね」

「うん。しかし、驚いたのは、それを全額サービスするということだ。ありえるか？」

「タダってことですか？」

「そうだよ。信じられねえだろ。建物本体だってかなり値引きしてるのにだぜ。『代わりといっては何ですが、今後もお力添えを』だって、皆藤の野郎」

「どういうことですか！」謙仲は怒気を露にする。

「聞いて驚け。お前の推測どおり労基署に圧力を加えたのは阿川だ。それを頼んだのは皆藤。そして今後、青沼の件に関して審査請求が出たら圧力を、そして同様のことがまた起こっても揉み消してほしいってことだろ。皆藤は青沼が審査請求を出すことを心配しているようだ。遠回しに何度も、阿川に言ってたからな。もともと、肝っ玉の小さい奴だけにまだ出ていない審査請求に怯えてるんだよ」

「でも逆に、抜け目がない。皆藤に先手を打たれた感じです。どこまで腐ってやがるんだ」謙仲は歯を食いしばる。

「普段は経費削減とか言ってるくせに、自分には泥がかからねえように会社の金を使う糞野郎だ。まあ、皆藤のことはどうでもいい。だが、あんな法律違反の物件を建てたとあっては俺の経歴に傷がつく」

「そ、そうですね……」

謙仲は柳川が九輝ハウジングの社長を目指していることを思い出す。

「このまま四階建てなど契約するわけにはいかんが、次回は常務も来る」

「徳谷常務ですか？」

「ああ。今回はできなかったが次回は話の内容を録音してやるぜ！　しかも料亭でやるらしい。なんか俺も大物の仲間入りしたみたいで楽しみではあるがな。ところで、また帝国ホームが競合に入ってきた」

「え！　阿川邸まで帝国ホームが入ってきたんですか」

「ああ、スパイの野郎、どこで情報を仕入れてきたのか、ちゃんと四階建てで提案してきたらしい。でも阿川さんとうちは腐れ縁だから、うちで契約することは動かないがな。阿川さん、『これより安くやってくれるんだろうなあ』なんて言って帝国ホームの見積もり持ってきやがったからな」

「本当にお金のことしか頭にないんですね」謙伸は顔を顰める。

「それより、お前に訊きたいことがあるんだけど、井戸はもう埋めてあるんだよな？　テンチャンと桐野の話だと埋めてあるらしいけど？」

「え？　そうなんですか。息抜き用のパイプが出てるんで、まだ使えるんじゃないんですか」

「いやいや、埋めてるから息抜き用のパイプが出てるんだ。砕石が敷いてあったんだろ」

「ええ敷いてありましたけど、あれをどければ、コンクリートの蓋みたいのがあって、井戸があるんじゃないんですか？　息抜きって言うぐらいだから、息してるわけですよね、生きてるわけですよね」

「ねえよ！　土しかねえよ！　埋まってるよ！」

「マジすか！」

「マジだ。帝国ホームの野郎だってプロなら現地見てれば分かるはずだ。ってことは現地見てねえな、帝国ホームの連中は。見積もりに井戸の埋め立ての費用も入っていたからな。あるいはスパイの野郎が間違って伝えちゃったのかなあ？　おまえ、誰かに井戸のこと喋(しゃべ)った？」

「いや、誰にも喋ってないですけど」

「そうかあ……。もし、喋ってたら、そいつがスパイの可能性が濃厚だったんだがな」

二人はそこで黙りこくる。すると、すっぽん鍋が到着する。甲羅(こうら)が鍋から飛び出していて、なかなか見たことのない景色だ。柳川は鍋に顔を近づける。既(すで)に加熱してあるようでグツグツと音を立てていた。二人はこれまでのことを忘れて鍋に見入る。

「お召し上がりいただけるところまで煮てありますので、こちらのポン酢でどうぞ」

店員はそう言うと下がっていった。柳川はスッポンの頭部のようなものを取るとポン酢につけて齧(かじ)りつく。しばらく咀嚼(そしゃく)していると、骨の間にゼラチンでもあるのか音を立ててしゃぶりつきだした。

「あ！　喋ってる！」突然に謙伸が叫ぶ。

「わりい、つい美味(うま)いから、しゃぶりついてしまった」柳川が照れる。

「じゃなくて、喋ってますよ！　井戸のこと！」

「マジか！」柳川が驚いたと同時に口からすっぽんの頭蓋骨(ずがいこつ)が飛び出る。

「喋ってます、井戸のこと」

「誰にだ！」

「いや、でも……。井戸が生きている前提で話したとはいえ、産業スパイだと決めつけるのは早とちりかもしれません」謙伸はその名前を言うのを躊躇う。

「お前、もしかして、そいつを庇ってるのか？」

「そう言われるとそうかもしれません」謙伸は認めざるをえない。

「とにかく、お前が井戸のことを生きている前提で喋ったというのは誰なんだ」

「驚かないでくださいーー」謙伸は柳川に小声で名前を言う。

柳川は箸を置き、腕を組むと大きく息を吐きだした。

「なるほど、辻褄があう。たしかにあの人なら他の課の物件情報も分かるし、契約前後かも分かる。お前、もちろんその時の会話、録音しといたんだろうなあ」

「はい？　してるわけないじゃないですか！」

「なんで録音しとかないんだよ！　テンチャンのメモ書きは盗撮したくせに！」

「あの時は羽山さんが怪しいと思ったからですよ。盗撮って人聞きの悪い」

「じゃあ、証拠がねえじゃねえか。証拠が！　お前との無味乾燥な会話なんて、なんの証拠にもならないし、『井戸のことなんか聞いてないよ』って言われたらそれまでだし、警察じゃあるまいし、スマホやパソコンを押収もできないし。今のままでは、しらばっくれられたら、それらの証拠も隠滅されそうだし。決定的な証拠が必要だっていうのに！」

謙伸は箸もつけずにすっぽん鍋が音をたてて煮立っているのを見ていた。

俄には信じられない。これまで、だいぶお世話にもなっている。仮に産業スパイだとして、告発しようにも証拠はないが、もし証拠を得たとしても、告発してもいいものなのか。あの人が積み上げてきたすべては崩れ去るだろう。それを果たして自分がしていいものなのか。

「おまえ、まさか、迷ってないよな？」

　驚いた謙伸は柳川を見る。

「迷ってるというと？」

「あの人が産業スパイだという証拠を摑んで、告発することをだ」

「でも、その証拠がないですし、どうして産業スパイなんていう危ない橋を渡ったのか、その動機がなくないですか」謙伸は俯く。

「動機なんてものは捕まえてから吐かせるもんだが、これがあることに間違いはない」

　柳川はそう言うと、指で丸を作る。

「お金ですか？」

　柳川は頷くと、続けた。

「どれだけ、みんなが苦しめられたと思ってんだ、産業スパイに。会社を辞めた奴だっているんだぜ。正直に言えば俺だってあの人を、告発なんてしたくねえよ。これまでに、どれだけお世話になったか、どれだけ一緒に飲みに行ったか……。でも、告発すべきだ。お前の意思ってそんなにやわなものだったのかよ！」柳川はテーブルを叩く。

　柳川の表情は、謙伸にというよりは柳川自身に言い聞かせているように、悲しいものを含んでいた。

ザイファスシティ最終プレゼン

新宿の高層ビル群の中に、一つ頭の抜きんでたビルがある。地上五十八階建てのこのビルは、日本国内でも一、二を争う警備、ホームセキュリティーの会社であるザイファスの本社ビルであった。

謙伸はそのビルの上階にいた。ザイファスの社員に案内され長い廊下を歩いていると、前方からやってくる男達数人とすれ違った。帝国ホームの社章をつけている。

謙伸はそれらの人物の顔を見る。どれも、やり遂げた人が見せる自信に満ちた表情をしていた。どうやら、帝国ホームのプレゼンは少し前に終了したようだ。しかも、悪くない出来のようだ。しかし、それ以上に謙伸は引っ掛かるものがあった。今、すれ違った男達をどこかで見た記憶があったからだ。それはすぐに思い当たった。数週間前にスーパー銭湯で鉢合わせになったパンチパーマの男と額に傷のある男だ。そういえば、サウナで大規模分譲地のことを話していたのを思い出す。それが、まさかこの案件だとは思わなかった。

案内役の女性社員が重厚な扉を開くと、広い室内に招じ入れられた。大きなテーブルがあり、謙伸達はその一方に並んだ。

謙仲の隣には本社開発事業部の市村、さらに市村の部下である二名の開発事業部の人間。そして謙仲の目の前には、ザイファスの社長をはじめ役員達が厳しい表情で対峙していた。ザイファスにとってもこのプロジェクトにかける意気込みが並々でないことが窺いしれる。

この日は、総戸数千二百戸に及ぶ大規模プロジェクト『ザイファスシティ』の最終プレゼンの日であった。

冒頭、市村が挨拶を述べ、前回までの内容を確認する。

「それでは、弊社の大規模分譲地の実績などを纏めましたのでご覧ください」

市村はパソコンを操作する。

すると、巨大ディスプレイに美しい街並みを空撮した映像が流された。それは以前に市村達が手掛けた大規模分譲地のものであった。その幾つかが紹介される。

さらに、そこに住む人々の今の声が収録されていた。どの顧客も九輝ハウジングの住まいで毎日を充実させているようだった。謙仲は改めて自身の就職した会社と、日々行っている仕事に誇りを感じる。

映像は突然、打ち合わせ場面に変わる。

真摯に提案する若い営業マンに対して、顧客であろう中年男性は首を横に振る。どうやら提案が跳ね返されたようだ。一人営業所で考え込む若い営業マン。そこに年配の社員がアドバイスをする。

若い営業マンは強く頷くと席を立ち、車を走らせた。辺りはもうすっかり暗い。

車の時計は二十一時になっていた。若い営業マンは車を停(と)めると、『木田(きだ)』とネームプレートに書かれたアパートの一室のインターホンを押す。玄関灯が点(つ)き中から出てきたのは、先程、首を横に振った中年男性であった。

男性は一瞬驚いた表情になるが、すぐに苦々しい表情になった。若い営業マンは顧客に必死に訴えかける。

すると、男性の表情が緩み一つ頷くと、営業マンと一緒に車に乗り込みどこかへ向かう。車の時計は既(すで)に二十二時。高速道路を飛ばし、朝方、車は漁師(りょうし)町を走っていた。

一軒の古びた家屋の前で車は止まった。玄関先には雑然と漁網(ぎょもう)が放置されている。表札を見ると、『木田』となっている。どうやら、男性の実家のようだ。男性は玄関の引き戸を開けて中に入ると、年老いた父親が現れた。

居間に通された男性は父親に何かを熱く語りかけている。男性の傍(かたわ)らには若い営業マンが真剣な表情で父親に視線を送っていた。

テーブルの一点を見つめる父親は仏壇にある女性の遺影に目を移した。亡き女性の笑顔がアップされ、再びカメラが引くとそこは新しい家となっていた。仏壇は真新しい床柱(とこばしら)の間に納まっている。傍らには年老いた父親が座り、嬉(うれ)しそうに庭を眺めていた。庭先では孫らしい幼い子供達が駆け回っている。そんな父親の隣に先刻の男性が腰を下ろすと、同じように嬉しそうに庭先に目を向けた。

『千二百分の一のストーリーに全力を傾ける九輝ハウジング。千二百分の一をずっと見守っていくザイファス。それがザイファスシティ』

そうテロップが流れ、ビデオは終了した。

室内は静まり返る。すると、役員の一人が手を挙げた。

「だいたい、仰りたいことは分かりましたが、まあプレゼン用のものだからしょうがないですけど、ちょっと話ができすぎてるよね。今日のために作ってきたものでしょうけど実際はどうなんですか。一人一人の顧客に対して、まさかここまで親身に対応しないでしょ」

役員は冷ややかな表情で言う。

「実際も、この通りです」

そう答えたのは謙伸であった。

「それは、君達はそう答えるだろうけど。引き渡した後の顧客の声じゃなく、それ以前に実際にどういう打ち合わせをして、どういうふうに九輝ハウジングのスタッフが顧客をフォローしてくれるのか、そこがぜんぜん伝わってこない。契約間もない顧客の声とかならまだいいんだけど」ザイファスの別の役員が指摘する。

すると市村がおもむろに立ち上がる。

「ご指摘は、ごもっともだと存じます。実際につい最近、九輝ハウジングで契約されたお客様の声もご用意しておりますのでご覧ください」

「なんだ、あるんじゃないか、さっさと出さなきゃ！」

市村は頭を下げると、ノートパソコンのキーを押した。

ディスプレイには大きな切り株をバックに佇(たたず)む一人の男が映し出される。近づいていくと、その男は先程のプレゼン用の映像にも出ていた男性であった。男は正面を向いて一礼する。

「初めまして、私は先日、九輝ハウジングで一戸建ての契約をしました加賀(かが)と申します。今、ご覧いただきましたビデオはプレゼン用のものではありますが、脚色された大袈裟(おおげさ)な話では決してございません。少しお時間を頂戴(ちょうだい)して、私が契約に到るまでをお話ししたいと思います」

「お！　さっきの客が喋(しゃべ)りだしたぞ。木田じゃなくて加賀だったんだな」役員の一人がチャチャを入れる。ビデオは続く。

「遡(さかのぼ)ること一年前、私達一家は九輝ハウジングさんとマイホーム計画を始めました。場所は私が立つこの敷地です。私の家内も子供達も憧(あこが)れのマイホームを夢見て目を輝かせていました。しかし、一人、このマイホーム計画に二の足を踏んでいる者がいました。それは、あろうことか一家の主(あるじ)である私自身でした。私の抱えていた過去が、家族の未来に待ったをかけていたのです。そんな私に気づきを与えてくれたのが、九輝ハウジングの大城(おおしろ)課長でした」

　ザイファスの役員の何人かが頷く。加賀のメッセージは続く。

「後ろに見える切り株の側(そば)には幼馴染(おさななじ)みとの思い出の品が埋まっていました。私は、ここに家を建てるにあたり、どうしてもそれを幼馴染みの両親に返却する必要がありました。

ご両親は沖縄県の古宇利島に住んでいたのもあり、私は踏み出せないでいたんです。そんな私に勇気を与え、沖縄まで寄り添ってくれたのが、そこにいる緒田くんです」

今度はザイファスの役員全員が謙伸に注目する。

「私は沖縄からの帰りの機内で、単に家を建てるだけではなく、そこに暮らす家族が描くストーリーもバックアップしてくれる、それが九輝ハウジングなんだと感じました。一般庶民にとって家を購入するということは、やはり勇気のいるものです。でも、私は彼らなら任せられると確信しました。気づくと私の方から契約を申し出ていました。あくまでこれは、一個人の私的な見解かもしれませんが、ご参考にしていただければ幸いに思います。最後までご視聴いただきありがとうございました」

ビデオはそこで終了した。室内は静まり返る。

横槍をいれていた役員も、黙って頷きながら何かを考えているようだった。

「緒田くんと言ったかな、君に一つ尋ねたいことがあるんだがいいかな？」

そう謙伸に問いかけたのはザイファスの社長であった。社長は今まで以上に鋭い目つきになる。

「はい」謙伸は緊張の面持ちで姿勢を正した。

「ビデオに出ていた加賀さんと、幼馴染みの間にあった思い出の品とは何だったのかなあ？」

その場にいる皆が興味を示し、再び謙伸に視線を送る。謙伸は唇を固く結び言葉を選ぶ。

「一言で言いますと、それは絆です。しかし、それ以上は申し上げられません。お客様の胸にしまわれていたものですので」

市村が苦い顔をする。ザイファス側の役員の何人かも眉を顰める。しかし、質問を投げかけたザイファスの社長だけは一人頷く。

「ありがとう、こんな質問をした私がいけなかったね」

ザイファスの社長はそう言うと頰を緩めた。

翌日、謙伸は代休であったが、朝の七時に目を覚ますと、すぐにノートパソコンに向かった。謙伸は阿川善一郎の経歴をもう一度、調べてみたかった。

阿川が皆藤の依頼によって労基署に圧力をかけたのは既に疑いないが、その見返りは何だったのか？　あの阿川が無償で動くとも思えなかったし、支店長とはいえ一介のサラリーマンでしかない皆藤がどれ程身銭を切れるだろう。阿川を動かすだけの金額をポケットマネーから払えるとは思えなかった。二人の間には必ず何かある。二人の接点が分かれば、そこにヒントがあるはずだと謙伸は睨んでいた。

阿川は三十代後半まで医師をしていたようだ。それが突然に国政に打って出る。一回目は落選するものの、次の参議院選挙では与党の公認を得て見事当選している。その後、阿川の作った病院は次男が院長を務めているようだった。それは茅ヶ崎市内に現在もある。一度見に行くか。

医院を前にして謙仲は息を飲む。医院はまぎれもなく九輝ハウジングの古い物件ではないか。

二階建てではあるが規模が大きい。最近外壁を塗り替えたようでもある。ただ、いちおう確認する必要はあった。同じようなデザインの建物は他のメーカーも作っているからだ。謙仲は基礎部分にある床下換気口を見た。住宅メーカーはここに自社名を入れるのがなぜか習わしになっていた。

『九輝ハウジング』の文字が彫られていた。

どういうことだ。うちの物件でありながら、顧客管理台帳には載っていない。削除された？　いや、そんなことがあり得るのだろうか？　謙仲は迷路に入り込んでいるような気分だった。ふと、視線を医院全体に戻す。

『医療法人　善河会』

看板の片隅にはそう書かれていた。もしかして？

謙仲はあることを思いつくと、すぐに桐野に電話を掛けた。

「桐野さん、この間の顧客管理台帳で検索してほしい言葉があるんですけど」

「ああ、ちょうど今、社内にいるからすぐに検索できるよ、なんて言葉？」

「『医療法人　善河会』もしくは『善河会』です。善悪の善に銀河の河、会社の会です」

「オッケー、ちょっと待っててね……。キタ！　ヒットしたよ。でも、これ何？」

「阿川善一郎が経営していた病院を所有する医療法人です」

「なるほど、そうか！　法人名で契約してたんだね。建設年月日は平成十四年。建設地は茅ヶ崎市。受注金額は八千五百万。なかなかの大型物件だね。そして、営業担当が……、吉岡信二？　誰？」

「え！　皆藤支店長じゃないんですか」

「じゃないね」

　謙伸の頭が真っ白になる。

　どういうことだ。柳川さんや大城課長の話では皆藤と阿川は長い付き合いのようらしい。あの二人の勘が外れるとは考えにくい。十五、六年前、皆藤は湘南営業所にいたはずだ。なぜなら、「十八年ぐらい管理職をやっている」と以前の会議で言っていた。オカピの情報では皆藤が最初になった管理職は湘南営業所の営業課の課長だ。ちょっと待てよ！

「桐野さん、受注した営業課と契約日を知りたいんですけど分かりますか」

「ちょっと待って、えーと、湘南営業所営業三課だね。契約日は平成十四年三月二十五日になってる」

「ありがとうございます。もしかすると皆藤支店長に繋がるかもしれません」

「うん。よく分からないけど、朗報を待ってます」

　そう言うと桐野は電話を切った。

　謙伸はすぐにオカピにメールを送る。皆藤支店長の湘南営業所時代の経歴をこと細かく知りたいと。オカピからのメールは早かった。

おお、アルマジロくんが直接依頼してくるとはよっぽどだね。もしかして、皆藤支店長がスパイなの？　魚は頭から腐るって言うけど、もしそうだとすると横浜支店はやばいね。

とりあえず、湘南営業所時代の皆藤恭介の詳細履歴です。

皆藤恭介

昭和五十九年　湘南営業所営業二課配属

平成五年　湘南営業所営業二課主任

平成九年　湘南営業所営業二課係長

平成十二年　湘南営業所営業三課課長

平成十九年に埼玉営業所営業次長に昇格まで湘南営業所三課にて課長職に就いています。

オカピ

繋がった。阿川病院を契約した平成十四年三月二十五日時点では、皆藤は営業三課長。つまり、吉岡信二なる営業担当は皆藤の直属の部下ということになる。だとすれば、これだけの物件だ、皆藤が挨拶していないこともないはずだ。この時には既に阿川は衆議院議員だが、ここで、皆藤と阿川は面識を持つようになったと考えれば筋が通る。そして、この外壁塗装は数カ月前になされたものだ。たまたまと考えるべきだろうか？　謙伸は再び桐野に電話を掛ける。

「桐野さん、顧客管理台帳でアフター工事も検索できるんですか？」

「もちろんよ」

「阿川善一郎では一件しかヒットしませんでしたが、善河会ではどうでしょう？」

「善河会でもさっきの一件だけだよ」

外壁塗装工事はうちではないのだろうか。待てよ、契約者など誰にでもできるのではないだろうか。現在の院長である次男でもいいし、家族の者も医療法人の役員になっているはずだ。それなら！

「桐野さん、それって物件の住所からでも検索できたりするんですか？」

「できるよ、住所が分かっていればの話だけどね」

「住所は分かってます。善河会の住所で検索してみてくれませんか？」

「いいけど、何も出てこないでしょ……、ぎゃ！　出た」

「出ました？」

「うん、でも。契約者の名前は酒井優子(さかいゆうこ)っていう人になってるね。誰だろう？」

「ウーン、誰でしょう。それで工事の内容は外壁塗装ですか？」

「そうだね。でも部分的なものなのかな、契約金額が三十二万四千円だから」

「え？　それは変だな。阿川病院は外壁をたしかに塗り替えているけど、建物全体を塗り替えてますよ。三十万じゃ足場代にもならないかと」

「うーん、工期は約一カ月、見積もり内容もたしかに建物全体の平米数だね。あ！　ちょっと待って、保証工事のため減額されてる、二百万も！」

「保証って、うちの保証期間は十年のはずです。それ以降の工事は有償工事になるはずですよね。しかも、阿川医院の契約日は十五年以上前だ、とっくに保証なんか切れているはずなのに」

「怪しいね！」

「もしかして、もしかすると、これが見返りなのかもしれません」

「なるほど！　阿川善一郎に労基署へ圧力をかけてもらった見返りに、工事費用を減額した。でも酒井優子って誰だろう」

「たしかに気になるところではありますが、三十二万円でこの規模の外壁塗装が行われたのは事実のようですね」

「そうね、それだけで十分かもしれない。また何か分かったら電話するね」

「よろしくお願いします」

謙伸は阿川医院を一周して見てみることにした。南側がクリニックの入り口になっていて、北側が自宅入り口になっているようだった。医院併用住宅だ。

ポストの上に表札が出ていた。家族全員の名前が出ている。阿川裕次郎（ゆうじろう）、医院を継いだ次男の名前が一番上にあった。

「いた！」

一番下に酒井優子の名前が出ていた。

謙伸は再びスマホを握ると桐野に電話をした。

「いました。酒井優子を発見しました。どういう関係なのかは分かりませんが、阿川家と関係があるようで、同居していますね」

「繋がったね……」桐野の声が小さい。

「ええ、繋がりました」

「でも、どうするつもり緒田くん」桐野はそこで言い淀んだ。

「と、いうと？」

「緒田くんの推測が当たっていたとしたら、阿川は労災の決定も左右させてしまうような人だよ。それに、建築基準法すらものともしない人なんだよ。自分の身を守るためなら何でもやってくるんじゃない。ちょっと相手が大きすぎる気がしてきて……」

謙伸はハッとする。あの気の強いはずの桐野が二の足を踏んでいる。たしかに、相手が大きすぎる。謙伸が黙っていると桐野は続けた。

「阿川が本気になったら緒田くんやあたし達なんて簡単に潰せるよ」

謙伸は阿川の後ろにいた二人の屈強な男の姿を思い出していた。

「でも、このまま黙っていたら、青沼は浮かばれません！」

謙伸の声が大きくなる。

「たしかに、それはそうだけど……」桐野の言葉はそこで止まった。

謙伸はスマホで今日の日付を確認する。

「尻尾は摑(つか)みました、必ず間に合わせます――」

その日、審査請求の期日まで、あと一週間となっていた。

謙伸、危うし！

謙伸と柳川はこの日、二人でモデルハウスにいた。

「そろそろ、閉めるか」柳川は時計を見るとそう言った。

時刻は既に午後七時、玄関を出ると辺りが暮色に包まれようとしていた。エントランス前に置かれたのぼりや、メッセージを書いた黒板とそれを掲げてあるイーゼルなどを玄関内にしまう。これまでエントランスでお客様をお迎えしていた家ーる君は営業所に戻してしまったのでここにはない。

柳川は戸締まりを一通り確認するとリビングにあるソファーに腰を掛けた。

「今日は結構、ご来場ありましたね。久々に忙しかったです」謙伸もそう言いながら対面のソファーに座った。

「ああ、イベント広場に『バイバイジャー』が来てたからな」

『バイバイジャー』とはテレビで放送されている五人組の戦隊ものだ。この日はそのショーが住宅展示場の広場で行われていた。こうしたイベントを住宅展示場の運営会社が土日や祝日に企画してくれるもので、それは料理教室だったり、セミナーだったりするのだが、戦隊もののショーは客足がグンと伸びるのであった。

忙しさのあまり、謙伸は柳川に訊けずにいた昨日の阿川との打ち合わせのことを尋ねた。

「俺もいろいろなことを経験してきたつもりだったが、お座敷遊びをさせてもらったのは生まれて初めてだ」柳川は嬉しそうに謙伸に報告する。

「お座敷遊びって何をするんですか」

「舞妓さんにお酌をしてもらったり、お話をしたりだ」

「ふうーん、それだけですか」謙伸は興味なさ気になる。

「ゲームだってやったぞ、金毘羅船々や虎拳、陣取り、あああ！　人生最高の時間だった」

柳川は嬉しさのあまり踊りだしそうですらある。

「そうですか、今度僕も体験したいですね」

「うん、今度二人で行こう！」

「それで、契約はしたんですか？」

「ああ、したよ。常務が用意してきたからな契約書、その場でしたよ。お座敷で契約なんてしていいんだっけ、と思ったが常務がどんどん進めてしまった。皆藤も『審査請求が万一にでも出たらよろしくお願いします』って今回ははっきり言ってやがった」

「労働基準監督署に圧力をかけたのは阿川善一郎であることに間違いないですね」

「間違いないな。しかしだ！」柳川は口を噤む。

「しかし、どうしたんですか？」

「録音はできなかったー！」柳川は舌を出す。

「え！　じゃあ何の証拠もないじゃないですか！　このままじゃ、青沼も泣き寝入りじゃないですか！　なんで録音できなかったんですか！」謙伸は口を尖らせる。

「そんなに怒るなよ。お前、青沼のことになると人格が変わるなあ。例のボディーガードだよ！　料亭に入る前にあいつらが身体検査を要求してきたんだ。その際、スマホも没収されてしまった」

「上手ですね。密談にも慣れているというわけですか」

「そうだな、経験値の差が出た。だが収穫がまったくないわけではない。阿川のこととは別件だが、常務の口からも、スパイのことが話に上がったよ。経営陣の耳にもいよいよ入ったようで、早急に発見し排除しなければならないって、息巻いていた。会社が本格的に動きだせばスパイはなりを潜めるだろう」

「そうですね、今まで通りの動きはできないでしょうからね」

　謙伸はそれならそれでもいいのかもしれないとも思い始めていた。そのまま、産業スパイから手を引いてくれるなら。謙伸と柳川の胸のうちだけに留めておけばよいのではないかと思う。それよりも、青沼のために審査請求を通したかった。しかし、柳川は違った。

「時間がない。すべての証拠を隠滅して、何事もなかったように動き続けるかもしれない。もしかしたら既に証拠を隠滅してるかもしれない。青沼だって皆藤が直接的な原因だが、あの人のせいでこうなった節もある」

「たしかに……」

たしかにそうだった。青沼を追い詰めたのは皆藤だが、そう仕向けたのは産業スパイであることに間違いない。謙伸は青沼の物件が契約直前でひっくり返されたのを思い出す。

それは、今年の初めのことだった。

その頃、青沼に対する皆藤の攻撃はさらに陰湿となっていた。モデルハウスでの接客を禁止した上に、車での営業を禁止したのだった。理由は、せっかくの来場者を失望させてしまうからというものであり、どうせ車の中で寝てるんだろうから必要ないというものだった。まるで根拠のない理由だった。

住宅メーカーの営業マンにとって、モデルハウスの来客者は貴重な情報源だ。インターネットや葉書による問い合わせもあるが、月に数件でしかない。モデルハウスでも一日数名、土日でも十名いけばいい方だが、やはり実際に足を運んできてくれるだけに顧客の本気度が違う。

中には、事前にインターネットなどで調べ、来場時点では大方の意思や方向性が固まっているという顧客も少なくない。そんなモデルハウスという集客源を絶たれるということは辞めろと言っているに等しい。

「数字を上げてこない奴はこうするぞ！　俺は怖いんだぞ！」

言外にそう言っているにすぎなかった。その相手として青沼はうってつけだったのかもしれない。

ところが、皆藤の目論見に反して青沼は挫けなかった。モデルハウスが駄目ならと、毎日、数十件飛び込み営業を行っていた。雨の日も、雪の日も、青沼は腐らずに続けていた。夜、営業所に戻ってからも電話営業を行っていた。その甲斐あって、青沼は建て替えを検討している顧客を探しだしていた。その時、既に二カ月受注のなかった青沼であったが、本当に月末ギリギリに契約の内諾をいただいてきたのだった。

九輝ハウジングでは契約書を作るのは営業マンの仕事だ。見積書や図面、表紙を製本する。その日、青沼と同じ課の人間は既に皆帰ってしまった後だったので、謙仲が手伝った。二人でやっても深夜まで掛かったが、どうにか終わらせることができた。既に終電も終わっている時刻だったので、謙仲が青沼を自宅まで送った。

車で一時間ほどの距離だったが、車内で青沼はすぐに寝入ってしまった。それは、珍しいことであった。同期であっても礼節を大切にする青沼。送ってもらった車内で寝るなどというのは初めてのことだ。やはり相当に無理をしていたに違いなかった。

翌日、青沼は直属の上司である鮫島とリビングカフェのブースにいた。目の前には契約書が置かれている。午前十時の約束だ。謙仲も自分の顧客の打ち合わせをほぼ同時刻にリビングカフェで行う予定になっていたが、どうしても青沼の方が気になってしまう。

青沼のブースは謙仲のいるブースから見える所であった。

ところが、約束の時間になっても青沼のブースに顧客は現れない。時間には正確な人だと聞いている。十分、二十分、そして一時間経ってても顧客は現れなかった。

青沼は顧客に電話をしているようだったが、出ないようだ。

「どうなってんだよ。本当に今日、契約してくれるって言ってくれたんだろうな。まさかお前、苦し紛れに嘘ついたんじゃねえだろうなあ」

とうとう、業を煮やした鮫島が青沼を責め立てている声が聞こえてきた。その後、鮫島のいなくなったブースで、正午まで青沼は一人待っていたが顧客は現れなかった。

すると、青沼が契約書を鞄にしまいだす。ちょうど、昼時になり謙伸の打ち合わせも終了した。

「青沼、どこに行くんだ」謙伸は顧客を見送るとすぐに青沼のもとに駆け寄った。

「きっと、何か伝え間違えか、のっぴきならない事情が生じたに違いないと思う。直接、お客さんのところに行ってくるよ」

「そうだな、それがいい。たしか、最寄り駅から距離があったよな。俺の車で行こう」謙伸も気が気ではなかった。

「助かる」青沼は深々と頭を下げた。

謙伸は車を飛ばした。その間、青沼はほとんど口を利かなかった。

顧客の家を訪問すると、幸いに、インターホン越しにご主人が出た。

「ああ、青沼くんか……。悪いけど、今日、帝国ホームと契約したから――。帝国ホームの方が百万も安いじゃないか。ちょっと、九輝ハウジングさんぼったくりだよね。危うく騙されるところだったよ。じゃあ、そういうことだから」

「ちょっと待ってください！」青沼がインターホンに向かって叫んだ。

「君！　あんまりしつこいと、警察呼ぶよ！」そう顧客は冷ややかに告げると、インターホンは一方的に切られた。

青沼の背中が震えているのが分かった。ようやく振り返ると青沼は小さく笑い、自分を納得させるように一つ二つ頷いただけだった。

思い起こせば、青沼がおかしくなったのは、あの日からだった。


「本社が動き出す前に片をつけなければならない。そう考えると、もう時間は僅かだ。だが、尻尾を摑むにはどうすればいい、証拠を摑むには！」柳川が珍しく感情を露にする。

「何かいい方法があればいいんですけど……」

阿川と皆藤のことに関してもそうだが、産業スパイにしても、あまりに汚らしく人間性の欠片もない。この世界で生きていくには、そこまでしなければならないのか――。そうまでして、この会社、この業界で生きていくことが本当にいいことなのだろうか――。謙伸の中でそんな疑念が大きくなっていた。

柳川と別れた後、謙伸は自宅である寮に向かっていた。九輝ハウジングは住宅メーカーだけに社員の「居」の部分に手厚い。自社物件のワンルームアパートを借り上げ社員寮としてくれているのは嬉しい。謙仲が九輝ハウジングに就職を決めた理由の一つでもある。

　県道を横に入ると右側が畑や田んぼが広がる市街化調整区域になっていて、人通りも少なく寂しい。しかし、謙仲にとっては、いつもの通いなれた道だった。軽車両が数台並んだ会社の前を通り過ぎると、百日紅の木が街路樹として等間隔に植えられていた。赤やピンク、白い花を咲かせている。

　謙仲は花を愛でながら歩いていた。ふと後ろに目を向けると、後方から小柄な男が歩いてくるのに気づいた。男は謙仲との距離が三十メートル程になったところ、軽車両の並んだ会社の前で立ち止まる。男の顔を見ると目だし帽をかぶっていた。

　謙仲も歩みを止めた。

　男は突然にしゃがみ込むと、足元の側溝に据えられている鉄製のグレーチングをいとも簡単に摑み上げた。それを片手で持ち上げ、グルっと一回ほど振り回すと謙仲目掛けて駆け出してきた。

「嘘!」

　謙仲は全力で走るが、男は速い。振り向くとあっという間に追いつかれていた。男はグレーチングを掲げながら謙仲の胸倉を摑むと、すごい力で引き寄せた。

「僕?　何を調べてるの?　阿川病院の周りをうろちょろしてたでしょ?　いい子は、余計なことに首を突っ込まないものだよ」

　男は子供を諭すような言い方をしたが、言うことを聞かなければこのグレーチングで痛い目にあわすぞ！　と、目出し帽から出ている目がそう警告していた。

　謙伸はその声にどこか聞き覚えがある。

「知りません！」

「嘘をつけ！」

　謙伸が白を切ると、男は胸倉を摑んでいた拳を突き上げた。その刹那だった。

「痛！」

　謙伸の右頰に激痛が走る。先日、桐野に掌底打ちを食らった場所に男の突き上げた拳がゴツンと当たっていた。再び骨が折れたような鈍い音がする。謙伸は堪らず、引き放さんとばかりに桐野の真似をして掌底打ちを繰り出す。なぜだか、いい具合に鼻梁に入ってしまい、男はよろめく。

「大人しくしてやってりゃあ、このガキ！」

　逆上した声で男が怒鳴ると、グレーチングが振り下ろされた。次の瞬間、謙伸の頭部に衝撃が加わり、目の前が真っ暗になった。


　そこは見覚えのない部屋だった。

　白い天井、そして窓からは陽の光が差し込んでいる。外はいい天気のようだ。

　視線をずらすと年配の女性がパイプ椅子に座って眠っている。

「どうしてここに？」

謙仲の声に女性が目を覚ます。

「謙仲！　目が覚めたのね、ああ、よかった！」

女性は泣きださんばかりに喜ぶ。

「どうして、ここに？」謙仲は同じことを訊いた。

「どうしても、こうしてもないわよ。覚えてないの？　会社の帰り道で倒れてたのよ。ちょうど転んだところが金属製の桝があるところだったみたいで、本当にどうなるかと思ったわよ。でも、目が覚めてくれてよかった。仕事で疲れてたのね」

そう説明してくれたのは母だった。母は耐えていたものが溢れ、泣きだしてしまった。

転んだ？

違う。そのグレーチングで殴られたんだ。謙仲は頭部を触ると包帯がされているのが分かった。あの目だし帽を被っていた男にやられたんだ。はっきりと覚えている。そして、その際に言われたあの言葉も。

謙仲は阿川の後ろにいたボディーガードの一人を思い出す。あの特徴ある声はあいつに違いない。体格も似ている。あいつは、たぶん最初は脅すだけだったのかもしれないが、あの時、頬の痛みに耐えかねて放った掌底打ちが思いのほか綺麗に入ってしまった。

そして、逆上したあの男は謙仲を殴ったあと、グレーチングを元に戻し、そこに謙仲を連れていって転倒したように工作した。

しかし、謙仲はそれを母親に打ち明けることはできなかった。そんなことを知らせれば余計に心配するに違いない。謙伸は何気なしに頬を触るとそこにもガーゼが貼られている。
そして、そのガーゼを触る指が震えているのに気づいた。これが恐怖からなのか怒りからなのか、それとも両方なのか自分でも分からなかった。

「あんまり無理しすぎちゃ駄目よ。命あってのものなんだからね」

ハンカチで口元を押さえていた母は、目を赤く充血したまま嬉しそうに謙伸を見ると言った。

「母さん……」謙伸は二の句が継げなかった。

翌日、柳川が病室に現れた。謙伸は意識を取り戻したこともあり、昨日のうちに個室から大部屋に移されていた。大部屋はカーテンで仕切られているとはいえ、隣同士の会話は駄々漏れだ。諸々のことを話したい謙伸は柳川を同じ階にある談話スペースに誘った。

「ちょっと先に行っててくれ」

柳川はそう言うと途中にあるトイレへと入っていった。

談話スペースはそれなりに広く、テレビや自動販売機、雑誌が備えつけられていて、入院患者が退屈を凌ぐにはいい。

謙伸は一人、空いた席に着くと辺りを見回す。携帯電話で話している人もいれば、読書に興じている人もいる。備えつけのテレビは国会中継が流れていて、年配の入院患者が二人見入っていた。

画面には人相の悪い男が口を尖らせているのが映し出されている。反社会的勢力の人がなぜ国会にお呼ばれしているのかと、謙仲も興味がそそられたが、よく見ると胸に議員バッジをつけていた。

「三杉が言うと言いがかりをつけているようにしか聞こえないな」テレビの前に座る入院患者の一人が笑う。

「与党のあら捜しをするのが仕事だからな」他の入院患者が応じた。

「それにしたって、昼、食ったものまでケチつけるか？　総理が自分の金で何食おうがいいじゃねえかなあ」

「まったく――。昼にパン食べたからって、日本の米農家は怒らないよ」

二人はテレビを見ながら大きな声で笑いだした。謙仲はテレビ画面をしばらく注視していると、席から立ち上がり、二人の後ろの席に座り直した。

「すみません。ちょっと教えていただきたいんですが、今、テレビに映し出されている三杉さんって有名な人なんですか？」謙仲は人懐っこい笑顔で尋ねてみた。二人は一瞬驚いた顔を見せたがすぐに表情を和ませる。

「有名も有名、民衆党の党首なんだけど、与党の改憲党のことがとにかく大嫌いなんだよ。毎日、総理や大臣達の行動をチェックしているらしいよ」右側に座っている老人が教えてくれた。

「毎日！　そんなに改憲党のことが嫌いなんですか？」

「ああ、目の敵にしているね。もともとは三杉も改憲党にいたんだけど、派閥争いで負けてね、それで自ら民衆党を作ったんだよ」今度は左側の老人が答えてくれた。

「そうなんですかあ、三杉さんは恨みがあるんですね、改憲党に」

謙仲は謝意を述べると元いた席に戻った。スマホで「民衆党　三杉」と調べると、いろいろ出てくる。謙仲がその幾つかを読んでいると、柳川がトイレから戻ってきて謙仲の隣に座った。

「それで、脅された上に殴られたっていうのは本当なのか？」

昨日、謙仲がＬＩＮＥで知らせていたことを、柳川は確かめるように訊いた。

「ええ、気がついたら病院で、母が隣に……」

「警察には？」

「はい。警察にも電話したんですけど……」謙仲はそこで言い淀む。

「電話したけど？」

「結局、『君が転んだだけでしょ』って取り合ってくれないんです」

「え！　取り合ってくれない？　暴行されたのにか！」

「はい……」

柳川は珍しく神妙な顔になる。

「犯人に心当たりはないのか？」

「おそらく、阿川の側に仕えているボディーガードの一人だと思うんです。あの声に聞き覚えが。僕が阿川病院を調べていたことを窘めたんです」

それを聞くと柳川は腕を組み、考え込んでしまった。口を真一文字に結ぶ。

「ヤバいですかね」謙伸はどうしたことか半ば笑いながら尋ねた。

「うん……。俺達は相当にヤバい奴を相手にしようとしているのかもしれないぞ。そして、俺達は世の中のことがまったく分かってなかったのかもしれない」

「どういうことですか」

「権力と金は、俺達の想像を遥かに超える力だってことだよ」

「それはたしかに、そうかもしれませんけど……」

「阿川に関してはもうこれ以上、何もしない方がいいんじゃねえのかなあ。阿川が本気になったら俺達なんかどうにでもできるんじゃねえのか」

謙伸は息を飲み、表情を硬くする。奇しくも、柳川も桐野と同じことを言っている。

「でも、このまま泣き寝入りしたくないですし、このままでは青沼の労災も職場復帰も叶いません」謙伸は語気を強める。

「でも、お前のお母さんだって心配してたんだろ?」柳川は小さな声で尋ねた。

謙伸は下唇を噛み、頷いた。

病院を退院し、三日ぶりに出勤した謙伸は大城と屋上にいた。謙伸から大城を屋上に誘ったのはこれが初めてだった。よく晴れた日で、鮮やかな夏空が目の前に広がっていた。

「緒田(おだ)！　本気なのか？」大城は目を丸くする。

「本気です」

「阿川の物件から外したことについてはお前も渋々だが納得したんではなかったのか」

大城の手には『辞表願』と書かれた封筒がある。

「それについては納得しましたけど、もうこれ以上この会社にいるのは無理な気がして」

「何があった？　ここ最近のお前は以前に比べると仕事も前向きだし、生き生きとしているように感じていたが」

「それはそうなんですけど、それだけに。この会社のことも、社会のことも知れば知るほど信じられなくなって――」

「何があった？　話してみろ」

「実は……」

謙伸は産業スパイのことも、阿川と皆藤のこともすべてを話した。

「阿川と皆藤のことも驚きだが、あいつが産業スパイを……。言われてみれば、そうなのかもしれない。だが、もう手遅れかもしれないぞ。来週には本社監査部が支店に入る。それは、あいつも知っているだろう。もう既に証拠は隠滅しているかもしれない」

「そうですか……」謙伸は力なく答える。

「お前が辞めたら、お前の代も残っているのは一人だけになってしまうな」

大城はそう呟(つぶや)くと大きな溜め息をつく。

「一人？」

「ああ、あと青沼だけだ」

「青沼はこの会社に籍こそありますけど、休職してもう半年になろうとしています。僕が辞めたと知ればあいつも――」謙仲はそこで固く唇を閉ざした。

「お前、本当は青沼のために会社辞めるつもりなんだろ？」

大城の労わるような眼差しが謙仲の心を開かせた。

「僕なりに、青沼が患っているうつ病のことを調べてみました。その治療として、やはりストレスの原因となっている対象と距離を置くことが肝心だと――。でも、依然として最大の元凶である皆藤はこの会社にいます。そして産業スパイまでも――」

謙仲はそこで言葉を詰まらせる。

「やはり図星か。でも、あいつは戻ってくるぞ。うつ病という病を患うほどに責任感の強い青沼は、その責任感ゆえに戻ってくるんだ！」

大城は悲し気に言いきった。

「青沼と話したんですか？」

「ああ、お母さんと本人に了解を得てな。青沼が入院している病院にこの間行ってきた。思っていたよりも病状は安定しているように見えたよ。お前にも一度連絡を入れたと言っていたぞ」

「ええ、先日、メールが来ました」

「そうか……。緒田が言うように青沼の病気を治癒するには、もうこの会社には戻ってくるべきではない。俺もそう思っていた。だから、俺の昔のお客さんの息子で会社を経営されている方がいて、いい人材が欲しいと言うから、青沼を紹介しようと思っていた。それを話しに行った。この間、加賀さんの打ち合わせの時に話した三郷さんの息子だ」

「そうすると、料亭ですか？」

「ああ、仕出し弁当に力を入れるらしくて、その営業職が欲しいというんだ。あの息子さんだったら無理なことは言わないだろうし、住宅の営業で頑張ってた青沼だ、きっと活躍できるだろうと思った。もちろん、病気が治ってからの話だけどな。青沼もああいう性分だから目標ができた方が闘病の励みにもなると思ったんだ」

「それで青沼はなんと？」

「あいつ、首を横に振りやがった。そしてこう言いやがった。『それじゃあ、逃げることになります。この病気を克服して、もっと強くなって、必ず会社に戻ります。僕が変わらなければならないと思うんです。謙伸にも言ったことですから』って言うんだよ」

「そんなことを青沼が……」

　謙伸の目頭が熱くなる。——どうしてお前はそうなんだ。そんなに自分の言葉に責任を持つな！　阿川や皆藤みたいにもっと狡くなれ！　そして俺のようにすぐ逃げ出すことを考えろよ！　だいたいの大人はみんなそうだろ！　それが大人になるってことだよ！　そんな糞真面目だからお前は病気になっちまうんだよ！

謙仲はそう叫びたくなる。そんな、謙仲を見ながら大城は続けた。

「俺は青沼に言ったんだ。『逃げると言ったが逃げることは決して恥じゃない。九輝ハウジングを辞めて、違う世界で花を咲かせた人間を俺はいくらでも知っている。逃げることも時には必要なんだ』と。だが、青沼の意思は変わらなかったよ」

「そこまでして、この会社に……」

「ああ、お前の同期の青沼はそんな奴だよ。あいつの意思は何よりも固い。俺の話なんて簡単に跳ね返しやがった。だからせめて、あいつが戻ってくる前に少しでも働きやすい職場にしてやりたい。そして一人でも多くの仲間があいつを支えてやらなければならない。俺はそう思った。緒田、とりあえず一週間だけでいい、これは預からせてくれ」

大城は謙仲にそう言うと塔屋へと歩いていった。

ひとり屋上に残された謙仲は胸の辺りを触る。そこにあったはずのものは既に消えてなくなっていた。不安や恐怖、そんなものは吹き飛ばされていた。あるのは沸々と湧く強い意思のみだった。


この日、謙仲は休日を過ごそうとしていた。ところが、謙仲は休みにもかかわらずいつもより早い時刻に起床すると、まだ数回しか着ていない喪服に袖を通した。そして、車を南へ走らせる。トンネルと山間の道を交互に繰り返すこと数回、謙仲の運転する車は横須賀に来ていた。

どぶ板通り、横須賀ベースの入り口を通過し、十六号線を車でしばらく走る。海沿いを行くこと二十分、走水の文字が現れた。謙仲は県道沿いにある一軒の釣具屋の駐車場に車を停めた。

それは、二週間ほど前のこと。入院しているはずの青沼から突然のメールが来た。

謙仲、久しぶりです。お元気ですか？　電話をくれたそうだね。お袋に聞いたよ。

俺は正直に言うと微妙な感じです。気持ちが楽な時もあれば、ひどく辛い時もある。少しずつ楽な時間が増えてきたと思ったら、溜まっていたものがどっと落ちてきたように気持ちが押しつぶされる時がくる。そのせいで、今、こうして入院するはめになってしまった。その病室からメールを打ってます。

お袋から聞いてると思うけど、労災の方は駄目だった。謙仲にはいろいろ助力してもらっただけに、申し訳ないと思っている。これが現実なんだと思って、もう諦めようと思う。やはり、俺自身が強くならなければいけないんだろうね。強くなって、必ず会社に戻るよ。まあ、その前に病気を治さなければならないけどね。

前置きが長くなってしまったけど、謙仲に一つだけ頼みがあるんだ。最後の頼みだ。今月の二十九日、もし空いていたら、お袋を助けてやってほしいんだ。その日、親父の十三回忌なんだけど、俺は行けそうにない。本来なら俺が荷物持ちを兼ねて一緒に行くはずだったんだけど、それも叶わなそうなんだ。うちの墓は山頂付近にあり、急な坂を登っていかなければならないんだが、謙伸も知っているようにお袋は片足が不自由だから、あの坂をお供え物や桶を持って登らせるのは心配で堪らない。日を改めればいい話なのかもしれないが、お袋は毎年、親父の命日を大事にしているようだから。

赤の他人である謙伸に頼むのも筋違いなのは分かっているんだが、他に頼めそうな人もいなくて。もちろん、予定があったらそっちを優先してもらって構わない。もし可能だったら、お願いしたい。

車を降りると潮のかおりが強い。波の音も聞こえる。それほどに海に近いのが青沼の実家である釣具店だった。

早朝からやっているはずの釣具店もこの日に限ってはシャッターが閉められていた。謙伸は裏口にまわりベルを鳴らした。ほどなくして初老の女性が現れた。

「緒田くんごめんね、休みなのに。どうぞ上がって、あいかわらず狭い所だけど」

女性は申し訳なさそうに眉根を寄せる。靴三足も並ばないであろう小さな三和土の上には女性用のつっかけが一つ寂しそうに置かれていた。革靴を脱ぐと謙伸は丁寧に揃えてそのつっかけの横に並べた。

謙伸がこの家に来るのはおよそ半年ぶりになる。青沼の労災について話しに来て以来だった。

台所を通過し八畳ほどの居間に通されると、線香の馨しさが謙伸をより寂しい気持ちにさせた。仏壇には若すぎる男性の遺影が一つ置かれている。青沼の父親のものだ。漁師であった青沼の父親は青沼がまだ小学三年生の時に海の事故で亡くなってしまい、それから女手一つで青沼を育て上げたのが青沼の母親だった。

「お線香をあげさせていただいてもよろしいですか」

「ええ。洋祐の友達が手を合わせてくれるなんて、あの人も喜ぶわ」母親は小さく頷いた。

謙仲は瞑目し手を合わせた。向き直ると後ろに座る母親に一礼した。

「ありがとうね、緒田くん。忙しいのに無理なことをお願いしてしまったようで。あたし一人でも大丈夫って、あの子には言ったんだけどね」

「いえ、お母さん一人では大変ですから……」謙仲は首を横に振る。

「それにしても、瓜二つでしょ、洋祐と。父親は海の仕事をしていたから真っ黒に焼けているけど。それこそ、色が違うだけなのよね」そうこぼすと母親は寂しく笑った。

「たしかに、そう言われると。洋祐くんはお父さん似のようですね」

「あの子も子供の頃は真っ黒だったのよ。海に入るか観音崎の山で遊ぶか、そんなんだったから。それが、父親が海で亡くなってからぱったりと海に入らなくなっちゃって……。たぶんあたしがオイオイ泣くものだから、あの子なりに気を使ったのかもしれないわね。ひとり息子でしょ。自分まで海で死ねないって。それで会社員になったのかもしれないけど、それまでは父親みたいに漁師になるんだって言っていたこともあったのよ」

「親孝行な息子さんですよ。よく一緒にキャンプに行ってましたけど、その時にここまで育ててくれたお母さんのためにも頑張るんだって、言ってましたから」

「でも、親より先に死のうとするなんて——、これ以上の親不孝はないわよね……」

「病気のせいですよ」

「そうね……。あら、ごめんなさいね、お茶も出さずに」

母親は慌てて立ち上がろうとする。

「どうか、お構いなく。法要は十一時からでしたね。少し早いですが行きますか？」

「そうね、あっちに着いてからゆっくりした方がいいわね」母親の張りのある声が返ってきた。

青沼家の菩提寺は青沼の実家から車で三十分ほど行った山寺であった。

謙伸は青沼の母親に後部座席に座ってもらい菩提寺へと向かった。母親は謙伸を気遣ってか饒舌に振る舞っていた。といっても話題はやはり青沼のことであった。

「あの子が生まれた日は大雪でね、しかも、何十年かに一度のとか言われるくらいの大雪だったのよ。陣痛がきて、救急車を呼んだけど、なかなか来てくれなくて、一時はあたしの命が危ないくらいだったの。でもこの子が元気に生まれてきてくれるなら、あたしは死んでもいいとも思ったのよ。それでもどうにか命拾いして。それなのに、夫が先に亡くなって、そして洋祐も死のうと何かして、そして、あたしだけが何もなかったかのように、こうしてピンピンしているんだから、人の運命なんてつくづく分からないものよね」

「そんなことがあったんですか……」謙仲は小さく頷く。

　未だに謙仲にとって青沼の自殺は受け入れがたい事実であった。あんなに明るく活力に漲った男がどうして自死などしようとしたのか。しかも最愛の母親を残して。

「ごめんなさいね、つまらない話をしてしまって」

「いえ、そんなことはないです」

「緒田くんには労災の申請の件でもいろいろ助けてもらっちゃって、申し訳ないことをしたと思ってるのよ。緒田くんにも立場があるわよね。でも、あの子のためにも、どうしても白黒つけたくて」ミラー越しに青沼の母親が頭を下げているのが見えた。

「いえ、当然のことをしただけですから。それに九輝ハウジングの人間は僕が証言していることを知らないはずです。それにしても納得がいきません」謙仲はハンドルを強く握る。

「でも、もういいかなあとも思うのよ。会社だけが悪いわけでもないでしょうから。むしろあたしが悪いんだと思うのよ」母親は自らに言い聞かせるように言った。

「いや、そんなことは絶対にないです。お母さんが悪いだなんて……」

「そう言ってくれると救われるわ。ありがとうね。ありがとう……」

　バックミラー越しに青沼の母親は再び頭を下げた。

　謙仲は歯を食いしばる。後部座席に青沼の母親が乗っていなかったら、謙仲は怒りで今握っているハンドルを拳で叩きつけていたに違いない。それほどに労災の不支給決定には納得がいかなかったし、その圧力をかけた阿川、そしてそれを依頼した皆藤が許せなかった。

青沼が最後に出勤した月の残業時間は二百時間超。明らかに過労死ラインを超えていた。責任感の強い青沼は休みも返上して仕事をしていたのだ。

しかし、ことごとく競合に負け続けた。そのほとんどが不可解な競合負けだった。相手はすべて帝国ホームだ。今思えば、産業スパイの存在は、あの時点でほぼ確実であった。

「お前また帝国ホームに負けたんだって！　お前の担当した客は全部、帝国ホームに持っていかれちまうじゃねえか！　なんでか分かるか。お前の性格が暗いからだよ！　元気はねえし、声はちいせえし、目の下に隈作ってるし！　だからだよ！」

青沼が出席した最後の営業会議で、支店長の皆藤が投げつけた言葉だった。既にうつ病の症状が出始めていた青沼は不眠などに悩んでいた。そんな青沼を決定的に追い詰めたのが皆藤の執拗なパワハラだった。

人格すらも否定する言葉を衆目のもと、ことあるごとに浴びせられれば、それだけで人の精神は著しく蝕まれるに違いない。青沼に何か恨みでもあるのか？　そう思わせるほど皆藤の攻撃は常軌を逸していた。

皆藤にすれば常套手段でしかない。所謂「見せしめ」を作り、成績を上げてこない奴は「こうするぞ」と知らしめる。ターゲットは成績不振であり、自分に歯向かうことのない立場の弱い者。その時、その条件に、青沼が当て嵌ってしまっただけだったのだ。

あそこで青沼が浴びせられた言葉を未だに謙伸は母親に知らせていない。労働基準監督署の監督官にのみ告げた。しかし、それすらも徒労に終わろうとしている。

寺院の駐車場には、謙伸の車の他には一台も停まってはいなかった。

車を降りると、謙伸は青沼の母親に付き添うようにして歩いた。山門をくぐり、ヒンヤリとした木々の間を抜けると本堂が現れる。平日ということもあり、辺りは静寂の中にあった。

青沼の父親の法要は定刻の十一時より始められた。遺族一人、参列者一人の法要であった。広い本堂に住職の経がこだまし、蟬(せみ)の鳴き声が侘(わび)しさを増長させるようだった。三十分ほどで本堂での供養は終わった。

本堂を出て、石畳の上をしばらく行くと、道は登りになる。鬱蒼(うっそう)とした森を抜けると視界が突然に開け、山腹に墓地が広がっていた。青沼家の墓は山頂付近にある。なかなかの登りだ。

この寺の住職、青沼の母親、謙伸の順番で登っていった。暑い。滴(したた)る汗をハンカチに吸わせると、すぐにハンカチはびっしょりになった。仏花などの墓前に供えるものと水を溜めた手桶を謙伸が持ち、位牌(いはい)だけを青沼の母親が持った。これら全部を持ち、この山道を登るのは、足の不自由な青沼の母親には酷(こく)であろう。青沼が今日の日のことを謙伸に頼んだのも頷ける。

中腹まで来ると、涼を含んだ風が謙伸の体温を下げてくれた。「わりいな」そう青沼が労っているようだった。考えてみれば青沼とは不思議な関係だった。

「謙仲だから言うけど」

青沼は酒に酔った拍子に、そう前置きしてから自分のことを語ったことが度々あった。

幼少期に父親を亡くし、母親の細腕で育ててもらい、大学まで出してもらったこと。だから、苦労をかけた母親のために実家を建て替えてやりたい。そして、人生の中で最も大きな買い物である家に携わることで人の役に立ちたい。そんなことを熱く語ってくれた。それは自分に言い聞かせているようにも聞こえた。それに比べ謙仲はまさになんとなくで就職を決めた。そして、何事もほどほどでよかった。

そんな謙仲であったが青沼は掛け替えのない同期として、友として接してくれた。それゆえに青沼といる時、謙仲は引け目のようなものを感じずにはいられなかった。いつか自分も青沼みたいに何か自分の大事にしていることを熱く語れる人間になりたい。そう思っていた矢先、青沼は休職してしまった。

頭を上げると山頂は手の届くところにあった。

謙仲は、青沼の母親が遠慮するのも聞かず、持っていた手桶の水を使って花立てを濯ぎ、墓石を掃除すると、仏花を供えた。花は白いカサブランカであった。

一通りの準備が整うと住職が読経を始め、その間に焼香をする。青沼の母親は線香を焚くと、いつまでも手を合わせていた。その背中は小さく、弱々しいものだった。

誰よりも母親思いのお前が、どうして、この母親を一人残してまで死のうとしたんだ。

それほどに、お前が抱えている病は、お前を苦しめているのか――。

謙仲の脳裏に、加賀と夏海の両親、そして伊豆で出会った須崎夫婦の顔が浮かんだ。それは、最愛の人に旅立たれた人達だった。

幸いに謙仲にとって人の死は縁遠いものだった。謙仲の父母も、祖父母も健在だ。人の死が残された者にどう圧しかかるのかを謙仲は知らずにこれまで生きてこれた。しかし、それは謙仲の想像以上に重く、永く、痛々しいものだった。

目の前で手を合わせている青沼の母親に同じ思いをこれ以上させたくない。

謙仲はその背中を見ながらそう思わずにいられなかった。


謙仲が青沼の母親を自宅に送り届け、青沼の家を去ろうとした時だった。

「審査請求？」

青沼の母親は弱々しい声でそう謙仲に尋ねた。

「そうです。再度、労働基準監督署に申し立てるんです。僕もお手伝いします」

「でも、また同じことになるんじゃ」

青沼の母親はそう呟くと同意を求めるように仏壇に目を移す。

「青沼くんが発症したうつ病は上司達の執拗なパワハラ、および長時間残業によるものであることは疑いありませんし、証拠もあります。労基署の監督官もそれは認めているんです。それにもかかわらず今回認められなかったのは、労基署自体に不正な力が働いたからなんです」

「不正な力？」

「そうです。不正であり大きな力です」

「そんなものが……。でも、それじゃあ、あなたにまで危害が及ぶんじゃないの？」

「大丈夫です。僕達の職場は僕達が守ります。青沼くんとの約束なんです。どんな圧力も弾き返します！」

「……。分かりました。審査請求はあたしが出しに行くわ。これ以上、緒田くんに迷惑かけられないから――。でも、けっして無理だけはしないでね」

青沼の母親は心配の表情を浮かべる。

「安心してください。僕に考えがありますから」

そう言うと謙伸は笑みを湛える。それから、玄関先に掛けられたカレンダーを見ると、八月二十九日。この日、審査請求の期日まであと二日であった。

青天の霹靂

それから月が変わり、数日が過ぎようとしていた。謙伸(けんしん)はモデルハウスの控え室にいた。

「この頃、国会中継をよく見てるのね緒田(おだ)くん。やっぱり、阿川(あがわ)さんのことが気になるんだ」そう謙伸に話しかけたのはモデルハウスの女性スタッフ、葛西(かさい)であった。

謙伸は遅い昼食をとりながらスマホで国会中継を見ている。

政治などにはほとんど興味のない謙伸であったが、病院の談話スペースで国会中継を目にしてからいろいろと勉強していた。

「今日は阿川さんも答弁するはずですよ」

「あらそう！　楽しみね。それにしても阿川さんが国会議員だとは驚きだったわね。普通の人ではないと思ってたけど――」

「ええ、今日の中継は僕も楽しみなんです。そして、阿川さんは本当に普通じゃない人ですよ……。ほら、出てきましたよ、阿川さん」

その日、臨時国会に出席中の阿川善一郎(ぜんいちろう)は、かねてから審議されていたパワーハラスメント防止に関わる法案のために、答弁台に立った。

「働き方改革の促進という観点からも、優越的な地位を利用しての使用者ないし、上長によるパワーハラスメントを根絶しなければなりません。そのための法整備は早急の課題であり、一刻の猶予も許されないのが現状です。こうしている間にも、理不尽なパワーハラスメントにより心身を患い、若い命が失われるという悲劇が起こっている現状を忘れてはならないのです」

阿川の答弁は一点の曇りもないほどに明快なものであった。与党からはもちろん野党からも質問など上がるはずもないと思われた刹那だった。

野党第一党、民衆党の党首三杉康作が手を挙げる。三杉は議長から名前を呼ばれ立ち上がった。三杉はその筋の方が参考人招致でもされたのか？　そう言われてもしょうがない程に悪人面であった。その三杉がマイクの前に立つ。

「阿川副大臣にご質問ですが、先日、このようなものを入手致しました。これが何かお分かりになりますか」三杉の手にはＡ４用紙の束が握られている。

「ちと、ここからではよく分かりませんが」

阿川は目を細めて面倒くさそうな表情でそう答える。国会議員だけでなく過去に大臣も経験している阿川にとっては野党からのこうした横槍も毎度のものでしかない。

「副大臣のために、読み上げましょう。平成三十年三月十二日。ご契約金額、三十二萬四千円となっています。見積もりの内訳を見ると二階建て百七十五㎡の建物の外壁塗装工事のもののようです。九輝ハウジングと酒井優子という方の署名捺印がされていますが、ご存じないですか？」

　これまで数々の修羅場を潜ってきたはずの阿川の顔が一瞬で凍りつく。

「で、出どころ不明の契約書について、お応えする必要など一切ない」

　恐怖と怒りの入り混じった感情をどうにか抑えながら阿川はそう答弁する。三杉は鼻で笑うと、質問を続けた。

「この規模の建物の外壁塗装で、三十万円とはずいぶん破格ですね。私も是非この業者を紹介していただきたいと思いますが、この契約書にある酒井優子とは、あなたの次男の配偶者の母親と同姓同名だ。しかも建物所在地はあなたが以前経営されていた病院じゃないですか。これは、どういうことですか」

　議長に名前を呼ばれ阿川が答弁席に立つが、その額は脂汗のようなものでびっしょりになっている。

「次男の義理の母親が契約したものですからよく分かりませんが、大方、平米数の書き間違えで犬小屋でも塗り替えたのではないですか」阿川は苦し紛れの言い訳をする。

「そうですか、ではもう一つお伺いします。この外壁塗装工事の契約書の日付からさかのぼること二カ月前、今年の一月、この九輝ハウジングに在籍していた社員がパワーハラスメントの末にうつ病を発症している。先程、あなたが危惧していたことですよ。ところがです。それがどうしたことか、労災認定がおりていない。不支給決定通知がなされたというじゃないですか。ご存じですか副大臣？」

「知りませんな」

阿川は腕を組みそっぽを向きながら答える。

「僕はクリーンな人間じゃないですか。だから、俄に信じられなかったんですが、まさかとは思います。その不支給決定通知の口添えの見返りとして、外壁塗装工事などということはないですよね、副大臣！」

三杉は手にしている契約書を机上に叩きつける。

「クリーン？　どの面が言ってるんだ！　私がそんなことをするはずがないだろ！」

「では、質問を変えます。ここに、もう一つ契約書があります。これも九輝ハウジングの契約書ですが、少々内容が異なります。こちらは金額が七千百万円。建物の規模は四階建て、延べ床面積三百十一平米。規模と仕様の割に驚くほど安すぎる建物だ。同様のものを他のメーカー数社で見積もりしていただいたが、どこも億は下らない。そして、地盤改良工事費用、ゼロ円！　さらに、驚いたのが契約者ですよ。阿川さん、あなたになってるじゃないですか！　阿川善一郎って副大臣のお名前ですよね！」

「安くやってくれる業者をたまたま見つけただけです。地盤改良工事費用は所謂サービスです」

阿川は下を向いたまま震える声で答える。

「それでは、最後の質問です。この建築予定地の建築課に問い合わせると、もともとここは四階建てが建たない場所だそうじゃないですか、それが、どういう経緯か許可が下りている。どうなってるんですか、副大臣！　答えてください！」

議長から名前を呼ばれた阿川であったが席から立ち上がることもできず、まるで廃人のように何かを呟くだけであった。そのまま阿川は病院に直行してしまった。

時を同じくして九輝ハウジングへもマスコミだけでなく捜査が入る。この件に関与した九輝ハウジング常務取締役の徳谷、皆藤支店長、そして担当者である柳川まで任意同行を求められたのだった。

今回の情報の出所は公にされなかったが、九輝ハウジングのライバル企業である帝国ホームによる外部告発であることが関係者の間で噂されていた。帝国グループは野党第一党の党首、三杉を後押ししていることは有名であり、三杉のホームページには三杉と帝国ホームとの座談会の様子も取り上げられていた。


翌日、汚職事件の舞台となった九輝ハウジング横浜支店は抗議の電話が鳴りやまず、出入り口に押し寄せているマスコミへの対応で大騒ぎとなっていた。

謙伸はこの日、かねてから本社開発事業部の市村に呼ばれていた。謙伸が部屋をノックするとセキュリティーが解除され、市村が顔を出す。

「どうぞ」

市村はこれ以上ないくらいの悲愴感を漂わせた表情であった。

「どうしたんですか、市村さん元気ないですね」

謙伸は心配のあまり尋ねた。

「どうもこうもないよ。こんな汚職事件が起こってしまったら、もうザイファスシティの計画はうちでは無理だよ。ザイファス様からの回答は三日後だけど、今日にも電話が掛かってきそうだよ、『おたくとは仕事はできない！』って」市村は頭を抱える。

「大丈夫ですよ、きっと」謙伸は苦笑いをする。

「大丈夫なわけないじゃないか。滅茶苦茶、企業イメージダウンじゃないか。下手したらもう帝国ホームと契約してるかもしれない。断りの電話すらも掛かってこないかもしれないよ。せっかく緒田くんと加賀さんのお陰でいいプレゼンができたっていうのに、ちくしょう！」

市村は自身の机を両拳で叩くと、その場でオイオイと泣きくずれてしまった。

二年間、市村はこのザイファスシティのために心血を注いできた。それが自身の力ではどうにもならないところで頓挫してしまうのであれば、たしかに自暴自棄にもなる。

謙伸は思い出したようにスマホを取り出す。

「大丈夫ですよ、市村さんこれを見てください」

謙伸はスマホの画面を市村に向ける。市村は涙を拭うと面倒くさそうに画面を見た。

「え？　何これ！」

その日の朝、出勤のために自宅の玄関を出た矢橋はマンションのエレベーターに乗り込んだ。戸建てを売っている住宅メーカーに勤務しているが、自身はマンション住まいであった。妻の強い要望からだった。そんな矢橋はいつものように車が停めてある駐車場に向かう。そして、大きな欠伸をしながら、立体駐車場のスイッチを押そうとした時だった。

「矢橋剛さんですね？」

矢橋が驚いて振り向くと、そこには二人の男が立っている。目つきが異常に鋭い。どう見てもマンションの住人ではない。よく見ると、遥か後方にもこちらを注視する男が数人立っていた。

「そうですが、何か？」矢橋は最大限の警戒をもって答えた。

「突然のことで驚かれるかもしれませんが、あなたに逮捕状が出ています。ご足労ですが、警察署までご同行いただきたい」男の言葉は丁寧なものであったが、拒絶を許さない圧力がある。

「た、逮捕状？　なんで私に？」

驚いた矢橋に刑事は一つ笑う。

「罪状は、不正競争防止法違反。矢橋さん、あなた、自社の情報をライバル企業である帝国ホームに流していましたよね。証拠は上がっていますよ。あなたの会社にあるパソコンと引き出しから出てきたポータブルスキャナーは既に押収させていただいています。それと、あなた、自らが産業スパイだと、ある方に自白してますよね」

矢橋の全身から血の気が引いていく。

この日、九輝ハウジングと阿川善一郎の間で行われた汚職事件とニュースを二分したのは、帝国ホームによる産業スパイ事件だった。謙仲が市村に見せたのもそのニュースだ。世間では汚職事件を暴露された九輝ハウジングが、報復のために帝国ホームの産業スパイネタを暴露した、という憶測が流れていた。

『住宅メーカー、泥仕合の果てに』

そんな特集記事まで組まれていた。

謙仲と柳川は久方ぶりにサウナで汗を流していた。

「おい、危なく俺まで罪に問われるところだったじゃねえか」

「す、すみません」謙仲は平謝りする。

「刑事達の尋問が厳しくて心が折れそうになったが、彼女に会いたい一心でどうにか耐えたよ」

「営業担当でしかない柳川さんまで、あんなに長く勾留(こうりゅう)されるとは思いませんでした」

「それが、皆藤の野郎が『すべて柳川が仕組んだことで』なんて言いやがったらしいんだ。んなわけねえじゃねえかなあ。平気で他人の手柄を横取りする奴は、平気で自分の罪をなすりつけるものだな」柳川の声が大きくなる。

「たしかにそうですね……。それはそうと柳川さん彼女できたんですか？」

「最近、お付き合いを始めた」柳川は下を向いたまま答えた。顔が笑っている。

「え？　誰ですか？」

「当ててみろ」柳川はポタポタと落ちる汗に視線を向ける。

「羽山さん！」

「正解！　もっと捻れよ！　『モデルハウスの葛西さん！』とか言って一回ボケろよ！」

　柳川は恥ずかしさを隠そうとしているのか必要以上に突っ込む。

「だって、あの日柳川さん、羽山さんに『ご自宅までお送りします。お話ししたいこともあるので――』って言ってたじゃないですか。お陰で僕は桐野さんをお送りすることができましたけど」

「あの日しかないと思った。バイオレンスな出来事の後、気持ちの昂っている時にこそ恋愛が成就するだろ」

「あの日の前に、なんか映画観ました？」

「ああ、『ワイルド・スピード　MEGA　MAX』！」

「な、なるほど。ところで、いつから羽山さんのこと好きだったんですか？」

「入社して、初めて挨拶した時からだ。俺の手を握って上目遣いで自己紹介してくれたんだ。考えてみれば三年越しの片想いだった」

「え？　そんなに長いことハニートラッ――」謙伸はそこで慌てて口を噤む。

「ん？　なんか言った？」

「あ、いえ、なんでもないです」

柳川は普段は軟派な感じだが、意中の女性には尻込みするタイプだとは知らなかった。柳川が顔を赤らめているのはサウナのせいなのか、照れからなのか……。謙伸がそんなことを考えていると、沈黙が長く続いてしまった。

「この間、映画館に一緒に行った」

柳川はすかさず訊いてもいないのにそんなことを言いだした。謙伸は柳川と羽山が仲睦まじく映画を観ている様を想像する。

「なんの映画観たんですか？」

「『美女と野獣』！」

願望が浮き彫りになっている気はするが、お似合いの二人かもしれない。謙伸はそう思った。一方で、桐野のことを考える。無理かもしれないけど自分も気持ちを伝えなければ！

そんなことを謙伸が考えている間に再び沈黙が生じてしまったようで、柳川がすぐに沈黙を埋めにかかる。

「話は変わるけど、大城さん嫌そうだったなあ、そんなに支店長やるの嫌なのかなあ」

「嫌みたいですね。でも、支店長不在っていうのも変ですし、他に適任の人物もいないですしね」謙伸も転換された話題に慌てて乗る。

「そう？　俺でいいじゃんなあ」

謙伸はキョトンとした顔で柳川を見る。

「え？」

「だから、俺が支店長！」

「そ、そ、そうですね。柳川さんという選択肢もありましたね」

冗談で言っているようではなさそうだ。顔がすごく残念そうである。

「まあいいや。それより、青沼退院できたんだって？」

「そうなんですよ。労災の方も支給が決定したようで」

「そうか、それはよかったな。そうそう、今日は緒田に紹介したい人がいるんだ。仕事が長引いたから先に入っててくれって言ってたけど――」柳川は入り口の方を見る。

「へええ、誰ですか？」

その時サウナ室の入り口から色黒の男性が一人入ってきた。

「あ、来た来た」そう言うと柳川は手を挙げる。

「ごめんな、遅くなっちゃって」男性はそう詫びると柳川の隣に座った。

胸板の厚い筋肉質の男性だ。趣味は筋トレで好物はプロテインに違いない。

「緒田、紹介するよ。俺の同期で本社人事部の岡田くん。コードネーム、オカピだ」

「え？　オカピさん？」

「うん。いろいろ情報提供してもらってたオカピだよ」

「君がアルマジロくん？　岡田です、よろしく！」岡田は低い声で挨拶すると、何の意味があるのか上腕二頭筋を盛り上げてみせた。

「オカピさん男だったんですか？　女性じゃなかったんですか！」謙伸は思わず岡田の股間を注視してしまう。たしかに男だ。

「俺は、一言も女性だなんて言ってないぞ。岡田は男の中の男だ！」

「は、はい！」

犯行動機

敷地中央にあった切り株は取り除かれ、ちょうどその場所に祭壇が置かれていた。祭壇の外側には建物の配置通りにピンクの水糸が張られている。

この日は加賀邸の地鎮祭の日であった。謙仲は大城や工事担当の桐野とともに参加していた。

式は滞りなく進められ、式終盤、加賀が世帯主として四隅を清めていた。

その動作を上の子の優奈が不思議そうに眺めていた。

「パパ、ご飯残したらいけないって言ってるのにどうしてお米捨ててるの？」

優奈が小声で母親に訊いているのが聞こえる。

「あれは、捨ててるんじゃなくて清めてるのよ。新しいお家に悪いことが起こらないようにって」

「へえー、そうなんだあ」

優奈は納得したように首を縦に振ると、今、母親から聞いたことを弟に教えていた。

加賀邸の二階には子供達の部屋もそれぞれ作られる予定だ。ここで、どんな生活が始まるのかと思うと、謙伸は完成が楽しみになる。

地鎮祭終了後、謙伸は加賀に頭を下げた。

「先日はお願いしてしまいまして、本当に申し訳ございませんでした。お陰様でうちで大型案件の受注が決まりました」

加賀は滅相もないと手を振る。

「いえいえ、気にしないでください。それに緒田くんにはいろいろお世話になっちゃったから」

「お世話だなんて……」

「それと、切り株を再利用していただいてありがとう。竣工が楽しみです」

加賀は嬉しそうに言う。

建設予定地にあった切り株は整地された際に掘り起こされた。その一部は桐野が言うように虫に食われていたが、なにぶん大きな切り株だっただけに綺麗な部分も多く残されていた。桐野のアイディアでそれをテーブルの天板にしては、との提案があった。加賀もこれに喜んでくれたので、実現の運びとなったのだった。

その桐野は地鎮祭が終わると、業者さんを集めて敷地の片隅でさっそく打ち合わせを始めていた。桐野の声がこちらまで聞こえてくる。小さな体の桐野の前で大きな体の職人さん達が真剣な表情で桐野の話を聞いている。

謙伸は大城とともに加賀一家に挨拶をし、桐野に後を託すと建設予定地を後にした。

謙仲は大城を助手席に乗せ、帰社しようとしていた。

「矢橋課長のことで、大城課長も事情聴取されたんですか」

謙仲は思い出したように尋ねた。

「ああ、根掘り葉掘りいろいろ訊かれたよ。そんなことまで訊いてどうするんだ？　みたいなことまで訊かれたよ。でも逆に、新聞に載っていないようなことも聞けたけどな」

大城は小さく笑う。

「矢橋課長はあらいざらい自供したんですか？」

「ああ、流石にあれだけ証拠があると観念したようだな。あいつの机の引き出しが二重底みたいになっていて、そこからポータブルスキャナーが出てきたそうだ。その中に今まで帝国ホームに渡った物件の情報が大量に残っていた。産業スパイを始めた動機も、包み隠さず喋ってしまったようだ。本社監査部が入る前だったが、入っても暴けなかったかもしれない。それだけに、あいつも油断したのだろう。しかし、矢橋がなあ……」大城は残念そうに言う。

「順調に出世の階段を昇っていたというのに、どうして、自分の会社を売って産業スパイなどに手を染めてしまったんでしょうか。しかも、ライバル企業である帝国ホームに加担して」

「うん。すべてはその出世のためだったそうだ」

大城はそう言うと頷く。その表情はどこか寂しいものが含まれていた。

「出世のためにですか？」謙仲は首を傾げる。

「そう、出世のため。矢橋と営業一課の鮫島が同期なの知ってるよな」

「あ、なんか聞いたことあります。でも二人はそれほど仲が良い感じではないんで、言われないと分からないですけど」

「ああ、犬猿の仲だな。それは、矢橋本人も事情聴取で言ってたらしいよ、『許せなかった』って」

「許せなかった？」

「うん。矢橋の言葉を借りれば『鮫島は努力しない、お調子者』だそうだ。たしかに鮫島にはそんな印象がある。ちょうどうちの柳川みたいに天性のものが大きい営業マンだからな」

「そうですね。鮫島課長は人当たりもいいですし、要領もよく、営業センスはピカイチだという噂ですもんね。社内営業もすごいですけど」

「それは認める。自然とお客さんに好かれるタイプだ。だが、人の上に立つ者として、鮫島は失格だ」

「ど、どうしてですか」

謙仲は驚く。大城が人のことを悪く言うのは珍しいことだった。

「青沼を守ってやらなかったじゃないか。青沼が努力しているのは隣の課にいる俺ですら分かった。にもかかわらず、矢橋が情報を流していたために受注が上がらなかった。たしかに営業は結果がすべてだという側面もある。しかしあの時、青沼はまだ一年目だった。どんなに皆藤が責めようが、鮫島が守ってやらなければならなかったはずだ。それなのに、鮫島は皆藤と一緒になって青沼を責めていた。おそらく皆藤のご機嫌を損ねたくなかったんだろうな。やはり、鮫島はどこまでもお調子者でしかない」

　大城は吐き捨てるように言った。

「たしかに、鮫島課長が青沼を守っていてくれたら、青沼は休職せずに済んだかもしれないですね」

　だから、大城は成績不振の青沼をわざわざ自分の課に引き取ったのか。青沼を守るために。受注の上がらない営業マンを引き取ることは課の責任者としてデメリットでしかない。課の人数が増えれば、そのぶん課全体のノルマが上がるからだ。

「それに対して、矢橋は少し不器用な努力肌。他人の何倍も努力して今の地位に登ってきた。それは俺も認める。そして、そんな二人の間に営業次長の椅子がポツンとあらわれた。矢橋はどうしても次長の椅子が欲しい。ましてや鮫島なんかには絶対に渡したくない。それゆえに営業一課の顧客情報を帝国ホームに流していたらしいんだ」

「そ、そうなんですか……」

　だから、営業一課を担当していた羽山さんの競合率が異常に高かったのか——。

「帝国ホームとしても何かと競合に加わってくるうちを目の上のたん瘤に感じていたからな。でも、最初は矢橋から帝国ホームに話を持ち込んだらしい」

「え？　帝国ホームからの依頼でなく、矢橋課長自ら情報を持ち込んでいたんですか？」

大城は頷く。

「発端はどうもそうだったらしい。ただ、お互いの利害が一致し関係が深まっていくうちに、帝国ホームの方もお金を出してでも情報が欲しくなったらしい。住宅メーカーの営業活動において、家を建てたい顧客を見つけ出す探客がもっとも時間と労力を要するからな。しかも、契約すんでのところまで顧客を育ててくれていたらなおのこと欲しいよな。俺達、管理職になれば他の課の契約予定客も分かるからな」

謙伸はワーカホリックとまで揶揄されていた矢橋が、夜遅くまで事務所にいた様を思い出す。誰もいなくなった部屋で契約予定客の図面や見積もりを、これまでにいくつ盗み撮ったのか。

「それで、鮫島課長の一課だけでなく僕達の二課の情報も流していたんですか」

「一件十万円だって。安いもんだよ。契約間際の顧客の情報が十万円で買えるんだから。下手なイベントや広告を打つよりよっぽど効率がいい。矢橋はそれを散財することなくしっかり貯めこんでいたらしい。矢橋の預金口座の残高はこの一年で五百万近く増えていたそうだ」

「五百万ですか！」謙伸は驚きを隠せない。

「中には、帝国ホームの方から情報を盗んできてほしいという依頼も多々あって、それは特別に金額を上乗せしていたらしいんだ。それには、顧客情報だけでなく原価率や社内秘の情報もあったそうだ。そして、今回の阿川邸の汚職のネタだ。これが公になれば九輝ハウジングの社会的イメージは著しく失墜する。このネタに関しては、帝国ホームはなんと五十万円を現金で矢橋に支払っていたそうだ。でも、この点に関して矢橋と帝国ホームの間で言い分にずれがあるそうだがな」

「どんなずれだったんですか？」謙伸は目を瞬かせる。

「阿川善一郎の情報は最初、たしかに矢橋が帝国ホームにもたらしたものだけど、それはあくまでそれまでと同じように契約前の顧客の情報にすぎなかった。それが、突然ある日、帝国ホームから電話が掛かってきたそうだ。阿川と九輝ハウジングの間で行われている汚職の情報が欲しいと。それが矢橋の言い分だ」

「帝国ホームの言い分は違うんですか？」

「うん。帝国ホームの言い分は阿川の情報が二段階で来たと言うんだ。一階目は契約前の顧客の情報として。そこまでは矢橋と言い分が合っている。でも二回目は阿川の汚職のネタを矢橋が突然、一方的に送りつけてきたと言うんだ」

「たしかに、言い分が違いますね。でも帝国ホームとしては喉から手が出るほど欲しい内容だったから高値で買ったと」

「そう言うことになるな。どっちかが嘘を言っているんだろうけど、その点に関しては警察も首を傾げていた。矢橋は何日の何時何分に帝国ホームの社長秘書と名乗る女性から電話があって、うちで行われている阿川との汚職に関する情報が欲しい、と依頼してきたと言うんだ。その際に別荘のことだけでなく酒井優子の名で交わされた外壁塗装工事のことまで言及してきたそうだ。矢橋の携帯を見るとたしかにその日にちその時刻、非通知ではあるが着信が入っていたらしいんだ」

「そうなんですかあ……」謙仲は首を傾げる。

「まあ、どっちにしても矢橋と帝国ホームの不正競争防止法違反は免れないものだけどな」

大城はそこで、何度目かの寂し気な笑みを浮かべる。

「この仕事をしていると、つくづく人は弱い者だと思う時がある。人は自らの欲求のために本来、擲ってはいけないものまでを擲ってしまうんだな。矢橋はたかだか課長から次長になるためだけに犯罪に手を染めてしまった。そしてその結果、一人の青年が心を病み、自らの命まで絶とうとした」

謙仲の脳裏に青沼の顔が浮かぶ。

「それでも、今でも信じられない気がします。矢橋課長が産業スパイであったことが」

「それは俺もだよ」

「加賀さんと契約を締結した日、屋上で矢橋課長に会ったんですけど、その時本当に喜んでくれて、同時に課長がこの仕事を続けている理由も話してくれました」

「どんな理由だったんだ」

「何もない自分だから、なんでもいいから、自分を擲てるものが欲しかったって。それが、この仕事だった。そして、仕事が何かよりも、その仕事にどう向き合うか、その姿勢が大事なんだと言ってました。その話を聞いた時、なんかすごく分かるような気がして……」

大城は頷く。

「それもまた真実なんだろうな。その時の矢橋は嘘を言っているわけではなかったと思うよ。そういう矢橋が本来の矢橋なんだと思う。でも今回は矢橋の中の弱い自分が暴走してしまったんだと思う。それは矢橋自身も分かってはいたと思うんだがな――」

「弱い自分？」

「そう、俺や緒田の中にもそんな弱い自分が必ずある。その存在を俺達は片時も忘れてはいけないんだろうって思うよ」

「はい」謙伸は頷いた。

「それにしても、嬉しいよ」大城は意味深な笑みを浮かべるとそう言った。

謙伸は首を傾げる。

「なんかいいことありました？」

大城課長は支店長になることを嫌がっているって聞いたが。

「ああ、お前がこの会社に残る選択をしてくれたことだ」

「その節は、ご心配かけました。辞表まだお持ちですか？」

「とっくに捨てといた」

「ありがとうございます」

「あと、もう一ついいことがあった」

「なんですか？」謙伸は再び首を傾ける。

「方法は別として、若いお前達が、こうしてこの会社と仲間を守ってくれたことだ。一方でたいして何もできなかった自分を恥じるよ」

謙伸が思わず大城を見ると、その横顔は嬉しそうに笑みを湛えていた。

「はい。ちょっと冒険しちゃいましたけど——。でも、これで青沼がいつ戻ってきても大丈夫です」謙伸も頬を崩してそう言った。

作戦コード「アルマジロ」

遡ること、二週間前。

会社の定休日、謙伸は午前中に青沼の父親の法要に参加すると、夕刻には横浜駅から少し離れた場所にある高級ホテルのラウンジにいた。見上げると巨大なシャンデリアがやわらかい光を注いでいる。

そして、目の前には重厚な革張りのソファーに腰を下ろしている羽山がいた。羽山は注文したミルクティーの香りを楽しんでいた。

「羽山さん、今日は突然のお願いにもかかわらず来てくださって、ありがとうございます」

謙伸は多少はにかんだ表情でそう言った。羽山はソーサーにティーカップを置くと微笑む。

「最初はびっくりしたけど、あたしも同じ気持ちだから……」

謙伸は羽山を見つめる。いつもそうだが潤んだような綺麗な瞳をしている。羽山はこの日、白地のふんわりとしたシャツの上に深緑のジャンパースカートを着ていた。胸元には大きめのリボンが飾られている。まるで古城に住むお姫様のようだと謙仲は思った。そんな謙仲は一旦自宅である寮に戻ると喪服を着替え、白地のシャツの上に紺地のジャケットを羽織り、チノパンという出で立ちであった。精一杯背伸びをしたつもりだ。若い二人は仲睦まじく雑談にはなを咲かせていた。

するると、黒のキャップを被りサングラスを掛けた小柄な女性が、回転ドアを全身で押しながら入ってきた。女性はかなりゆったりとしたベージュのオールインワン姿である。彼女はキョロキョロと辺りを見渡し、謙仲達を発見すると猛然と歩み寄ってきた。そして、謙仲達の前で立ち止まると腕を組み仁王立ちする。

「ちょっと、緒田くん！　本気なの？」

謙仲は突然のことに一瞬たじろいだがすぐに女性を直視する。

「もちろん、本気です！」

「そう、それなら、あたしも腹を括るわ」

彼女はそう言うとサングラスを取り、ソファーに腰を下ろし、足を組む。女性は桐野であった。

桐野はメニューを見ると、ちょうど来たボーイにレモンスカッシュを注文した。ほどなくして、レモンスカッシュが到着し、ストローを突きさす。

「ていうか、なんでここなの？　普通に喫茶店とかでいいじゃん！」

桐野はラウンジを見渡す。

「お電話でもお話ししましたけど、僕なんだか狙われてるみたいなんで、ここなら人の目も多いし安全かなと思いまして」

「そんな奴、あたしがぶっ飛ばしてあげるのに。で、今日の参加者は以上なの？」桐野はレモンスカッシュを飲みながら訊いた。

「いえ、もう一人……、羽山さんも来ると伝えてあるので必ず来るはずなんですけど」

羽山がなんだろうと首を傾げる。

「あ！　噂をすれば来たみたいです」

謙伸は立ち上がって手を振る。すると、タキシード姿の大柄な男性がこちらに歩み寄ってくる。

「嘘でしょ！　どうしたんですか、その格好！　結婚式場から抜け出てきた新郎かと思いましたよ」桐野はレモンスカッシュを噴き出さんばかりに驚く。

「ああ、高級ホテルだっていうから……。それと、羽山さんもいらっしゃると聞いたんで、おめかしした」そう言うと柳川は羽山をちらりと見る。

「似合ってますよ、柳川さん」羽山が小さく拍手する。

「へへへ、ありがとうございます」柳川は満面の笑みで頭に手をやると空いているソファーに座った。

「それでは全員揃いましたね。今日は突然のことにもかかわらず、お集まりいただきありがとうございます」

「ほんと、いきなりでビックリしたよ。その前に確かめたいんだけど、本当に矢橋さんが産業スパイなんてやってるの？」桐野が信じられないとばかりに問い質す。

謙伸はゆっくりと頷くと話し始めた。

「僕が阿川邸の引き継ぎ書類を纏めている時に、矢橋課長が来ていろいろと相談に乗ってくれたんです。その時、あの土地の南側にある問題点をいろいろと相談したんです。僕、井戸が生きていると勘違いしていて、その前提で矢橋課長と話をしてしまったんです。そしたら後日、柳川さんが入手した帝国ホームの見積もりに井戸の撤去費用がしっかり載っていたんですよ」

「なるほどね……」

桐野が哀れみの表情になる。

「そして、矢橋さんの三課だけ異常に競合が少ない。三課は飛び込み営業をしているからだと矢橋さんは会議で言っていましたが、実際はモデルハウスでの集客によるものがほとんどです」謙伸は補足した。

「そうだね。三課の営業の人達も、『課長には内緒ですよ』って前置きして実態をこぼしてるの、あたしも何度か聞いてる」桐野は頷いた。

「どちらにしてもそんな話だけでは、推測の域を出ないぞ。確たる証拠にはならない。問題はその証拠を摑むことだろ。で、どういう作戦なんだよ、緒田！」

柳川が謙伸を見据える。

「それでは、早速ですけど作戦を説明しますので、よく聞いてください」

謙伸は小声で話し始めた。


その翌日。九輝ハウジング横浜支店の営業課のフロアー。そこに掛けられている時計は午後十一時を指していた。一服を終え、缶コーヒーを手に戻ってきた矢橋はフロアー全体を見渡す。

「机の上は相変わらずぐちゃぐちゃだが、柳川も帰ったのか……」

そう呟くと矢橋は自身の席に座り、先程、プリントアウトした書類で今月の契約件数と受注金額を確認する。

――今月、目標の数字を達成できれば次長の椅子は手にしたに等しい。大城は自らの希望もあり万年課長に甘んじているし、ライバルである営業一課長の鮫島は惨憺たる結果だ。数字がすべての皆藤のことだ、さすがに降格させるに違いない。

そんなことを矢橋が考えていると突然に携帯電話が着信を告げる。見ると非通知だ。こんな時刻に非通知とは、帝国ホームに違いないと矢橋は予測する。

この間、大規模開発プロジェクトの資料を送ってやったばかりだから、大方、そのことに関してだろう。しかし、うちの開発事業部もセンスないなあ、あんな日本家屋みたいなの今どきはやるわけないだろう。テーマパークでも造るつもりか。

矢橋は辺りを見回し人がいないことを再確認する。頭部を破損した家ーる君が矢橋の方を向いているだけだった。矢橋は電話に出た。

「夜分恐れ入ります。平素は弊社にとって有益な情報をご提供いただきまして、誠にありがとうございます」

「いえいえ、こちらこそ……」初めて聞く声だった。しかも女性とは珍しい。矢橋は少なからず疑念を抱いたが電話口の次の言葉で、すぐにその疑いはどこかへと消えた。

「初めてお電話させていただきます。社長秘書をしております皆岸と申します。先日は大物政治家の情報をいただき誠にありがとうございます」

　そっちの方かと、矢橋の当ては外れる。

「ああ、でも、そちらとの契約はどうも難しいようですね。うちとずいぶん関係が深いようですから、あの御仁は」

「ええ、仰る通りで、先生と御社との契約はひっくり返すのは難しいようです。それはさておきまして、その先生が九輝さんとの間で利益供与の関係にあることはご存じですか？」

「利益供与？　つまり、汚職ということですか」

「まあ、平たく言うとそのようなことになりますか」

「それは知りませんでしたが……」矢橋の背中に冷たいものが走る。

「長話もよろしくないので短刀直入に申し上げます。先日、契約された別荘の図面と見積もりが欲しいと弊社の社長が申しております。この間いただいたものではなく署名捺印のある契約時のものです。さらに今年の三月に契約された先生の次男が院長を務める病院の外壁塗装工事の見積もりも。契約者名は先生のお名前ではなく、次男の義理の母親である酒井優子の名前でされているようです。この二件の情報を社長が切望しております。具体的な金額までは私の口から申し上げられませんが、社長のあのご様子ですと今までの情報料とは比べものにならないかと……。それではよろしくお願い致します」

「ちょ、ちょっと待て！」

矢橋はそう電話口で叫んだが既に電話は切られていた。突然のしかもあまりのことに矢橋の鼓動は速まる。腕を組み何もない一点を見つめ頭を巡らせる。

阿川善一郎と九輝ハウジングの間で汚職が行われている？

あれだけの規模の物件だ、帝国ホームも欲しかったに違いない。九輝ハウジングが阿川に提示した見積もりも流している。それよりも安い金額を帝国ホームは阿川に持ちかけているはずだ。それなのに帝国ホームを蹴るということは、九輝ハウジングがそれ以上にいい条件を出していると考えるのが自然だ。ただ、そこに汚職が絡んでいるとは……。たしかに、支店長の皆藤の口ぶりは阿川との親密性を疑わせるものがあった。

このネタが帝国ホームに渡れば、間違いなく公にするだろう。そうなれば九輝ハウジングにも大激震が走る。阿川に利益供与した皆藤も退けられることは確実だ。支店長の椅子も近づく。しかも、帝国ホームの社長が欲しているネタだ。秘書が言うように金額も違うはずだ……。

やるか！

矢橋は不敵に笑う。

一年ほど前から始めた情報漏洩。最初あれだけ躊躇していたのが今では嘘のようだ。罪悪感ももうそれほどない。俺の肝っ玉が据わってきたのか、それとも感覚が麻痺してきたのかは分からないが――。

矢橋はポケットから鍵を取り出すと、机の一番下の引き出しを開けて書類の束をどける。さらに金属製の底板を外すと、黒い角柱状のものを取り出し席を立った。矢橋は隣の島にある柳川の席の前に立つと、目の前に置かれている家ーる君に微笑む。

「お前には悪いが、またスパイのお仕事だよ。また帝国ホームさんが情報欲しいんだってよ」

矢橋はそう独り言を言うと、柳川の机を漁っていく。目当てのものは机の上に置かれていたようですぐに探す手は止まった。先刻の角柱状のものをカチャカチャと広げると、それはデスクライトのような形になった。スイッチを押すと明かりが点く。その明かりの下で書類を捲っていく。すべてのページを捲り終えると、明かりを消して自分の席に戻り、それをパソコンに繋げて操作する。さらに、顧客管理台帳にログインし酒井優子で検索をかけた。

一通りの作業が終わったのか矢橋は伸びをすると席を立ち、室内の明かりを消してセキュリティーをかけると室内を後にした。

十分後。

真っ暗の室内で携帯の着信音が鳴る。

「はーい」

「課長、駐車場出ていったよ」

「了解！」

するとと、家ーる君の屋根の部分が持ち上がり桐野の顔が現れた。桐野は家ーる君から出ると、室内の電気を点け、セキュリティーを解除して室内から鍵を開けた。開錠されたドアから謙伸と羽山、遅れて柳川が入ってきた。

「ご苦労様でした、桐野さん。狭いところですみません」謙伸は頭を下げる。

「大丈夫。大人でこの中に入れるのはあたしぐらいだからね」

「で、どうですか？　ばっちり撮れました？」謙伸が桐野に訊く。

「うん一部始終をカメラに収めたよ。ていうか、自白してたよ課長、自分が産業スパイだって。それよりも、緒田くんの合図で家ーる君の中に入ったのはいいけど、なかなか課長が戻ってこないから、どうしちゃったのかと思ったよ」桐野は多少興奮気味に話す。

「ああ、いつも二本は吸うんだ、あいつ」屋上で矢橋を見張っていた柳川が答える。

「そうなんだあ。それにしても、羽山さんの演技すごいですね。課長、完全に信じてましたよ、帝国ホームの社長秘書だって」桐野は羽山を驚きの目で見る。

「いえいえ、緒田くんの台本がよかったんですよ」羽山は謙伸に一礼する。

「いや、そんなことないです。やはり羽山さんの演技力が素晴らしかったです。さすが、お味噌汁のＣＭに出られてただけありますよ」

「まだ子供の時のことだから——」羽山がはにかむ。

「この阿川ネタで、おそらく帝国ホームは攻勢に出てくるでしょう。その結果、阿川、皆藤支店長、徳谷常務にも捜査の手が及ぶはずです」謙伸が言った。

三人が頷く。

「それにしても、緒田くん考えたね。自社の不正のネタを産業スパイを使って他社に流させるとは」桐野が今更ながら感心する。

「本社の市村さんにヒントをいただいて、ちょっと狡いは狡いんですけど、相手が相手なんで正攻法が通じなさそうだったんで——」謙伸はザイファスシティのダミー資料を市村に頼まれて机の上に置いておいたことを思い出す。さらに謙伸は説明を続ける。

「あと、この人にも協力してもらいます」謙伸はそう言うとスマホを操作し、その画面を三人に見せた。

「おい！　反社の人はまずいだろ！」柳川が窘める。

「反社の人ではありません。人相は怖いですが、正義に熱い人です。三杉康作さんといって阿川の政敵です。二人は数年前に同じ与党内で激しい派閥争いをしていました。この人に明日の朝一番で匿名のＦＡＸを送ります。今回の汚職の件が帝国ホームに流れていることを伝えます」

「なるほど、念には念を入れるわけね」桐野が納得する。

「で、矢橋はどうするんだ。このビデオはどうする？」柳川が首を傾げる。

「警察に持っていくしかないでしょ」桐野が提言する。

「やはり、最後は警察か」柳川が納得したように頷いた。

「でも、こんなことしていいんでしょうか？　いくら建築基準法を曲げて許可を下ろさせた物件で、そこに汚職が絡んでいるとはいえ、矢橋課長を使って他社に情報を流してることには変わりないかと思うんですが……」羽山が心配そうな声で呟いた。

「そ、そうだよ。羽山さんの言う通りだよ」柳川が掌を返して反論する。

　再び沈黙が落ちる。

「でも、矢橋課長をこのまま野放しにはできない。法律を無視して、自身の欲のために仲間や会社を売った行為は許せないと思う」桐野が後ろで結った髪を握りながら言った。

「たしかに、そうだな。でも、緒田の台本には『阿川』や『帝国ホーム』といった具体的な名前は伏せてあったぞ。矢橋が勝手にそう取っただけにするか！」柳川が言う。

「たしかにそれはそうですけど、矢橋課長に罠を仕掛けた私達がこのビデオを持ち込むのは、やはりよろしくないかと思います」羽山が心配そうな声で言う。

　謙伸以外の三人は考え込む。

「誰かに頼むかー」柳川が叫ぶ。

「誰に頼むんですか！　こんなこと！」桐野が突っ込む。

そこで謙伸がまあまあと手で制した。

「大丈夫です！　こういうことを頼むのに、いい人物がいるじゃないですか」

　謙伸が落ち着いた表情で言った。


　翌日の朝。自身の駐車場に車を停めた皆藤は、エレベーターで八階まで上がると支店長室に入った。鞄を置き、いつもの習慣でノートパソコンを開こうとした。すると、そのパソコンの上に家ーる君のぬいぐるみが置かれていた。

「誰だこんな悪戯をする奴は！」

　カッとなった皆藤がぬいぐるみを手で払おうとした瞬間だった。家ーる君が両手で何かを持っているのに気づいた。

「ＵＳＢメモリー？」

　皆藤は小首を傾げ摘まみ上げると、そのＵＳＢメモリーに小さな文字が書かれているのに気づいた。

『産業スパイの証拠だ家ーる』

　皆藤は慌ててノートパソコンを開き、立ち上げるが、この日に限ってなかなか起動しない。

「早くするんだ家ーる」皆藤は一人家ーる語でこぼす。

ようやく立ち上がると、すぐにUSBメモリーをさし込む。中のデータをクリックすると映像は始まった。皆藤は緊張した面持ちで画面を注視する。映像が終わっても、しばらくの間、口がきけない皆藤だった。

「こいつだったのか、産業スパイは！　どうりで、こいつの課だけ競合が少ないわけだ」

皆藤はカチャカチャとキーボードを叩くと、スマホを取り出し電話を掛けた。相手はすぐに出た。

「なんだ、朝から。これから役員会があるから長い話なら後にしろ」電話の相手は常務の徳谷であった。

「常務、それが一大事なんです」

「なんだ！」

「産業スパイが分かったんです！」

「本当か！」

「はい、証拠もあります。今メールで転送しましたのでご覧ください」

「おお、ちょうど今、パソコンの前にいる。これか……」

「はい、ご覧ください」

「なるほど、こいつだったのか、これはお前が撮った映像か？」

「イ、家ーるではなくイエース！　はいもちろん私です。かねてから、三課だけ競合率が低いのは変だと思っておりました。そこで私がカメラを仕掛けていました。はい」

「なぜ突然に英語なのか分からんが、とにかく、さすがだな、皆藤。お手柄だ。さっそく社長に報告する。社長も胸を撫でおろされるに違いない」徳谷は感嘆の声を上げる。

「はい、是非ともよろしくお願い致します」

皆藤は電話が切れると、思わずガッツポーズをとった。

アルマジロに撃った銃弾のように

半年後。快晴のこの日、ザイファスシティの地鎮祭が執り行われた。

ザイファスシティの計画地は以前はゴルフ場として利用されていた場所で、ところどころにその名残がある。レストハウスとして使われていた建物の前には駐車場があり、工事関係者の車や黒塗りの高級車などでいっぱいであった。

それもそのはずで、この日はザイファスの社長だけでなく、九輝ハウジングの社長も来ている。今回のプロジェクトリーダーである市村は方々に挨拶回りをしていたかと思うとどこかへ消え、また挨拶回りをするということを繰り返していた。

レストハウス横にある練習用のグリーン上には紅白幕で囲ったテントが用意されていた。テント内を覗くと中は広く、三十人分のパイプ椅子が並べられている。正面には謙伸がこれまでに見たことのない程に立派な祭壇が置かれ、供物が所狭しと並べられていた。

九輝ハウジング横浜支店からは謙伸と支店長となった大城、それから設計担当として羽山が来ていた。羽山は到着するなり、なぜか熱心に草刈りを始めだした。

謙伸と大城が、地鎮祭が始まるまでの時間、雑談をしながら待っていると、長の毛利であった。
「大城！」と呼ぶ声が後ろでした。振り返ると、声の主はあろうことか九輝ハウジング社長の毛利であった。

「おお、久しぶりだな、毛利。どうだ、社長は大変か？」大城は何でもないことのように答える。

「まあ、どうにかこうにかやってるよ。一年ぶりだなあ、相変わらず元気そうで何よりだ。どうだ、せっかくだから、これが終わったら行くか？」

毛利は御猪口を傾ける手つきをする。

「いいなあ、行くか」

二人の会話を聞いていた謙伸は驚きを隠せない。

「支店長と社長、知り合いなんですか？」

謙伸はどちらにともなく訊いた。

「ああ、同期なんだよ。ずいぶん差をつけられてしまったがな」大城は嬉しそうに答える。

「立場が違うだけだ。大城が同期にいなければ、俺は社長どころか、この会社にいなかったよ」毛利は感慨深げに言う。

謙伸は入社式の時の話を思い出す。途中まで居眠りをして聞き逃してしまったが、青沼が起こしてくれたお陰で最後の部分だけ聞くことができた。もしかして、あの時に言っていた同期が大城支店長なのだろうか。

「そうだな、ずいぶんと助けてやった。一度など毛利があまりに成績不振だから、俺の物件を一棟融通してやったことがある」大城は得意げに打ち明ける。

「オイオイ！　あれは、お前がビビッて俺に振ってきたんだろうが。近所でお化け屋敷だと評判の家を建て替えるのに、『怖いから代わってくれ』って言ったじゃねえか」毛利は口を尖らせて反論する。

「そう言っただけだよ。本当はお前が困ってるから譲ったんだよ。真に受けるな！」

「嘘をつけ。お前、あの時、心底ビビってたじゃねえか！」

「なんだと！」

その後、二人の諍いはしばらく続いていたが、最終的にはあとで居酒屋で白黒つけることで収まった。二人の様子を見ていた謙伸は、自分の同期である青沼のことを自然と思い出していた。そんな謙伸のもとに市村が歩み寄ってきた。

「やあ、緒田くん、今日は天気が良くて本当によかったね」市村は空を見上げる。

「いよいよですね」謙伸も気持ちが昂る。

「うん、とうとうこの日が来たという感じだよ。ところで緒田くん、お願いがあるんだけど地鎮祭の司会やってくれない？」

「えええ！　僕がですか？　それは市村さんがやった方がいいでしょ、プロジェクトリーダーなんだから」謙伸は全力で遠慮する。

「いや、それがさあ、昨日食べた土手鍋がよくなかったのか朝からお腹の調子が悪くて、十五分に一回はトイレに行ってる始末なんだよ。とても地鎮祭の間、もたなそうなんだ」

市村はお腹を押さえながらそう言った。

「でも、僕じゃ無理ですよ、地鎮祭の司会なんて」

「大丈夫、大丈夫。緒田くんの長所は物怖じしないところでしょ。それに、式次第と司会が言うことはここに書いてあるから」

市村は半紙を束ねたようなものを謙伸に渡す。

「これ、読めばいいだけですか？」

「うん、簡単でしょ。儀式で前に出てもらう人の名前も書いといたから」

「あれ？　鍬入の儀はザイファスの社長で、鋤入の儀は九輝ハウジングの社長なのは分かりますけど、刈初の儀に羽山典子って書いてありますけど」

「そう。刈初の儀は設計者がやるよね。設計課長さんが今日、子供の用事で来れないらしくて、それで羽山さんにお願いしたんだ。羽山さんにはザイファスシティの象徴にもなるザイファス様の事務所の設計もお願いしてるからね。この間、図面ができてきたけど、彼女は天才だね。あんな斬新であり立派な事務所を描いちゃうんだから」

謙伸もその図面を先日見せてもらったが、それはまるで軍事要塞のようであった。

「まさか、それで羽山さん草刈りをしてるんですか？」

「練習だって」

「練習って、『栄、栄、栄』って繁栄の意を込めて鎌を振る真似をするだけですよね」

「何ごとにも彼女は全力投球なんだね。本当に立派だよ。あ！　そろそろ時間になるね、手水(てみず)の儀からだからよろしく！　やばい！　僕トイレ行ってくるから」市村は腹部を押さえながら駆け去っていった。

「本当に僕でいいんだろうか……」

謙伸は一人こぼす。地鎮祭は何度か経験しているが、こんな大規模なのは初めてだし、司会などやったことがない。謙伸がそう躊躇(ちゅうちょ)していると定刻になったせいか人が集まってくる。そして謙伸に視線を送る。為せば成るか！　謙伸は意を決して式次第を開くと宣誓した。

「それではお時間となりましたので、手水にてお清めいただき、ご入場ください」

謙伸がそうアナウンスすると皆が一列になって、手水の後、紅白幕の中に納まっていく。入る順番もあるようで参加者は「どうぞ、どうぞ」などと譲り合いながら自然と本来の順番になっているようであった。

なんとかなるかもしれない。謙伸は腹を括(くく)る。

地鎮祭は厳粛な空気の中、滞(とどこお)りなく進められ、いよいよ地鎮の儀に移ろうとしていた。

「刈初の儀、九輝ハウジング設計課、羽山典子殿！」謙伸がそう奏上した。

「はい」

羽山は緊張した面持(おもも)ちで鎌を握り盛り砂の前まで来ると、刺さっている草を摑(つか)む。

「イエイ！　イエイ！　イエーイ！」と羽山は元気よく発声した。

謙伸は目を丸くする。「イエイ！」ではなく「栄(エイ)」だが、どこでどう聞き間違えたのかたしかに「イエーイ！」と言って最後に鎌を振り上げていたぞ。こんなノリノリな羽山を見るのは初めてだ。しかし、厳かな空気が幸いしてか誰も気づかないようだった。謙伸はそれならばと、

「鍬入の儀、株式会社ザイファス代表取締役社長、夏木義久殿！」と何事もなかったように、さっさと次に移ってしまうことにした。

夏木は慣れた手つきで盛り砂に鍬を入れる。

「イエイ！　イエイ！　イエーイ！」

え！　社長まで！

そうか、警備会社の社長だ。地鎮祭などあまり経験がないのかもしれない。最初の羽山が間違ったせいでザイファスの社長までもイエーイと叫びだした。これには、さすがに式場内も俄に浮足立つ。中には拍手で応じる者まで出てきている。見ると、奥に座っている市村も苦い顔をしている。それが、腹痛からではないことは明らかだった。

しかし、こうなってはもう「イエーイ！」でいくしかないぞ！

謙伸は式次第を確認するが。鋤入の儀は九輝ハウジング社長である毛利だ。さすがに、地鎮祭は何度も経験しているはずだ。ここで、「栄、栄、栄」と言われてはザイファスの社長に恥をかかせることになるぞ。不味い。しかし、今さら違う人に頼むこともできない。毛利はしかめっ面のまま既に立ち上がっている。このまま進めるしかない。

「鋤入の儀、株式会社九輝ハウジング代表取締役社長、毛利輝義殿！」謙伸はもうどうに

でもなれと名前を呼び上げた。

毛利は鋤を握ると腰を深く下ろした。

「イエイ！　イエイ！　イエーイ！　ヤッホー！」

謙伸は驚愕する。毛利は鋤をテントの天井を突かんばかりに高く掲げた上に、「ヤッホー」と叫んでいたじゃないか。ここは、たしかに小高い山ではあるが――。

ところが、毛利に呼応するように式場内は割れんばかりの拍手で盛り上がり、指笛まで聞こえる。それまでの厳かな空気がまるで嘘のようになってしまった。ザイファスの社長も両手を叩いて喜んでいる。こんな賑やかな地鎮祭は今まで見たことがないぞ。

毛利は何事もなかったように祭壇と参列者にお辞儀をすると自身の席に戻っていった。即座に場の空気に合わせたとしたらこの人、すごすぎる。器がデカすぎるぞ！　名と体が合っている。謙伸はただひたすら自分の器の小ささを痛感するのであった。

そんなこんなでザイファスシティの地鎮祭は、大盛り上がり？　のうちに終了したのだった。


翌日、謙伸は桐野とともに再び伊豆に向かうべく東名高速道路で車を走らせていた。阿川善一郎の別荘は結局頓挫してしまったが、その建設予定地の裏に住む夫婦のもとに行き、先日のお礼をするのが目的だった。

「今度、お礼に行きませんか？　伊豆に」

そう謙仲が桐野に提案したのだった。桐野も快諾してくれて、二人の都合が合ったのがこの日だった。

桐野は最初こそはしゃいでいたが、前回と同じところで寝に入ると、前回同様にインターを降りたところで目を覚ました。車は半年前と同じように旅館やホテルなどが並ぶ界隈を通過したが、季節が冬となっているせいか以前より寂し気な印象を与えた。

山道を少し登り、前回と同じ場所に謙仲は車を停めた。今度はしっかりと車の鍵をジーンズのベルト通しにぶら下げた。二人は北側の民家へ向かう。

あれから半年が経っていたが、なにも変わらなかった。橙の木もオレンジの実をつけている。庭先でご主人が薪を割っていた。囲炉裏らしきものはなかったので、冬場は暖炉を使っているのだろうか。

「こんにちは、ご無沙汰しております」

謙仲と桐野が頭を下げる。

「おお！　君達か」須崎は手を止めて驚いてくれた。

「先日は本当にありがとうございました」

「いいんだよ。困った時はお互い様だから。それより、前の敷地はどうなったんだい。何も進展がないなあと思っていたら、また売り看板が出てしまったねえ」

須崎は前方に目を遣る。

「いや、それが、いろいろありまして……」

謙仲は頭を掻き、桐野が笑みを浮かべる。

「まあ、何事も簡単にはいかないよね」

何かを察したのか、須崎は頷くとそれ以上は尋ねてこなかった。

「これ、心ばかりですが」

謙仲はお菓子が入った紙袋を須崎に差し出す。

「あらら、気を使わなくていいのに。それにしても懐かしいなあ、この紙袋。横浜を思い出すよ」須崎がそう言っていると、

「お客さん？」そう言いながら奥さんも庭先に現れた。

謙仲と桐野は奥さんにも先日の謝意を述べる。

「いいのよ気にしなくて、ねえ」奥さんは笑みを浮かべながらそう言ってくれた。半年前と比べると別人のように表情が穏やかだ。子供と一緒に写っていた写真の表情のようだと謙仲は思った。

「ああ、お菓子までいただいてしまったよ」

須崎は奥さんに菓子折りを見せる。

「あら、ここの美味しいのよねえ。せっかくだからみんなでいただきましょう。どうぞ、あがって。今、お茶を用意するから」

奥さんはそう言いながら、桐野と話しながら家の中に入っていった。

謙仲は須崎と二人になったので、訊いてみることにした。

「もしかして、ご懐妊ですか？」

心なしか奥さんのお腹が張っているような気がした。

「そうなんだよ……。たぶん、君達が来てくれたお陰かもしれないね」

須崎は横目で謙仲を見ると頬を崩す。謙仲は何のことだかまるで分からない。

「いろいろあったから、それまで別々の部屋で寝ていたんだけど、君達に部屋を譲るためにあの晩ひさびさに一緒に寝たものだから……」

「そ、そうだったんですか――」

「新しい家族が増えるんだ」

須崎は嬉しそうにそう言うと、橙の木を見た。

謙仲と桐野は帰りの車内にいた。この日は、インロックすることもなく寿司屋にも寄り、干物をお土産に買って、無事に帰路についた。

「奥さん、なんか明るくなってたね」

桐野はスマホをしまうと、思い出したように話しだした。

「そうですね、お腹を摩る表情が幸せそうでした」謙仲も同意する。

「今年の五月が予定日だってね」

「はい。赤ちゃんが生まれてから、またお邪魔したいですね」

「そうだね、また来ようねえー」桐野は嬉しそうに答える。

「はい！　また来ましょう！」

謙仲はちらりと桐野の横顔を見る。そして、自分に言い聞かせる。

意思を強く持て！　固い意思は何ものをも跳ね返す！

「桐野さん！」謙仲は意を決する。

「なに？」驚いた桐野は謙仲を見る。

「お、お休みの日に連れまわしちゃってすみませんでした。と、ところで、ところでなんですけど、桐野さんは彼氏とかいないんですか！」謙仲は息を飲み桐野の返答を待つ。

「うん、今いないよー。なんでそんなこと訊くの？」

謙仲の予想に反して桐野はあっけらかんと答える。その表情には警戒もなければ期待もない。言葉通り、なんでそんなこと訊くの？　という顔だ。謙仲は大きく深呼吸をする。

「も、もしよければ、僕と……」謙仲がそう言いかけた時だった。桐野の携帯電話が着信を告げる。桐野は慌てて電話に出た。

「はい――、はい――、ええ！　またあ！」桐野は瞬時に苦い顔になる。すると、横目で謙仲を睨みつけた。

「ど、どうかしたんですか？」謙仲は何か嫌なものを察する。

「ちょっと待って、今隣に営業担当がいるから」桐野は一旦電話を膝元に置き、謙仲に向き直る。

「外構の業者さんからなんだけど、また、池井夫人！　散々、迷ったあげくうちで外構工事もやってくれたのはいいんだけど、今度は完成した庭を見て、『ドキドキ感』がないとか言ってるらしいんだよね。何？　『ドキドキ感』って」

「ど、ドキドキ感ですか……」

ドキドキしてるのは僕の方です！　謙仲はそう心の中で叫ぶ。

「了解。それじゃあまた連絡しまーす」

とりあえず話が終わったのか桐野は電話を切ると、一つ大きな溜め息をつく。

「あれ、何の話してたんだっけ？」

桐野が思い出したとばかりに謙仲に尋ねた。

謙仲は先程から続く鼓動の高鳴りを聞きながら、ついに言った。

「桐野さん、もし今現在、彼氏とかいらっしゃらないのなら、僕とお付き合いしてください！」

謙仲はもう心臓が飛び出てしまいそうで仕方がない。

桐野は謙仲に笑顔を向ける。

「無理！」

桐野の即答。以前、リビングカフェで桐野に殴られた以上の、そして阿川のボディーガードにグレーチングで殴られた以上の衝撃が謙仲の脳を襲う。

「えええ！　無理って、ひどい！」

アルマジロに撃った銃弾のように弾き返された謙仲は意識を失いそうになる。目の前の景色も霞んでいく。すると桐野が前を向きながら言った。

「いきなり付き合うとかは、あたし、しない主義なんだよね。とりあえず友達からならいいよ」

息を吹き返した謙伸は思わず助手席の桐野を見る。

「じゃあ、デートとかお誘いしてもいい感じですか？」

「いいよー、今日だってデートみたいなもんじゃん！　ほら、前見て！」

桐野はそう言うと謙伸に再び笑顔を向けた。


さらに翌日、この日の謙伸は普段より幾分か早く出勤していた。朝礼までの時間、測量業者や設計課から上がってきた図面を確認するが、やはり落ち着かない。幾度となく営業課の入り口に目を遣ってしまう。そして手元の書類に目を落とす。その繰り返しであった。

そんな謙伸に気づいてか目の前に座る柳川が声を掛ける。

「大丈夫なのか？　本当に今日来るんだろうなあ。目出度いから店も予約してあるんだぜ」

「大丈夫なはずですが、こればかりは何ともいえません」

「まあたしかに、そうだな」

時計を見ると八時五十分を過ぎている。元気な頃はいつも三十分は早く出勤していた。

もしかすると、今日は難しいのかもしれない……。

でも、それなら明日でもいいし、明後日でもいい。青沼が来れる時でいい。この職場に戻ってきたいという青沼が、少しでも働きやすい場所にできたのではないかと謙仲は思っていた。

するとと、営業課の扉が勢いよく開いた。

謙仲は思わず目を移すと、それは桐野と羽山だった。

「まだ来てないんだね」桐野が残念そうに謙仲に言った。

「はい」謙仲は申し訳なさそうに答える。

「もしかすると、今日は初日だから、遅れて出勤するのかもしれませんよ」羽山がそう言うと、支店長となり定年を延長した大城もやってきた。

「無理は禁物だ。まあ、気長に待つとしよう」大城は自分に言い聞かせるようにそう言う。

「ちょっと僕、見てきますよ」

謙仲がそう言って立ち上がり、営業課の部屋を出ようとドアノブに手を掛けようとした時だった。

ドアがゆっくりと開くと、そこには多少はにかんだ表情の青沼が立っていた。

エピローグ

朝、父の遺影に手を合わせた。

しばらくそうしていたが言葉が出てこない。ただ一言。

再出発しようと思います。

それだけを報告した。洋祐は傍らにある鞄を手にするとおもむろに立ち上がった。

「母さん、それじゃあ行ってくるよ」

精一杯の笑顔で台所に立つ母にそう告げると玄関先へと向かった。

「気をつけてね」

母はそう言いながら、今までと同じように見送ってくれようとする。嬉しさの中に心配の入り混じったような表情。それも無理もないと思う。一度、打ちのめされた場所へまた戻ろうとするのだから。正直に言えば自分でも自信がない。

玄関を開けると、いつものように潮の香りがして、少し先に観音崎海岸と灯台が見える。海は穏やかで、朝日を反射した水面が静かに揺らいでいた。すべてが以前と同じであるはずだったが、まるで別の世界のもののような気がする。洋祐は再び精一杯の笑顔を母に向けると家を出た。

バスの車内でも電車の車内でも、本当にこれでいいのだろうか？　他にいくらでも道はあるんじゃないのか？　また、打ちのめされてしまうんじゃないのか？

それ以前として、一年ぶりに出勤する会社に自分の居場所はあるのだろうか？

そんな迷いと不安が繰り返された。その度に鼓動が速くなり、なぜか目に涙が溜まってくる。洋祐はスマホをポケットから取り出すと、LINE（ライン）を開いた。

明日、待ってる。でも、けっして無理しなくていいからな！

謙伸（けんしん）からのものだ。休職中、謙伸には本当に世話になってしまった。労災の再審査請求が通ったのも謙伸の助けがなければ叶わなかったに違いない。そして、父親の法事にまで赤の他人であるはずの謙伸に頼んでしまった。謙伸が同期にいなければ、今こうして俺は会社に戻れただろうか。入社式で社長が教えてくれたことは真実だった。

洋祐はLINEのトーク文を上にスクロールしていく。加賀（かが）さんの契約が決まり、着工したことや、皆藤（かいとう）支店長が逮捕され、支店長が大城（おおしろ）さんに変わったことなど、支店の変化がその都度書かれていた。その末尾にはいつも「また、キャンプに行こうぜ！」の一言が付け加えられていた。洋祐の頰（ほお）が緩む。すると下車駅の名を告げるアナウンスが流れた。

電車は速度を緩めていく。

また一からやり直せばいい。洋祐はそう思い直すと下車した。

会社の最寄り駅から支店までの道のり、それは十分ほどでしかないはずだった。しかし、その間に気持ちは再び重くなる。支店の入るビルにどうにか足を踏み入れると、恐怖のようなものが湧き起こる。エレベーターに乗ると胸の鼓動が高鳴る。それは、一年前の記憶を体が覚えているようだった。営業課の入る八階で降りたものの、足が止まってしまう。振り返るとエレベーターはまだ八階で止まっている。このまま一度、下まで戻ろうかと迷っていると、エレベーターは無情にも下がっていってしまった。

洋祐は意を決して営業課が入る部屋を目指した。時計を見ると八時五十五分。出勤時刻の五分前だ。我ながらずいぶん、足取りが重かったらしい。ここまで来たら行くしかない。震える手で営業課の扉を開いた。

すると、扉の前に、なぜか謙伸が立っている。

「おはよう、青沼！　心配で今、下まで行こうかと思ってたところだったけど、よかった」

謙伸はそう言うと嬉しそうに肩を叩いてくれた。

「お帰り、青沼！」

ところどころから、そんな声がする。柳川さんが頷いている。支店長となった大城さんも、営業課のほぼ全員が拍手で迎えてくれた。さらには工事課の桐野さんも、設計課の羽山さんの姿もあった。

「おはようございます。今日からまたよろしくお願いします」

洋祐は涙ながらにそう言うと深々と頭を下げた。

※この作品はフィクションです。実在の人物・団体・事件などにはいっさい関係ありません。

集英社オレンジ文庫をお買い上げいただき、ありがとうございます。
ご意見・ご感想をお待ちしております。

● あて先
〒101-8050　東京都千代田区一ツ橋2-5-10
集英社オレンジ文庫編集部 気付
風戸野小路先生

アルマジロと銃弾

2022年10月25日　第1刷発行

著　者　風戸野小路
発行者　今井孝昭
発行所　株式会社集英社
〒101-8050東京都千代田区一ツ橋2-5-10
電話【編集部】03-3230-6352
【読者係】03-3230-6080
【販売部】03-3230-6393（書店専用）
印刷所　株式会社美松堂／中央精版印刷株式会社

ISBN 978-4-08-680474-5 C0193